AF300603

Raumschiff Genderpreis II

Die Weltmeisterschaft der Götter

Frank Reinecke

Bibliografische Information der Deutschen National-bibliothek:
Die Deutsche Nationalbibliothek verzeichnet diese Publikation in der Deutschen Nationalbibliografie; detaillierte bibliografische Daten sind im Internet über http://dnb.dnb.de abrufbar.

© 2017 Name des Autors/Rechteinhabers **Frank Reinecke**

Illustration: Frank Reinecke

Herstellung und Verlag: BoD – Books on Demand, Norderstedt

ISBN: 9783756240388

Vorsicht!

In diesem Buch kommen sämtliche bekannten und unbekannten Götter auf zumeist grausame Weise zu Tode!

Religiöse Menschen könnten dies als blasphemisch empfinden und sollten es daher nicht lesen!

Der Gott saß in seinem zeitlosen Raum-Zeit-Kontinuum und war zufrieden, wie er es die ganze Zeit (die in seinem zeitlosen Kontinuum eigentlich gar nicht existierte, aber egal) über war, denn er war ein guter und weiser Gott und alles lief in etwa so, wie er es eingerichtet hatte.

Naja, fast alles.

Eine Kleinigkeit war da noch, die allzu sehr aus dem Ruder gelaufen war und die nach seinem Eingreifen verlangte. Sein alter Rivale, der Zeitgeist, drehte seit geraumer Zeit völlig durch, doch das sollte sich demnächst wieder einrenken. Er war gerade dabei, dessen Hintermänner und Helfershelfer demaskieren – ohne natürlich offiziell einzugreifen. Er hatte bereits die entsprechenden Schritte eingeleitet und wartete nur noch auf die Bestätigung von deren Wirkung.

Er griff nie direkt ein, wollte so viel Freiräume wie möglich lassen, doch manchmal musste er ein wenig anstupsen, bitten, in die Spur bringen, durch Änderung unwichtiger Kleinigkeiten, die aber durch seine Weisheit und geschickte Platzierung ihre volle Wirkung entfalten konnten.

Interessanterweise rechnete er sich selbst nicht zu den Göttern, denn er wollte weder angebetet werden noch die Verantwortung für jedes Schlamassel, das schiefgeht, in die Schuhe geschoben bekommen. Hinter den Kulissen fühlte er sich am wohlsten. Sein Adjutant (bei anderen Göttern hätte er die Stellung eines Propheten inne), den er mit der Ausführung weiterer Schritte beauftragt hatte, war gerade mit seinem Raumfahrzeug gelandet und auf dem Weg zu ihm. Ein braver Kerl, unscheinbar, anspruchslos und klug, gerade richtig für diese Aufgabe. Ein wenig außer Atem trat er ein und wurde nach einer lässigen Begrüßung vom allwissenden Gott gefragt: „Und? Haben Sie alles arrangieren können?"

"Alles in Ordnung, Pastl, das Schwert ist im Säckel, das Gebäck mit der Apparatur verschickt worden und ich musste gerade eben noch seinem Diener einen Tipp geben, sonst hätten sie es nicht gefunden. Komischer Vogel das, hat mich beinahe überfahren. Hätte es eigentlich nicht gereicht, der Zielperson per Post Anweisungen zukommen zu lassen?"

„Nein, so einfach geht das nicht. Dann wären es nur Worte gewesen, die lediglich an den Verstand gerichtet sind. Sie würden niemals ihre Wirkung entfalten können. Nur, wenn er selber sieht, was Sache ist, kann er es auch verstehen und aus voller Überzeugung handeln. Eigenmotivation ist das A und O, die Show drumherum ist daher sehr wichtig, sie ist der Motor. Ach, was macht eigentlich Ihr Magen, geht es wieder?"

„Danke der Nachfrage, alles wieder bestens. Ja, was wäre die Welt ohne kulinarische Abenteuer?"

„Wen fragen Sie das? Schön auch, dass Sie sich die Zeit dafür genommen haben, ich hatte die letzten Wochen viel um die Ohren und hätte das unmöglich selbst erledigen können!" meinte der allmächtige Gott und fuhr fort: „Ja, dann kann ja nichts mehr schiefgehen. Ich denke, wir können den Sekt schon mal öffnen."

Erster Teil

Der Präsident hat einen Vogel

Ab ins Schlaraffenland!

Ab in die Parallelwelt!

Das Unmögliche ereignete sich vor geraumer Zeit – Mittagszeit - in einem Chinarestaurant auf der Erde. Gerade, als ein Funktionär des VGU (Verein für Gleichstellung und Unterschiedlichkeit) sich nach einem anstrengenden Mahl über seinen Glückskeks hermachen wollte, verschwand dieser wie von Geisterhand, wurde durch das Raum-Zeit-Kontinuum geschleudert und irgendwo dort mit einer mysteriösen Botschaft vertauscht.

Diese Botschaft erschien eine knappe Sekunde nach dem Verschwinden des Kekses in Form eines zusammengeknüllten Fetzens Papier an Stelle eben dieses chinesischen Backwerks auf dem Teller des darüber sehr erstaunten Funktionärs. Sie war in der Universalsprache der Galaxis verfasst und lautete, um die Spannung ein wenig zu nehmen, wie folgt:

‚Es wird ein Lächeln sein, das sie besiegt'.

Durch diesen dramatischen Auftritt wurde die Botschaft sofort in den Rang einer Prophezeiung erhoben, von vielen Leuten geglaubt und weiter ausgeschmückt, da – sind wir doch mal ehrlich – der Text doch ziemlich dünn war. Zudem ergab er keinerlei konkreten Sinn, aber das war schon in Ordnung, das haben Prophezeiungen halt so an sich. Durch den fehlenden Inhalt konnte jeder genau das hineininterpretieren, wonach ihm der Sinn stand, und so hatte man kurze Zeit später einen großen, bunten Strauß an obskuren Theorien.

Nur in einem waren sich alle einig: dass SIE natürlich dahinterstecken mussten (dieses „SIE" wird im Folgenden zur besseren Unterscheidung immer groß geschrieben). Mit diesem SIE waren, wie üblich, irgendwelche dunklen Hintermänner gemeint, die eine nicht näher bekannte, unheilvolle Verschwörung anzetteln wollten. Und der einzige Weg, dies zu verhindern, war, die obskure These der Verschwörung immer weiter zu kolportieren und dabei ungewollt etwas zu verfälschen, weil man dem Erzähler nicht richtig zugehört hatte.

Das Dumme war in diesem Fall nur, dass es SIE wirklich gab. SIE hatten zwar diesmal nicht ihre Finger im Spiel. Da SIE aber mit anderen Plänen bereits ziemlich weit gekommen waren und stündlich damit rechnen mussten, dass ihnen – Pardon – IHNEN – jemand auf die Schliche gekommen sein könnte, fühlten SIE sich angesprochen und enttarnt.

Die Wahrheit war säkularer, doch das wusste niemand. Durch ein Experiment in einem Nebengebäude mit einer Apparatur, die gelöschte Informationen von Rechnern zurückholen sollte, bevor sie in der sechsten Dimension verschwinden, wurde ein Kalenderblatt mit einem philosophischen Aufdruck auf der Rückseite

wieder in unsere Gegenwart geholt und versehentlich mit dem Glückskeks vertauscht, der sich nun seitdem im Reich der gelöschten Informationen befindet.
Wie dem auch sei, die Worte wurden von IHNEN sehr ernst genommen, denn Leute, die den Verlust ihrer Macht befürchten, haben vor vielen Dingen Angst. Und daher lebten SIE von dem Moment an in ständiger Furcht vor dem Lächeln, das SIE besiegen und IHNEN IHRE Macht nehmen würde.

Und jetzt, wo dieser Joschi Delgado wie aus heiterem Himmel aufgetaucht und so mir nichts, dir nichts Präsident der galaktischen Föderation geworden ist, bekamen SIE einen richtigen Bammel, denn dieser Herr Delgado lachte viel, gern und lang. Und obendrein hatten SIE ihn nicht unter Kontrolle - das hatte er oft ja selber nicht einmal. Nicht genug damit, er machte sich auch andauernd über IHRE Ziele und Maßnahmen lustig und wagte es sogar offen, diese zu hinterfragen.
Daher stand der Präsident natürlich ganz oben auf der Liste derer, dessen Lächeln SIE besiegen konnte. Und das wiederum machte ihn zu einer sehr gefährdeten Person.

Die Kopfschmerzen waren nicht von schlechten Eltern. Ausdauernd, pochend, hämmernd, fast jede bekannte Form des Schmerzes, durch alle Schattierungen und Stärken sandten seine Nerven ihre Botschaft aus, und das nicht nur an einer Stelle, sondern von der Stirn bis zum Nacken, die gesamte Schädeldecke entlang, ohne Ausnahme. Kopfschmerzen für Kenner, für Liebhaber, für Profis. Und verdient waren sie noch obendrein. Aber Joschi ertrug sie gerne, denn er hatte das erste Ziel seiner Bestimmung erreicht.

Nun war er Präsident der Föderation, hatte seine Hände, die noch ein wenig zittrig waren, an den Schalthebeln der Macht und war jetzt die Nummer eins, so dachte jedenfalls der größte Teil der weniger intelligenten Wesen der intelligenten Wesen der Galaxis. Doch in Wahrheit brachte ihm das erstmal nicht viel, abgesehen von einer schönen, purpurfarbenen Robe mit erlesenen Stickereien sowie einem Büro, Computer und einigen anderen Arbeitsutensilien.

Er konnte nicht viel mehr machen als einen guten Eindruck hinterlassen, repräsentieren, der Föderation ein Gesicht geben und umsonst mit allen öffentlichen Verkehrsmitteln fahren. Die Entscheidungen wurden von anderen Leuten getroffen, von Leuten, die im Gegensatz zu ihm kompetent waren. So war er zwar nicht mit großer Macht und Befugnissen ausgestattet, konnte aber überall dabei sein und tief hinter die Kulissen schauen.

Und darauf kam es ihm an. Das war der Grund, aus dem er überhaupt seine beschauliche Existenz als mittlerer Angestellter bei der Föderation aufgegeben hatte. Aber das durfte – noch – niemand erfahren.

Langsam öffnete er die Augen. Überall waren zerknüllte Klamotten, leere Flaschen, schmutzige Teller sowie Überreste von den Gerichten, die auf eben diesen serviert worden waren, drapiert. Zwei, drei Schnapsleichen und ein paar spärlich bekleidete Mädchen lagen dazwischen. Es würde ein paar Stunden dauern, den Saustall wieder auf Vordermann zu bringen. Aber halb so wild, denn zum Glück hatte er ja neuerdings einen Vogel.

Dieser wurde ihm am Tag seines Amtsantritts als persönlicher Mitarbeiter von der Föderation zur Seite gestellt. Joschi wollte eigentlich keinen Butlervogel haben, wurde aber durch die Blume belehrt, dass er ohne diesen kaum damit rechnen durfte, längere Zeit im Amt verweilen zu können.

Das war nicht ungewöhnlich, waren es doch die Assistenten und Sekretäre, die den Laden in der Föderation der zivilisierten Planeten der Milchstraße (FZPM) am Laufen hielten, die Drecksarbeit machten und sich Kompetenz aneignen mussten, während die Minister, Präsidenten und Kanzler sich lieber den ihrer Ansicht nach wichtigeren Dingen des Lebens widmeten wie der Eröffnung von Fabriken und Einkaufszentren, Teilnahme an Festbanketten oder dem Feiern von Geburtstagen anderer Staatsoberhäupter und Organisationschefs.

Schnell hatte er verstanden, dass es sich bei Predo Tschillpie, so lautete der Name des gefiederten Wesens vom Planeten Orneon 4a, um eine Art Gouvernante handelte, die ihn unter Kontrolle halten und die Föderation über jeden seiner Schritte informieren sollte. Und dieser Geselle benahm sich auch so, liebte es, den Präsidenten bei jeder Gelegenheit zurechtzuweisen und sich aufzuplustern, was teilweise für Heiterkeit sorgte, da der Vogel manchmal noch seine liebe Mühe mit der Grammatik der Standardsprache der Galaxis hatte. Aufgrund dieser Tatsache sowie des sehr uncoolen und pedantischen Charakters des Vogels zog Joschi ihn auf, wo es nur ging. Und jetzt ergab sich wieder eine Gelegenheit.

„Hansiiii!"

Das gefiederte Wesen kam hereingetrippelt und hielt die übliche Standpauke: „Mei, Herr Delgado, immer dasselbe mit Ihnen, feiern, bis die Fliegen fetzen und die anderen dürfen dann den Trümmerhaufen beseitigen, das ist überhaupt nicht unverantwortungslos! Ich dachte, dass sich das ändert, jetzt, wo Sie die ersten Tage im Amt so einigermaßen überstanden haben, sehe mich aber getäuscht. Schade ... Zudem ist mein Name nicht ‚Hansi', sondern Predo Tschillpie!" und ein Blick, der vernichtend wirken sollte, aber nur zur Erheiterung des Angesprochenen diente, traf den eben aus dem Bett gestiegenen obersten Dienstherren.

Predo plusterte vor gespielter Enttäuschung sein gelblich-grün durchsetztes Gefieder auf, denn er war ein recht eitler Vogel und besonders stolz auf sein makelloses Federkleid. Dieses hatte zwar kaum noch einen praktischen Nutzen, diente aber umso mehr zum Repräsentieren, zum Unterstreichen der eigenen Persönlichkeit und wurde daher täglich mindestens eine halbe Stunde lang gepflegt.

Er war fast so groß wie sein Vorgesetzter, aber deutlich leichter gebaut und trug den feinen und dezenten Anzug, der einen hochrangigen Assistenten der Föderation ausweist, wie eine zweite Haut beziehungsweise ein zweites Federkleid. Als Orneer zog er es vor, barfuß zu gehen, was jedes Mal die Hausmeister der Behörden, bei denen er das Parkett mit seinen scharfen Krallen zerkratzte, zur Weißglut trieb.

Als Schwarmbester seines Jahrgangs stand ihm eine Karriere bei der Föderation offen; eine Gelegenheit, die er nur zu gerne beim Schopf gepackt hatte, denn er wollte neue Welten, andere Wesen und Kulturen kennenlernen, mal rauskommen aus dem heimischen Nest, weg von Orneon. Nach seiner Ausbildung, die er selbstredend als Bester abgeschlossen hatte, freute er sich auf seinen ersten Auftrag, den er für die Föderation erledigen sollte. Eigentlich war es sehr ehrenvoll, als Neuling gleich zur rechten Hand des Präsidenten ernannt zu werden, ein paar Tage im Amt hatten ihm aber gezeigt, dass der Job wohl von altbewährten Mitarbeitern strikt abgelehnt worden war, was ihn aber nicht in seiner Motivation bremste.

Zudem muss erwähnt werden, dass er ein flugunfähiger Orneer war, denn auf Orneon 4a gab es mehrere Vogelarten, die Intelligenz entwickelt hatten. Die mit Abstand Klügsten waren die Laufvögel, zu denen auch Predo gehörte. Sie sahen herablassend auf die kleineren, aber flugfähigen Vögel herab. die sich im Gegenzug einen Spaß daraus machten, ihre großen Verwandten wegen ihrer Flugunfähigkeit aufzuziehen und ihnen bei jeder Gelegenheit aus vollem Flug kräftig auf den Kopf zu kacken.

Und wer aufmerksam mitgelesen hat, wird sich über die seltsame Bezeichnung wundern: Orneon 4a. Das ungewöhnliche ‚a‘ lässt sich einfach erklären. Der Planet befindet sich auf einer stark elliptischen Bahn um seine Sonne und tauscht, ähnlich wie Neptun und Pluto, zweimal jährlich den sonnennäheren Platz mit seinem

Bruderplaneten Orneon 4b. Dieser dient vielen Orneern, bei denen das Zugvogelgen noch aktiv ist, als Nistkolonie.

Gerade jetzt, wo er sich seit ein paar Tagen in der Mauser befand, hatte er starke Stimmungsschwankungen, die zu ertragen nicht immer einfach waren, zumal die Vogelwesen von Orneon für Erdlinge auch ziemlich nervtötend sein konnten, wenn sie sich in normaler Stimmung befanden. Rechthaberisch, arrogant und kleinlich waren Adjektive, die die meisten Angehörigen dieser Spezies treffend beschrieben und daher waren größere Konflikte mit Joschi, der es doch lieber sehr lässig und ungenau angehen ließ, vorprogrammiert.

„Ach, Hansi, reg dich nicht immer so auf. Eine kleine Feier wird man doch noch veranstalten dürfen. Präsidenten werden nicht jeden Tag gewählt! Und die Feier mit dem Hohen Rat war noch exzessiver. Die Butlerroboter sind heute noch am Aufräumen und renovieren.“ Und mit einem nonchalanten Wimpernklimpern fügte er hinzu: „Ist der Kaffee schon durch?“

„Selbstverständlich, Herr Präsident. Soll ich mich bequemen, Ihnen eine Tasse einzuschenken?“

„Ach, lass stecken, Hansi, äääähhh Tschillpie, stell die Kanne – was, das ganze Tablett auf den Tisch, ich mache das selber, hab noch was zu schreiben. Sind die Frühstückseier auch gut durch (schräger Seitenblick auf Predo)? Gut. Du kannst davonflattern und den Terminplan durchforsten, ich brauche noch eine Stunde am Abend, muss noch einen alten Schulfreund besuchen. Der wird Augen machen ...“

„Sehr wohl, Herr Präsident, ich ziehe mich dann zurück. Und mein Name ist Predo Tschillpie, mit einem Tirilli am Ende, nicht mit einem Zwitschern!" tirilierte der Vogel auf die unnachahmliche Weise, wie nur Orneer sprechen beziehungsweise singen können und verschwand, bürzelwackelnd wie eine Gans, aus der Suite.

„Uff, den sind wir los. Na dann!" sprach Joschi halblaut, ging ins Nebenzimmer und setzte sich an seinen Rechner. Er hatte noch einiges zu tun. Briefe schreiben, Verordnungen durchlesen, Vorbereitungen treffen, das Leben war kein Zuckerschlecken mehr. Die Freiheiten, die er mit Amtsantritt zu genießen erhofft hatte, gab es nicht - im Gegenteil, er hatte fast rund um die Uhr zu tun. Nichts wirklich Kompliziertes oder Verantwortungsvolles, aber er musste überall anwesend sein und lächeln. Immer lächeln. Sogar in Anwesenheit seines Vogels.

Und so trank er seinen Kaffee, aß seine Brötchen und hackte dabei verschiedene Texte in den Rechner, den er mit der Ernennung zum Präsidenten bekommen hatte. Da er nie wirklich gut im Schreiben gewesen ist, sondern nur im Improvisieren und Finden von Ausreden, musste er immer wieder Sätze und Abschnitte komplett löschen beziehungsweise redigieren.

Zuerst ein Zwischenbericht über die letzten Tage, streng geheim. Das war das absolut Wichtigste, denn er war nur Präsident geworden, um diese Berichte schreiben zu können. Sowohl Föderation als auch der allmächtige Verein für Gleichheit und Unterschiedlichkeit, VGU, durften nichts davon erfahren, daher hatte er alle Sicherheitsvorkehrungen aktiviert. Weder

konnte ein Unbefugter mitlesen noch die Bestimmungsadresse in Erfahrung bringen. Unmöglich.
Der Rapport war an eine neutrale Adresse gerichtet, nicht einmal Joschi wusste, wer sich dahinter verbarg. Und damit noch etwas Spannung erhalten bleibt, wird das Geheimnis der Person hinter der Adresse nicht gelüftet.
In diesem Bericht schilderte er die Verstrickungen zwischen Föderation, VGU, Presse und ein paar regionalen Dienststellen, nannte Namen und stellte Vermutungen an, wofür diese denn wirklich verantwortlich waren. Nochmal in die Stulle gebissen, mit Kaffee runtergespült und abgeschickt, dann auf zum nächsten Bericht, diesmal ein offizieller, mit gänzlich anderem Inhalt, für die galaktische Föderation.
Gut, ein paar Krümel und Kaffeetröpfchen sind dabei auf die Tastatur geraten, aber dafür war diese anscheinend ausgelegt, denn selbst nach den üppigsten Frühstücksorgien ließ sich nicht mal das kleinste Krümelchen oder Stäubchen zwischen den Tasten erkennen. Das war bemerkenswert, denn nicht mal zu dieser fortschrittlichen Zeit gab es im Handel kaffee- und bröselsichere Tastaturen.

Kurze Auszeit.
Man ging lange Zeit fälschlicherweise davon aus, dass die besagten Kleinstpartikel zwischen den Tasten von externen Quellen stammten wie beispielsweise Brötchen, Kaffee, schmutzigen Fingern oder anderen Dingen.
Diese machen tatsächlich aber nur einen sehr geringen Anteil aus. Mittlerweile weiß man, dass der Löwenanteil dieser ekligen, schwarzgrauen und klebrigen

Masse direkt aus dem PC selbst stammt. Es ist nichts weiter als Information, die gelöscht wurde und weil diese aufgrund der Entropie nicht einfach so verschwinden darf, materialisiert sie sich und quillt, da sie ja irgendwohin muss, zwischen den Tasten hervor.

Dahintergekommen ist ein kleiner, spießiger Föderationsangestellter, der es nicht ertragen konnte, den Rechner seiner schludrigen Kollegen mitbenutzen zu müssen. Jedes Mal säuberte er das Gerät, bevor er zu arbeiten begann, zog sich Glacéhandschuhe an und aktivierte einen Staubeliminator auf seinem Tisch. Aber es half nichts, die Tastatur wurde sogar noch schneller schmutzig als bei den faulen Kollegen, die den Apparat nur zweimal am Tag benutzten, um private Dinge zu erledigen.

Das machte ihn stutzig und er fing an, da er nicht wirklich viel zu tun hatte, Experimente durchzuführen. Mal arbeitete er mit, mal ohne Handschuhe, mal ließ er den Staubeliminator laufen, mal nicht, aber immer führte er exakt Buch über den Verschmutzungsgrad der Tastatur. Nach zwei Monaten kam er auf das sensationelle Ergebnis, dass der Verschmutzungsgrad fast exakt mit dem Löschen von Textpassagen korrelierte, egal, ob der Rechner mit Handschuhen benutzt worden war oder nicht, egal, wie lange man an der Kiste gesessen hatte.

Diese Erkenntnis war sensationell und wurde natürlich sofort geheim gehalten, damit sie nicht in die falschen Hände geriet, was aber jetzt nicht wirklich notwendig gewesen wäre, denn dort war sie bereits.

Genauere Forschungen hatten ergeben, dass sich die Information eine gewisse Zeit lang materialisiert, dabei als Gebrösel ausfällt und dann, wenn sie von den

Tasten entfernt worden ist, aus unserem dreidimensionalen Raum-Zeit-Kontinuum verschwindet, um sich in die sechste Dimension zu verkrümeln (jaja!), nur um dort, zusammen mit all den anderen gelöschten Informationen, nach Herzenslust zu verkleben und verklumpen, so dass man sie beim besten Willen nicht mehr rekonstruieren kann.

Nun dürfen sich die Informationen erstmal gerne aus dem Staub machen, denn dort sind sie für uns unerreichbar. Wäre ja auch noch schöner! Sonst könnte man ja die ganzen gelöschten und geheimen Daten auslesen und ordentlich Schindluder damit treiben. Firewalls und andere Sicherheitsvorkehrungen wären praktisch zwecklos, könnte man sich dieses informationsreichen Gebrösels bemächtigen. Das geht ja nun wirklich nicht!

Doch, leider geht das.

Und da außer IHNEN niemand davon wusste, kam auch niemand auf den Gedanken, sich gegen Informationsdiebstahl von gelöschten Texten zu schützen.

Also hackte der oberste Chef der Föderation munter seine geheimsten Berichte in den Apparat, fluchte, weil er wieder mal die Tasten verfehlt hatte und ließ die automatische Fehlererkennung und Stilverbesserung drüber laufen, damit sie geschätzte vierzig Prozent des Geschreibsels entfernte oder bis zur Unkenntlichkeit ummodelte und den Sinn des Originals auf den Kopf stellte. Joschi machte sich weder Gedanken um die fehlenden Krümel noch um das Wortgemetzel, das zu veranstalten er gezwungen war, und biss nochmal herzhaft in seine Schneckennudel, die auch prompt einen Regen kleinster Partikel in die Tastatur ergoss.

Auch wenn der Text nicht den Sinn ergäbe, den er haben sollte (wenn er überhaupt einen ergeben sollte), konnte er mit einem warmherzigen Lächeln die Sache wieder geraderücken, denn viel Verbindliches hatte der Präsident nicht zu sagen und konnte daher auch nicht so viel kaputtmachen. Er sollte nur der Macht ein Gesicht geben, etwas Greifbares, Ansprechbares, so dass die Bewohner der Galaxis nicht den Eindruck bekamen, die Föderation wäre eine gesichtslose Ansammlung von ausgemusterten und unfähigen Büro- und Technokraten, was sie eigentlich war, sondern würde aus Leuten bestehen, die sich locker den verwaltungstechnischen Anforderungen stellten und sogar noch Spaß dabei hatten.

An anderer Stelle waren einige Leute umso interessierter daran, jeden Brösel auslesen zu können. Es hatte einige Jahre gedauert, um eine Absorptionsfolie zu entwickeln, die geschickt unter der präsidialen Tastatur angeordnet war und welche die gelöschte Information (inklusive Schneckennudel- und Croissantüberresten) in einen externen Datenspeicher transferierte, bevor sie mit anderen Daten und Frühstücksresten endgültig zu einem wertlosen und ekligen Brei zusammenpappte, der normalerweise irgendwann von der Putzfrau gereinigt werden würde.
Noch länger hatte es gedauert, eine Apparatur zu entwickeln, mit der man eben diese Daten aus den unzähligen Nahrungsmittelresten extrahieren und wieder lesbar machen konnte. Diese sogenannte Datenzentrifuge separierte die kleinen, ekligen Teilchen (‚KETs‘), die Daten enthielten, vom restlichen Gepappe. Anschließend konnte man nicht nur alle Informationen auslesen,

wenn man es richtig anstellte, sondern hatte auch noch ein wenig Gebäck aus den Resten des Gekrümels produziert, das die Zentrifuge ausspuckte.

Und es gab einen kleinen Zirkel von Leuten, die das konnten.

Diese Leute waren stinksauer, weil ihr Kandidat bei der Wahl zum Präsidenten der Föderation verloren hatte, und das noch gegen so einen unberechenbaren Taugenichts, den man kaum unter Kontrolle bringen konnte! Wenigstens hatte man einen Spion in seiner unmittelbaren Nähe, zudem wussten sie durch die Tastatur, was er gerade machte und plante und konnten entsprechend agieren. Denn eines war sicher: Die Föderation musste wieder unter ihre Kontrolle gebracht werden, zum Wohl aller Wesen in der Galaxis. Und für dieses hehre Ziel – Macht – durfte, ja musste man ohne Skrupel gegen alle Gegner vorgehen, auch wenn das der überwiegende Teil der Galaxis war, durfte, ja musste man alles einsetzen, was einem zur Verfügung stand.

Und das war einiges.

Etliches, um genau zu sein.

Doch davon konnte Joschi nichts wissen. Zum Abschluss seines morgendlichen Arbeitsschubes durchstöberte er seine Mails. Ein paar Fans hatten geschrieben, ein paar Mahnungen, Werbung, nichts Besonderes. Doch halt, eine wichtige Nachricht, sogar mit einer blinkenden, roten Fahne gekennzeichnet, direkt von der Föderation, fiel ihm jetzt auf. Sie lautete:

„Sehr geehrter Herr Präsident!
Ein wichtiger Termin steht ins Haus. Durch Ihren Amtsantritt sind einige Zivilisationen ein wenig außer

Fassung geraten, es herrscht Aufruhr in manchen Teilen der Galaxis. Gerade die von Akabaraniern bewohnten Welten sind aufgebracht - Sie hätten sich nicht so abfällig über ihre Religion auslassen sollen. Daher werden Sie sich sofort auf Schlaraffia IV einfinden, um dort die Wogen ein wenig zu glätten. Ich denke, dass dies in zwei Tagen bewerkstelligt werden kann.
Von dort werden wir Sie abholen lassen, damit Sie noch rechtzeitig bei der Präsentation des Phasen-Molekularumwandlers zugegen sein können. Für den Flug nach Schlaraffia steht Ihnen der Wellenreiter ‚Orion‘ unter Käptn Ehrlein zur Verfügung. Da unsere Flotte momentan noch ein paar kleinere technische Probleme hat – wir haben jetzt zwar wieder Geld für die Wartung, aber nicht die Kapazitäten, diese auch schnell durchzuführen, werden Sie von dort mit der ‚Genderpreis‘ zu der Präsentation nach Gliese weiterfliegen.
Dieses Schiff hat gerade eine Mission im Helix-System beendet und ist bereits auf dem Weg ins Schlaraffensystem, wo Sie dann an Bord genommen werden. Wir wünschen einen angenehmen Flug und verbleiben
mit freundlichen Grüßen
Jean-Philippe Chevallier“

„Ach ja, der Jean-Philippe. Hat die Niederlage bei der Wahl zum Präsidenten gut verkraftet. Und die Genderpreis wollte ich mir schon immer mal gerne anschauen, soll ja ein doller Kahn sein!“, dachte sich der Adressat und machte sich an die nächsten Mails.
„Hey, Joschi, ich liebe dich, ich will ein Kind von dir!!!“ stand da in großen, rundlichen Lettern unterhalb eines nicht minder großen und rundlichen Paares weiblicher Brüste. Erst das achte Angebot heute, es lässt

langsam nach, dachte sich der auserkorene Kindsvater. Ach ja, warum muss man mir ausgerechnet einen schrägen Vogel abstellen und nicht ein paar meiner Fans? Da könnte man sogar am Gehalt sparen!

Die Tage auf Helix III waren nicht leicht gewesen, jedenfalls nicht so, wie sie es sich vorgestellt hatten. Zwar konnte man mit Muße das Schiff wieder in Topform bringen (lassen) und selber noch etwas zur Ruhe kommen, aber der übliche Ärger ließ nicht lange auf sich warten - in Form von Person Roth-Grün natürlich, der Diversitätsbeauftragten, die vom VGU für die Dauer der Expedition abgestellt worden war, um eine gleichstellungs- und genderkonforme Reise zu garantieren.

Der Käptn, die Weltraumlegende Roderich Grubinger, war just auf dem Weg zur Brücke, um sich nach dem Fortschritt der Wartungsarbeiten zu erkundigen, als er auf dem Korridor beinahe mit Sathington Durbrick, dem Bordmechaniker, und besagter rot-grüner Person zusammenstieß. Beide diskutierten erregt. „Wie oft muss ich Ihnen noch erklären, dass ich den neuen Vorhammer brauche? Den Alten hat mir Kevin-Jeanette kaputtgemacht, als er die Schaltkreise vom Raumflitzer eines Bekannten reparieren wollte und ...“

„mit einem Sieben-Kilo-Hammer?“

„Ja, um sich abzureagieren, weil es nicht geklappt hat. Jedenfalls hat er den Stiel abgebrochen und ich hab‘ jetzt einen neuen gekauft. Im Sonderangebot! So ein Geschiss um einen billigen Allerweltsvorhammer! Wo ist das Problem?“ fragte der Maschinenmeister erregt.

„Das Problem, Person Durbrick? Es gibt hier viele Probleme, nicht nur eines! Es fehlen die grundlegendsten Zertifikate für besagtes Werkzeug! Ist der Stiel auch garantiert aus Ökoholz und nicht aus Tropenholz? Wurde der Hammer von fair bezahlten und gewerkschaftlich organisierten Arbeitskräften und nicht in Kinderarbeit auf Helix zusammengebaut?

Wurde der Stahl des Kopfs mit umweltfreundlich abgebauten Elementen legiert und nicht mit solchen, bei denen die Gewinnung eine Wüste hinterlässt? Wurde beim Schmelzen des Stahls nicht zu viel CO_2 emittiert? Hat der Baumarkt, bei dem Sie das Produkt gekauft haben, eine genaue Diversitäts- und Außerirdischenquote eingehalten?

All das und noch viel mehr muss berücksichtigt werden, Person Durbrick! Daher ist ein ausgebildeter Einkäufer für solche Anschaffungen unbedingt vonnöten und darf nicht umgangen werden! Und jetzt bringen Sie den Hammer wieder zurück, es sei denn, Sie können die erforderlichen Zertifikate beischaffen!"

„Brummelbrummel – ach, hat doch eh keinen Sinn!" schmollte der oberste Teiletauscher und machte sich davon, den Hammer zurückzugeben und seinen Frust in der Kneipe neben dem Baumarkt zu ertränken, anstatt, wie sein Praktikant, dafür den Hammer zu Hilfe zu nehmen, wobei ihn gerade jetzt diese Alternative doch sehr in den Fingern juckte, wenn man seinen Gesichtsausdruck richtig interpretierte.

Roderich hatte kurz die Hoffnung, ungeschoren davonzukommen, doch Roth-Grün machte diese zielsicher zunichte.

„Ah, Käptn, gut, dass ich Sie sehe! Es sind ja ein paar Umbauten vorgenommen worden während der Wartezeit im Dock. Mich würde interessieren, was denn so alles installiert worden ist, wo die zugehörigen Zertifikate sind und so. Können Sie mir eine Zusammenstellung vorlegen?"

„Kein Problem, neben den üblichen Verschleiß- und Ersatzteilen wurde die Genderpreis mit einem sogenannten Etikettiersystem, das vom VGU neuerdings für alle größeren Schiffe vorgeschrieben ist, ausgerüstet. Details werde ich Ihnen ausdrucken. Wie ich gesehen habe, ist aber alles ordnungsgemäß zertifiziert. Was ist das denn eigentlich, dieses ‚Etikettiersystem‘? Sie sind doch vom Verein für Gleichstellung und Unterschiedlichkeit und wissen da sicherlich mehr als wir alle zusammen!“

„Ach so, das neue System, dann ist ja gut, hehe. Es ist übrigens kein Etikettier-, sondern ein Etikettesystem.“ entgegnete Roth-Grün halblaut mit sibyllinischem Grinsen. „Es stellt sicher, dass die Ausdrucksweise des Personals nichtdiskriminierend, immer politisch korrekt und gesittet abläuft. Schimpfwörter, lautes Poltern und herabwürdigende Kommentare sowie Zoten und anrüchige Anspielungen werden gerügt und sogleich gemaßregelt. Das wäre ja noch schöner! Und, Person Grubinger, was sagen Sie dazu?“

„Das ist gut!“ antwortete der Käptn laut.

„Dass Sie sich dafür begeistern können ... gut, es ist ein Anfang. Offenbar treibe ich Ihnen die Machoallüren so langsam aus.“

Roderich ließ sie in dem Glauben weiterziehen, nuschelte leise „zu wissen“ hinterher und setzte seinen Weg zur Brücke fort. Unterwegs traf er auf Sergeant Kareninoff, der merkwürdigerweise anstelle einer Waffe ein kleines Notizbuch in der Hand hielt, in das er angestrengt etwas schrieb. Seltsam. Das war ungefähr so, als ob ein Löwe mit Essbesteck und Serviette eine Schüssel grünen Salat vertilgen würde.

Auf der Brücke nahm ihn Jarulin Voof, sein erster Offizier, in Empfang und erstattete Bericht. „Hi Roddi, wir sind fast startklar, ein erster Probelauf ist in fünfundvierzig Minuten angesetzt. Äh, wo geht denn Sathington gerade hin?“

„Ach, der geht nochmal in die Stadt, vorsorglich Besorgungen entsorgen. Leg besser noch zwei Stunden drauf mit den Tests, dann lassen wir das Mädel brummen. Wollen wir so lange noch eine Partie ‚Unicorn‘s Lair‘ spielen?“

„Du willst Revanche? Jederzeit!“ war die selbstsichere Antwort Jarulins. Sie gingen in die Kajüte des ersten Offiziers und packten die Controller aus. Das Spiel war der letzte Schrei, das ultimative Spiel, welches die ganze rechnerische Leistung für Grafik und Akustik der hochmodernen Spielkonsole benötigte, für die es konzipiert worden war.

Fünfzig Programmierer und Entwickler hatten monatelang an der Realisierung gearbeitet und achtzig Terrabyte geschrieben mit dem Ergebnis, dass die beiden Offiziere jetzt acht verschiedene Formen, die vom oberen Bildschirmbereich langsam nach unten fielen, so lange um neunzig Grad drehen mussten, bis dass sie in einen sich am unteren Bildschirmrand befindlichen Stapel bereits vorhandener Teile eingefügt werden konnten. Die Grundidee war schon ein paar hundert Jahre alt, aber Grafik, Effekte und Vorspann sowie verschiedene Spielmodi konnten einen vergessen lassen, dass es sich um ein simples und altbackenes Spielchen handelte.

Mitten im zweiten Durchgang – Roderich war es nicht unzufrieden, er lag wieder mal weit hinten - kam ein dringender Anruf der Föderationszentrale auf sein Mobilfon reingeschneit.

„Tut mir leid, Jaru, aber die Arbeit geht vor. Schade, ich war so kurz davor ...“

„abgezogen zu werden. Nix da, wir spielen ‚Unicorn's Lair‘ und der Anrufer keine Rolle!“

„Mal schaun, wer stört. Upps, der Admiral höchstpersönlich. Neh, da geh ich mal lieber dran.“

Sie packten die Controller weg, um seriös zu erscheinen, denn die Gespräche liefen üblicherweise mit Bildübertragung. Roddi meldete sich.

„Hier Käptn Grubinger von der Genderpreis, was liegt an?“

Es war die lebende Legende Admiral Krothenfels, die sich zu Wort meldete. „Person Käptn, ich habe vernommen, dass Sie morgen wieder ins Geschehen eingreifen können. Wir haben da eine kleine Mission, einen wichtigen und geheimen Auftrag, den nur ein zuverlässiges Schiff mit einem vertrauenswürdigen Käptn und gefüllten Tank übernehmen kann. Wie Sie wissen, haben wir seit kurzem einen neuen Präsidenten an der Spitze unserer Föderation, Herrn Joschi Delgado. Eigentlich ein Grund zur Freude, doch leider hat die Wahl dieser Person auf manchen Welten für negative Emotionen gesorgt.

Es gehen Gerüchte um, denen Zufolge ein Anschlag auf ihn geplant ist. Dennoch müssen die Geschäfte weitergehen. Herr Delgado befindet sich im Anflug auf Schlaraffia IV, um dort die Wogen zu glätten. Sie werden ihn dort abholen und sicher zur Präsentation von so einem Phasendingsda geleiten.“

„Aye, Sir, wir werden noch einen Probelauf absolvieren und können morgen aufbrechen.“

Roderich machte sich zurück zur Brücke, um genauere Instruktionen per Mail zu empfangen, während Jarulin die Konsole wegpackte und ein wenig Musik auflegte.

Das konnte er nur, wenn er alleine war, denn Bregander wie er hatten einen sehr speziellen Kunstgeschmack. Musik beispielsweise war für diese Spezies rhythmisch und wohlklingend, wenn der Rhythmus nicht gleichmäßig lief, sondern nur, wenn sich das Tempo ständig veränderte, was von den meisten anderen Wesen als schreckliche Katzenmusik empfunden wurde. Zudem mussten die Texte unerträglich öde sein. Das war auch der Grund, warum es kaum Ehen zwischen Bregandern und Erdlingen gab – sie frequentierten verschiedene Discos.

Das Bregandersystem war auch das einzige, in dem es Politikern verboten war, Musik zu machen. Die einschneidende Erfahrung, die zu dem Verbot führte, machten die Bregander mit Politikern eines Untersuchungsausschusses, der eigentlich die aktuelle Problematik beim Berechnen der Einkommenssteuer unterer Klassen durch die neue FX-1-Klassifizierung untersuchen sollte. Diese Arbeit war schrecklich langweilig und unwichtig und alle wussten, dass der Abschlussbericht zwar zweihundertfach ausgedruckt und zur Vorlage an die restlichen Parlamentarier versandt, aber tatsächlich von niemandem gelesen, geschweige denn verstanden werden würde.
Diese Aussicht hatte ein paar Hinterbänkler frustriert, die von ihren Parteigenossen in den Ausschuss gestopft worden waren, weil er ihnen selbst zu langweilig erschien. Diese zweiten Geigen hatten nun in einer Pause Überlegungen angestellt, wie man aus der investierten Zeit und Arbeit doch noch etwas Produktives machen könnte.

Einer dieser Hinterbänkler hatte einen Schwager in der Musikindustrie und schlug dadurch inspiriert vor, doch einfach eine Platte mit dem Bericht als Text aufzunehmen. Öde Lyrics waren ja auf Bregander schon seit jeher der Renner.

Die anderen Mitglieder waren begeistert. Die Musik war schnell zusammengeschrieben und als Text verwendete man Passagen aus dem erstellten Bericht.

Als Künstlername fiel ihnen nichts Besseres ein als ‚Untersuchungsausschuss für die aktuelle Problematik beim Berechnen der Einkommenssteuer unterer Klassen durch die neue FX-1-Klassifizierung‘, was ja auch der Wahrheit entsprach.

Die Hitsingle konnte nun platziert werden, die natürlich den einfallsreichen Titel ‚Untersuchungsabschlussbericht des Untersuchungsausschusses für die aktuelle Problematik beim Berechnen der Einkommenssteuer unterer Klassen durch die neue FX-1-Klassifizierung‘ trug und fast ein Jahr lang die Nummer eins der Charts belegte.

Dieses Stück hatte sich sogar, als einziges musikalisches Werk von Bregandern überhaupt, auf anderen Planeten gut verkauft. Nicht, weil die Leute die Musik so gut fanden, sondern weil sie sich ideal dazu eignete, Partygäste, die partout nicht gehen wollten, rauszuekeln. Es sind einige Fälle verbürgt, in denen sogar die Gastgeber gleich mitgegangen sind.

Zudem wurde das Stück gerne von den Polizeibehörden anderer Zivilisationen aufgelegt, um unliebsame Demonstrationen und Zusammenrottungen schnell und gewaltfrei aufzulösen. Und genau darin lag die negative Erfahrung der Bregander mit musizierenden Politikern: Sie hatten jetzt galaxisweit ihren Ruf als muffige

Nerds mit schlechtem Musikgeschmack weg – völlig zu Recht.

Der Rest der Galaxis hatte umgekehrt Probleme mit politischen Sängern, die, obwohl sie viel zu jung, dumm und unerfahren waren, mit ihren Texten das gesellschaftliche Leben mitgestalten wollten und dies leider auch oft genug schafften. Sie nahmen sich komplexer Vorgänge an, dichteten zu diesen Themen einen Zweizeiler, der sich radebrechend reimte, und schon hatten sie die breiten Massen hinter sich, auch wenn die Folgen größtenteils katastrophal waren. Wenigstens konnte man den Zweizeiler schön mitsummen und anstelle von Argumenten in Diskussionen einbringen. Denn wenn ein großer Interpret schon solche Aussagen tätigt, wer weiß, vielleicht ist ja doch was dran!
Der Schaden, den diese selbsternannten Weltverbesserer anrichteten, war beträchtlich größer als der des ‚Untersuchungsausschusses für die aktuelle Problematik beim Berechnen der Einkommenssteuer unterer Klassen durch die neue FX-1-Klassifizierung‘, der ja lediglich eine Zusammenfassung des Abschlussberichtes über die aktuelle Problematik beim Berechnen der Einkommenssteuer unterer Klassen durch die neue FX-1-Klassifizierung in einer Hitsingle zum Ausdruck gebracht und nicht mal Halbwahrheiten verbreitet hatte.

Roderich kannte seinen Maschinenmeister gut, denn knappe zwei Stunden später erschien dieser wieder auf dem Schiff. Den Hammer hatte er zurückgegeben, seinen Frust abgebaut und jetzt gerade den ersten Probelauf hinter sich gebracht. Doch der verlief so gar nicht nach seinem Goût, was er auch gleich dem Käptn mitteilte.

„Roddi, das kann doch nicht wahr sein! Dieses neue Etikettesystem treibt mich noch in den Wahnsinn! Ich gebe Anweisung, die Triebwerke hochzufahren und werde zurechtgewiesen, dass der Antrieb von niemandem ‚verdammt‘ worden sei und ich doch bitteschön die Stimme senken soll, andernfalls sähe man sich genötigt, eine Meldung bei der zuständigen Gleichstellungs- und Genderbeauftragten abzugeben.

Dann fordere ich Kevin-Jeanette auf, einen neuen Vorhammer zu bestellen, weil er ja den alten kaputtgemacht hat, und werde gemaßregelt, dass ich mit Untergebenen acht Dezibel leiser und deutlich freundlicher umgehen soll. Zudem sei die Anrede ‚Mistkerl‘ nicht üblich für Föderationsmechaniker. So kann ich nicht arbeiten!“

Was sollte der Käptn da sagen? Geduld einfordern und die Sache runterspielen, man würde sich schon daran gewöhnen, mehr fiel ihm nicht ein. Solange es andere traf, konnte er lässig und locker bleiben. Doch auch Roderich sollte am nächsten Tag die Folgen des Etikettesystems zu spüren bekommen.

Es ereignete sich kurz vor dem geplanten Start. Er hatte gerade auf seinem Kommandosessel Platz genommen, träumte vom legendären Karneval auf Schlaraffia, den sie vielleicht mitfeiern konnten und dachte an die Verabschiedung der beiden Showmaster vom URS 4, die ihnen die letzten Wochen so unerträglich auf die Nerven gegangen waren. „Endlich sind wir die los!“ murmelte er versonnen.

Mit einem freudigen Lächeln im Gesicht gab er seine Instruktionen: „Leutnant Orlando, Mäuschen, schalten

Sie bitte …“ und wurde sofort unterbrochen, so dass ihm das Lächeln gefror, mit einem Aufstöhnen auf den Boden fiel und dort in tausend eisige Scherben zerschellte, eine zarte Spur aus zerstörter Fröhlichkeit in einer durch und durch geregelten Sprachwelt hinterlassend.

„Person KommandantIn! Die Anrede ‚Mäuschen‘ ist diskriminierend und sorgt für ein sexistisches Betriebsklima auf der Brücke. Unterlassen Sie dies und entschuldigen Sie sich!“ tönte das Etikettesystem in Dolby-Stereo-Surround-Sound.

Da war nichts zu machen. Erst nach einer Entschuldigung konnte er weitermachen, das Etikettesystem hätte sonst all seine Zugänge blockiert, wie es ihn auch gleich mit belehrender Stimme informierte. Das konnte ja heiter werden! Kaum waren die Nervensägen von Big-Brother-in-Space weg, gab es schon eine neue Störquelle. Mist.

Der Probelauf verlief, abgesehen von einigen zurechtweisenden Maßregelungen seitens des Bordcomputers, der mit dem Etikettesystem infiziert worden war, ohne Störung, so dass man zur vorgesehenen Zeit Helix verlassen und nach Schlaraffia IV düsen konnte.

„Schlaraffia IV ist ja ein sehr wohlhabender Planet, dessen Bevölkerung sich aber die letzten Jahrzehnte ein wenig abgekapselt hat. Eine Cousine von mir wohnt dort, ich habe schon lange nichts mehr von ihr gehört. Ich bin gespannt, wie die sich so gemacht haben.“ spekulierte Ludovic Vaillard, der Bordarzt, als sie auf dem Weg zum ersten Sprungpunkt waren.

Diese Punkte waren nichts weiter als Wurmlöcher, die weit entfernte Orte der Galaxis miteinander verbanden. Man konnte auf diese Art mit

Überlichtgeschwindigkeit reisen, was überhaupt erst eine Organisation und ein koordiniertes Zusammenleben der intelligenten Wesen der Galaxis möglich machte. Da so ein Sprung einige Gravitationswellen auslöste, hatte man die Punkte ein wenig vor den entsprechenden Sonnensystemen installiert. Um die Wurmlöcher herum entstanden, wie bei klassischen Flughäfen, größere Kongresszentren, Hotels und Einkaufsstraßen, da aufgrund einer steigenden Zahl von Reisenden und zeitraubenden Koordinationsaufgaben sich doch einige Wartezeiten ergaben.

„Mir egal, wir spielen Taxi, holen den Präsidenten ab, feiern vielleicht noch etwas Karneval, liefern ihn bei der Präsentation auf Gliese ab und können dann endlich mit der Mission fortfahren." erwiderte Roddi. „Das soll ja ein komischer Vogel sein, dieser Joschi, aber egal, besser als die zugeknöpften Leute vom Verein für Gleich- und Späterstellung allemal. Die Kabinen für ihn und seinen Sekretär sind auch schon vorbereitet. Seltsam, warum nur musste eine Fuhre Stroh auf das Zimmer des Gehilfen gebracht werden?"

„Das wird sich noch herausstellen, vielleicht ist es ja ein Esel. Würde mich bei einigen Angestellten der Föderation nicht wundern. Wie haben wir eigentlich den Verlust der Long-Legged-Dancing-Bunnies diversitätspunkttechnisch verkraften können?" wollte Jarulin vom Käptn wissen.

„Keine Ahnung, interessiert mich auch nicht. Das überlasse ich der Rot-Grünen, die ist für sowas zuständig. Wir sind allem Anschein nach noch in der Quote, damit ist's gut, solange nicht wieder ein Besatzungsmitglied als Vorspeise auf dem Teller landet."

Am Sprungpunkt angekommen, gab Roderich sein übliches Startkommando: „Hau rein und voll auf die Zwölf, Baby!" befahl er der Genderpreis. Doch nichts passierte, außer dass sich eine empörte Computerstimme zu Wort meldete. „Käptn Grubinger, so kann ich nicht arbeiten. Ich lehne jegliche Gewalt ab und haue daher niemanden, eine Zwölf ist auch nicht in Sicht und ein Baby bin ich schon gar nicht. Ich fürchte, wir haben noch viel Arbeit vor uns. Also: Was erwarten Sie von mir?"

„Grrrrrrrr-enderpreis, flieg uns bitte diversitäts- und gleichstellungskonform durch den Sprungpunkt 7-1.2 zum Schlaraffensystem, und das bitte emissionsreduziertgrhmmmmm ..."

„Ich kenne den Begriff ‚grrrrhhmm' nicht, aber ich werde Ihren Befehl ausführen, Person Käptn." sprachs und flog flugs – nein, sprang flugs durch den Sprungpunkt. In kürzester Zeit legten sie ein paar hundert Lichtjahre zurück.

Ab ins Schlaraffenland!

Zum besseren Verständnis der folgenden Episode erfolgt nun ein historischer Exkurs in die jüngere Vergangenheit des Schlaraffensystems:

Es war einmal ein Sonnensystem, dessen Bewohner einen Tick klüger, fleißiger und fortschrittlicher waren als die meisten anderen Wesen in der Galaxis. Das lag daran, dass es sich bei den Bewohnern zum großen Teil um hochgebildete Akademiker, Techniker und Künstler handelte, die nach Schlaraffia gezogen waren, um dort eine neue, perfekte Welt aufzubauen.
Schlaraffia erschien für die Besiedelung mit Erdlingen, die den größten Anteil der Kolonialisten ausmachten, ideal. Der Planet hatte fast die gleiche Masse, Temperatur, Atmosphärendruck und Jahreszeiten wie die Erde; auch Flora und Fauna unterschieden sich nicht großartig von den terrestrischen Gegebenheiten.
Es hatte sich sogar eine etwas intelligentere Spezies entwickelt, die von den Siedlern den Namen

‚Wilguren‘ bekommen hatte. Dabei handelte es sich um eine amphibische Lebensform, deren Angehörige bevorzugt Flussufer besiedelten, Fischerei betrieben und bereits einige kleinere Dörfer gegründet hatten. Sie waren etwa einen Meter groß und hatten eine rudimentäre Sprache entwickelt. Diese Wilguren waren allerdings sehr scheu und wichen den Neuankömmlingen überall aus, wo es nur ging, wodurch sie in immer entlegenere Reservate gedrängt wurden und kurz vor dem Aussterben standen.

Die Neubürger wiederum arbeiteten den ganzen Tag, lebten in Frieden und Eintracht mit ihren Nachbarn und waren stets guter Dinge. Alles war bis aufs Kleinste geregelt, es gab keinen Dreck, keine gesundheitsgefährdenden Stoffe und kein Leid, das nicht durch irgendwelche Zahlungen aus den vielen sozialen Kassen, in welche die Bewohner fleißig einbezahlten, gemildert werden konnte. Die perfekte Welt halt – ach ja!

Doch für so eine Welt waren die Nachkommen der Siedler nicht gebaut. Es wurde ihnen schnell langweilig. Man hatte gigantische Überschüsse an Kapital und intelligenten Kapazitäten, die nichts anderes zu tun hatten, als ausgefeilte Dinge noch ausgefeilter zu machen und die letzten Promille an Optimum herauszukitzeln, damit noch mehr intelligente Kapazitäten freigesetzt werden und noch mehr Kapital generiert werden konnte. Und weil das Leben so mühelos und perfekt ablief, wurden sie rasend schnell dekadent, fett, faul und träge.

Und an diesem Punkt kamen SIE ins Spiel.

SIE waren schon länger auf Schlaraffia tätig und sahen jetzt die Möglichkeit gekommen, den Schlaraffen IHRE Maßstäbe von Moral und Ethik aufzudrücken.

SIE hatten dabei leichtes Spiel, denn die meisten ihrer Opfer waren bereits zu reinen Konsumenten und Verbrauchern ohne Gemeinschaftssinn verkümmert.

Die Schlaraffen bekamen, je dekadenter sie wurden, immer weniger Kinder, ihre Urinstinkte aber waren noch aktiv. So brauchten sie, um diese zu befriedigen, etwas, dass sie bemuttern konnten. Nicht in Vollzeit, nein, das wäre zu anstrengend gewesen, sondern nur dann, wenn man es gerade wollte. Und das nutzten SIE aus.

SIE lenkten die Aufmerksamkeit der Schlaraffen auf die nähergelegene Umgebung des Planeten. Genauer gesagt, fiel IHR Interesse auf einen Wandelstern im Nachbarsystem Namens Salaffia, den kaum jemand zuvor auf der Liste gehabt hatte. Beide Planeten wurden etwa zur selben Zeit besiedelt, doch man hatte fast keinen Kontakt gehalten, da sich die Siedler dort ein wenig anders entwickelt hatten. Die Salaffen, wie sie sich nannten, waren zwar auch zum größten Teil Humanoide von Terra III, doch handelte es sich um Anhänger der Akabaraniersekte, der mit Abstand strengsten Religion in der gesamten Galaxis, und diese wurden, nachdem sie den ganzen Planeten akabaranisiert hatten, immer religiöser.

Entsprechend sah es nach kurzer Zeit auf Salaffia II auch aus. Die paar Gebäude, die man von den ersten Siedlern geerbt hatte, verfielen immer mehr und man konnte gerade mal so viele Lebensmittel anbauen, um die zahlreichen Kinder noch so eben durchzubringen. Kurz gesagt, man lebte im Elend, sah es aber auch nicht ein, seine Lebensweise umzustellen. Stattdessen bekriegte man sich die meiste Zeit untereinander, um sich die letzten kargen Ressourcen zu rauben oder wiederzuholen beziehungsweise um die Verlierer zu versklaven, damit wenigstens die ein wenig produktiv arbeiteten.

SIE besuchten die Salaffen und brachten ihnen moderne Errungenschaften wie Fernsehen, Telefon und Reisemöglichkeiten vorbei. Und es dauerte nicht lange, dass die Salaffen beim Ansehen von schlaraffischen Fernsehserien ins Träumen gerieten, wenn sie die wesentlich bessere Welt aus dem TV mit ihrem eigenen Elend verglichen. Da konnte es nur eine Lösung geben! Nein, natürlich nicht, dass man seine Lebensgewohnheiten denen der Schlaraffen angleicht, das würde ja früh aufstehen, arbeiten, sich Mühe geben, Bildung aneignen, kaum noch beten etc. bedeuten. Vielmehr packten einige Salaffen die paar Sachen, die sie ihr Eigen nannten, und flogen mit Hilfe der importierten Technik in Form einer stark wartungsbedürftigen Raumfähre, die SIE ihnen überlassen hatten, nach Schlaraffia.
Diese ersten Auswanderer wurden in ihrer neuen Heimat willkommen geheißen, da SIE, wie wir wissen, dort zuvor eine groß angelegte Kampagne gestartet hatten. Die Schlaraffen dachten, die Salaffen würden in ihrer neuen Heimat arbeiten, sich integrieren und nach ein paar Jahren wieder auf ihren angestammten Planeten zurückfliegen, um diesen voranzubringen, wenn sie genug Geld beisammen hätten, auf dass es allen Salaffen besserginge.
Doch die Gäste blieben und ließen es sich gutgehen. Sie telefonierten mit ihren Verwandten daheim, teilten ihnen mit, wie gut es sich im Schlaraffenland leben ließ und dass sie doch alle nachkommen sollten. Und so

kamen immer mehr tiefreligiöse Salaffen nach Schlaraffia.

Die Schlaraffen ließen sie gewähren, weil sie sich immer noch Anerkennung für die Aufnahme dieser völlig fremden Leute erhofften und darauf spekulierten, dass die neuen Mitbürger zu dankbaren Freunden werden würden. Zudem fuhren SIE in den Medien immer stärkere Kampagnen, in denen alle, die der Einwanderung kritisch gegenüberstanden, als dumme und moralisch schlechte Wesen dargestellt wurden. Und das wollte natürlich niemand sein!

Alles Fremde hatte Hochkonjunktur. Es kam in Mode, die eigene Kultur und deren Errungenschaften kleinzureden und die der Salaffen über den Klee zu loben, auch wenn deren Erfindungen hauptsächlich aus ein paar kleineren kulinarischen Gerichten bestanden. Durch den Konsum der neuen Waren hofften sie, mondän und weltoffen zu erscheinen.

Den Salaffen war das alles völlig egal, sie vermehrten sich, im Gegensatz zu den Schlaraffen, rasend schnell. Außerdem behielten sie ihre Religion und kulturellen Riten bei, für die fast der ganze Tag draufging, und sahen es auch sonst nicht ein, die schlaraffische Sprache zu erlernen oder ihre Clanstrukturen abzulegen. Die sehr strengen Vorgaben ihrer Religion regelten das Leben der Gläubigen vom morgendlichen Zähneputzen bis zum abendlichen Stuhlgang ganz exakt. Und da sie der Ansicht waren, es würde ausreichen, streng gläubig zu sein, um gut über die Runden zu kommen, war der Großteil von ihnen arbeitslos und von Transferleistungen der Schlaraffen abhängig.

Die erste Generation der Einwanderer war ja noch zum Teil dankbar dafür gewesen, dass es Geld für die bloße

Anwesenheit gab. Deren Kinder aber langeweilten sich. Materiell gesehen hatten sie alles, mussten nicht hungern und bekamen Bildungsangebote in Hülle und Fülle offeriert, doch Stolz und Ehre wurde ihnen nicht zuteil. Das erreichten sie, indem sie sich, wie es auch ihr heiliges Buch forderte, das Ala-Akbareion, als bessere Menschen ansahen, da sie alleine den einzig wahren Glauben hatten. Und so blickten sie verächtlich auf alles herab, was nicht ihrer Kultur entsprach. Ein Teil von ihnen radikalisierte sich so weit, dass sie Anschläge verübten oder nachts in Gruppen auf einzelne Schlaraffen losgingen. Die Schlaraffen hatten nicht den Mumm, sich dagegen zu wehren und nicht die Ehrlichkeit, sich dies einzugestehen, und so wählten sie die billigste Ausflucht: Toleranz.

Den jungen Salaffen war es recht, sie sahen sich durch das Zurückweichen bestätigt und machten munter weiter. Und da sie nun mal so anders als ihre Opfer waren, lebten sie mehr und mehr in eigenen Vierteln, die kaum noch in Kontakt zur Ursprungsbevölkerung standen. Die Zuwanderer, die mittlerweile in einem steten Strom von Salaffia kamen, wurden gleich in diese abgeschotteten Viertel integriert. Sie bekamen kaum etwas von den eigentlichen Bewohnern, den Schlaraffen, mit — außer den hohen finanziellen Transferleistungen, die sie als Tributzahlungen ansahen. Diese Entwicklung brauchte gerade mal knapp einhundert Jahre.

Der Flug mit der ‚Orion‘ erwies sich als recht eintönig. Käptn Ehrlein, der Pilot, war ein wortkarger Mann und die Besatzung zu ehrerbietig, um ein lockeres Gespräch zu beginnen. So blieb Joschi nichts anderes übrig, als die Bordbar systematisch zu dezimieren - sehr zum Missfallen seines Vogels, welcher die Gelegenheit zu Lamentieren sogleich nutzte.

„Jetzt fangen Sie schon wieder mit der Sauferei an, es ist doch zum Federnraufen, haben Sie denn nichts Besseres zu tun?“

Doch, hatte er. Vor ein paar Tagen hatte er angefangen, sich Vogelwitze auszudenken und diese seinem Quälgeist bei jeder Gelegenheit unter den Schnabel zu reiben.

„Der frühe Vogel fängt den Wurm!“, so begrüßte er seinen Sekretär jetzt jeden Tag. Dieser versuchte, sich mit ähnlichen Neckereien zu rächen, da er bemerkt hatte, dass Joschi auf seine langen, dunkelblonden Haare im Surferlook schrecklich stolz war. So auch heute.

„Guten Tag, Herr Präsident! Eine haarige Sache haben wir heute erfhaaren, zum Haareraufen. In Haarburg auf Schlhaaraffia haben sich ein paar Haarspalter aus Haarvard wegen Ihres Amtsantritts in die Haare gekriegt, so dass sich einem die Haare zu Berge stellen. Diese Unhaarmonie ist nicht haarmlos, sondern haargenau das, was viele Haartgesottene befürchtet haben, um Haaresbreite an einer Revolution vorbei!“

„Nicht schlecht, Herr Specht, man könnte fast meinen, dass du einen Vogel hast oder zumindest eine Meise unterm Pony. Mir hat heute Morgen ein kleines Vöglein gezwitschert, dass wir die Schlaraffen schon beruhigen werden, ohne Federn lassen zu müssen und wenn wir Glück haben, können wir obendrein den legendären Karneval von Harburg genießen, der doppelt so schön und groovy sein soll wie der auf Terra III. Dann nehmen wir am Fest der Lichterboote teil, was immer das auch ist, und am nächsten Tag werde ich eine Rede halten, um die Salaffen abzukühlen und wenn das misslingt, wartet die Genderpreis mit laufendem Motor im Orbit und haut uns raus - hoffentlich."

Und da er die nächsten Jahre wohl viel Zeit mit diesem seltsamen Wesen verbringen würde, hatte er sich vorgenommen, ihn ein wenig besser kennenzulernen, auch wenn es nur darum ging, eventuelle Fallstricke rechtzeitig zu erkennen. Also führte er die Konversation weiter:

"Was hat dich eigentlich zur Föderation verschlagen? Ich meine, ich habe nur sehr wenige Orneer dort gesehen, euer Volk scheint nicht so viel Interesse an den Ereignissen in der Galaxis zu haben!"

„Das stimmt schon, wir wollen in der Regel unter uns bleiben, aber ich bin halt etwas anders. Schon als Küken wollte ich unbedingt wissen, was denn so alles über den heimischen Wipfeln existiert. Daher habe ich mich schon recht früh für die Föderation interessiert. Andere Planeten besuchen, fremde Völker und Kulturen sehen war mein größter Wunsch, den ich mir am besten als Mitarbeiter der Föderation erfüllen konnte. Als ich dann meinen Schulabschluss in der Tasche hatte, habe ich mich gleich bei der Außenstelle der FZPM auf unserem Planeten beworben und den Eignungstest als Einziger von meinem Schwarm mit Bravour bestanden!

Den Tag, an dem der positive Bescheid zu meiner Bewerbung kam, werde ich nie vergessen. War ich aufregend! Ich saß im heimischen Nest gerade beim Abendbrot, draußen grillten die Zirpen, die Sonne ging unter, da kam die Brieftaube mit dem Einschreiben, das ich sogleich feierlich entgegengenommen und mit dem besten Brieföffner im Kreise meiner Familie geöffnet habe. Ach, das war ein Moment (seufz) ...

Ja, und im weiteren Verlauf wurde ich an der Zentralakademie eingebildet und, nach meinem Abschluss, bei der Föderation als Ihr Begleiter ausgearbeitet und leiste jetzt meinen Breitag, um das Zusammenleben der Wesen in unserer Galaxis zu verwässern.

Wie war das denn eigentlich bei Ihnen und der Kandidatur? Ich habe gehört, dass Sie nur durch eine Verwechslung in den Hohen Rat gekommen sind. Stimmt das? Und warum haben Sie überhaupt als mittlerer Angestellter Ihren Ring in den Hut geworfen?“

„Ja, mein Name wurde mit einem kleinen Dreher in irgendeiner Behörde versehen, das ‚Joschi‘ wurde abgekürzt und zack, hat man mich vollautomatisch zu den Würdenträgern geschanzt. Und da ein Mitglied des Hohen Rates nicht so ohne weiteres rausgekegelt werden darf, haben sie mich einfach auf meinem Stuhl gelassen und nicht weiter beachtet. Ja, bis zur Wahl halt!“ entgegnete Joschi. Dass er einige wichtige Details weggelassen hatte, musste er seinem Vogel nicht unbedingt auf den Schnabel binden.

Käptn Ehrlein gab ein paar Minuten später durch, dass sie sich jetzt im Orbit von Schlaraffia IV befänden und in Kürze in Harburg, der Hauptstadt des Planeten, landen würden.

Es war unschwer zu übersehen, dass auf Schlaraffia etwas nicht stimmte. Der Planet war eigentlich bekannt für seinen Wohlstand und den Fleiß seiner Bewohner, doch davon war nichts zu sehen. Schon die Landung gestaltete sich schwierig. Der Wellenreiter holperte doch arg und sogar Predo, der als Orneer mit einem sehr stabilen Magen ausgestattet sein sollte, musste fast reihern - Schade, Joschi hatte sich schon ein Wortspiel dafür zurechtgelegt. Die Landebahn war in einem erbärmlichen Zustand, die Natur holte sich Schritt für Schritt das ihr einst mühsam abgerungene Terrain wieder zurück. Ein Wunder, dass die Maschine bei der Landung nicht in zwei Teile zerbrochen war.

„Da brat mir doch einer einen Storch, wie sieht das denn hier aus? Faule Säcke, diese Schlaraffen! Ich dachte, die lieben ihre Arbeit über alles. Mein Gott, immer diese Klischees, nicht wahr?" korrigierte sich der Präsident selber.

„Nun, es hat auf Schlaraffia die letzten Jahrzehnte ein paar Veränderungen gegeben. Zu Ihrer eigenen Sicherheit: Hören Sie auf, von ‚Gott' zu reden. Wenn schon, erwähnen Sie Ala-Djaballah, das ist die Gottheit der akabaranischen Einwanderer. Und das niemals negativ! Außerdem bitte nie fluchen, das könnte – naja – interreligiöse Missverständnisse hervorrufen. Am besten überlassen Sie mir die Konservation, ich habe große interkulturelle Kompetenz in mehreren Seminaren erworben!" prahlte Tschillpie und zupfte sich noch schnell ein paar herausstehende Federn mit seinem Schnabel aus dem Gefieder.

„Ach, chill out, Tschillpie, mach doch was du willst mit deiner Kompetenz." dachte sich der Präsident und wackelte seinem Gouvernantenvogel wie ein Entenküken hinterher, als dieser die Stufen zum Rollfeld herunterschritt.

Dem Empfangskomitee gegenüber, das sich gerade in einem Abstand von zwanzig Metern von dem Raumschiff entfernt positioniert hatte, gab sich Predo sehr unterwürfig. Er lobte die Schlaraffen in den höchsten Tönen und betonte seine Demut sowie deren kulturelle Überlegenheit. „Wenn das interkulturelle Kompetenz ist, kann ich drauf verzichten. Der schräge Vogel kann denen ja nicht mal gerade in die Augen schauen. Jesses, hoffentlich gibt's hier wenigstens ein paar gute Willkommensparties, aber getrennt, nach normalen Leuten und Paradiesvögeln, nein, Sekretärsvögeln!" dachte sich Joschi. Wie sehr er daneben lag, konnte er noch nicht wissen.

Aus den Reihen des Empfangskomitees trat jetzt ein fülliger Funktionär hervor, der sich ihnen als Oberperson Horvath vom Verein für Gleichstellung und Unterschiedlichkeit, Sektion Schlaraffia, vorstellte. Herablassend gesprochen hätte man ihn eine fette Tunte nennen können, im normalen galaktischen Sprachgebrauch handelte es sich um einen kleinen, extrem dicken und androgyn wirkenden Herren, gendergerecht nach VGU-Norm musste man ihn - nein, es – als weniger groß, extrem vollschlank und genderneutral beschreiben.

Die Haare auf seinem dunkelbraunen Kopf waren allesamt durch Schweißtropfen ersetzt worden, die er sich mit monotoner Regelmäßigkeit unter Zuhilfenahme eines rosafarbenen Taschentuchs abwischte. Mit dicker Hornbrille und blassgrünem Anzug bekleidet stand er völlig außer Puste vor ihnen. ‚Diese Oberperson passt ja ganz hervorragend zu Roth-Grün!' würde Joschi denken, wenn er Letztgenannte bereits kennengelernt hätte, was aber zu diesem Zeitpunkt noch nicht der Fall gewesen ist. Behalten wir diesen Gedanken aber im Hinterkopf.

„Grüßgottle, ich heiße Joschi oder Mr. President, je nachdem, was zuerst eintritt, Herr – äähh Person Oberperson. Wieso nennen Sie sich eigentlich ‚Oberperson‘? Ich dachte, beim VGU sind alle gleich wie die Heringe?“ fragte der Präsident der Föderation, nachdem er die weiche, wabbelige Hand, die nicht minder schweißbefeuchtet war als die zum selben Körper gehörige Stirn, mit einem gewissen Ekel geschüttelt hatte. Ihm drängte sich der Eindruck auf, einen tratschnassen Küchenschwamm auszuwringen.

„Ja, das ist auch so, wir sind alle Gleiche unter Gleichen, doch wir sind so viele Gleiche, dass ein paar von uns zur besseren Koordinierung etwas höher positioniert sein müssen, um den Überblick zu behalten, wo kämen wir denn sonst hin? Das hat aber gar nichts damit zu tun, dass wir Horvaths ein altes Adelsgeschlecht sind. Doch ich habe, um meine Verbundenheit mit den einfachen Leuten und meine Abscheu vor Rangordnungen zu zeigen, den Adelstitel abgelegt. Man will ja mit Leistung und nicht mit Geburt punkten, nicht wahr?“ erwiderte der Angefragte und blickte Joschi bewunderungsheischend an.

Dieser jedoch ignorierte den Versuch mit einem Nasenrümpfen und fragte, da er sich immer streng an seine Prioritäten hielt, was denn so alles geplant sei, ob sie denn rechtzeitig zum Karneval gekommen seien und wie viele Häschen denn zur Begrüßungsparty erscheinen würden. Predo stupste ihn mit seinem Schnabel diskret in die Seite, zwitscherte: „Seien Sie doch bitte still, ich mach das schon!“ und lächelte, so gut es mit seinem starren Schnabel halt ging, Oberperson Horvath an. „Ja, der Herr Delgado, ein fröhlicher Geselle ist er, denkt immer nur an einen engen Kontakt mit den Untertanen, haha!"

„Ist ja auch nicht verkehrt, nicht wahr? Ein Präsident muss präsentieren, bevölkerungsnah sein! Na, dann wollen wir mal los, nicht wahr?" sprach die Oberperson, wandte sich um und walzte langsam und keuchend in Richtung Konvoi, direkt auf das ellenlange Luxusfahrzeug in der Mitte zu.

Joschi und sein Vogel zogen locker an ihm vorbei, stiegen zuerst in die Stretch-Limo und waren froh, sich schnell angeschnallt zu haben, denn Oberperson Horvath brachte durch sein Einsteigen den Wagen in beträchtliche Schwankungen. Nicht genug damit, unterwegs wurden sie von ihm auch noch vollgeseihert.

„Leider hat es heute Morgen einen Erdrutsch in Sektor Zwölf gegeben. Wir müssen da durchfahren, keine Chance, die Ausweichrouten sind völlig überlastet. Die Zufahrtstraße, die wir nehmen, ist zwar gut ausgebaut und nicht beschädigt, die Fahrt kann sich aber ein wenig verzögern, da die Aufräumarbeiten in unmittelbarer Nähe stattfinden.

Wo waren wir vorhin? Ach ja, nun, meine Mutter kommt vom Aldebaran, mein Vater von Terra, dessen Großeltern stammen von verschiedenen Kontinenten und Völkern, die Großeltern meiner Mutter hingegen waren Adelige, aber durchmischt aus verschiedenen Rassen von Beteigeuze, die dann in Richtung Aldebaran ausgewandert sind. Ich selber spreche acht Sprachen und habe die Staatsangehörigkeit von vier Planeten, wobei ich Unterteilungen in Staatsangehörigkeiten eigentlich strikt ablehne. Aber als mondäner Weltbürger muss man halt, ist praktischer so, nicht wahr?"

Es folgte wieder ein bewunderungsheischender Blick.
„Sie sehen, ich bin eine Mischung aus allem, was die Galaxis so hergibt, haha! Und daher ist mir auch die Herkunft und Spezies von Personen völlig egal, so wie uns das allen egal sein sollte, nicht wahr?" schloss er mit seinem Blick, den er die ganze Zeit nicht abgelegt hatte, ab.

„Wenn Sie so wenig Wert auf die Herkunft von Personen legen, warum breiten Sie dann die Ihrige so explizit aus?" wollte der Präsident nicht wissen. Er fragte das nur, weil er hoffte, die dicke Oberperson würde dann ob des kompromittierenden Paradoxons schweigen. Und so war es auch. Mit einem beleidigten Dackelblick wandte sich der Funktionär ab und biss zum Trost herzhaft in sein Frikadellenbrötchen, das ihm vor Antritt der Fahrt ein Bediensteter gereicht hatte.

Jetzt hatte Joschi wenigstens mehr Zeit, sich auf die Fahrt und die Straßen zu konzentrieren. Diese waren, wie der Flughafen, in einem erbärmlichen Zustand. Der Präsident verschüttete aufgrund zahlreicher Schlaglöcher mehrere Male seinen kostspieligen Longdrink, den er sich in der opulent bestückten Bordbar gemixt hatte, direkt auf das Polster, was aber nicht weiter auffiel, da sich auch die Karosse von der Pflege her perfekt im Einklang mit der Infrastruktur befand. Die träge Masse Horvaths konnte aber wenigstens einige grobe Schwankungen ausgleichen. Jetzt kamen sie an der vom Erdrutsch gebeutelten Stelle vorbei.

Diese lag fast genau mittig zwischen einem von Schlaraffen und einem von Salaffen bewohnten Stadtteil. Ein längerer Stau gab ihnen Gelegenheit, die Aufräumarbeiten zu verfolgen. Auf der Schlaraffenseite waren die Bagger bereits halb fertig, bei den Salaffen standen einige Schaulustige in leicht schmuddeligen Kaftanen, der traditionellen Kleidung der Akabaraniersekte, herum, diskutierten und warteten. Person Horvath ließ die Seitenscheibe herunter und fragte auf akabaranisch, ob es Probleme gäbe. Nach einem kurzen, klärenden Gespräch gab er den Mitinsassen einen Lagebericht:

„Also, nicht wahr, auf der linken Seite hat man fast alles weggeräumt und ein Team von Geologen ist gerade dabei, nach der Ursache für den Erdrutsch zu suchen. Auf der rechten Seite, der Salaffenseite, kann es gleich losgehen, man wartet nur noch auf ein Theologenteam, das den genauen Hergang rekonstruieren soll. Dieses müsste ..."

„Theologenteam? Sie meinen wohl Geologenteam! Und was ist mit den Arbeitern? Wo sind die?" wollte Joschi wissen.

„Neinnein, Theologenteam. Es handelt sich um tiefreligiöse Menschen, die solche Herausforderungen auf ihre spezielle Art angehen. Nicht besser oder schlechter, aber anders halt, speziell, nicht wahr? Sie meinen sicherlich, ihr Gott sei zornig und man müsse nun erforschen, worüber er sich so aufgeregt hat. Daher wird ein Team von Theologen die genauen Umstände prüfen und in den Heiligen Schriften nach einer Lösung suchen."

„Und wer räumt das Schlamassel weg?"

„Ach, die Schlaraffen haben ja noch Bagger vor Ort, das werden sie dann sozusagen als Amtshilfe erledigen, wenn die Salaffen sie lassen. Aber da sind sie glücklicherweise sehr tolerant und offen, diese Mitbürger. Hoffen wir nur, dass die Religionsfachleute nicht Ihren Besuch für den Erdrutsch verantwortlich machen. Immerhin haben Sie ein paar Mal den Glauben der

Akabaranier ziemlich beleidigt!" führte Horvath mit seinem übertrieben vorwurfsvollem Dackelblick aus.
Der Gott meinte es offenbar gut mit ihnen, denn sie mussten nur noch zehn weitere Minuten im Stau stehen und das Geseihere der Oberperson ertragen.

Endlich angekommen, wurden sie direkt in die Tiefgarage chauffiert, um per Aufzug in den zwölften Stock zu fahren, wo sich die präsidialen Gemächer befanden. Erst hier im Flur verabschiedeten sich die Sicherheitsbeamten der Föderation, die den Konvoi gebildet hatten, um im Anschluss vor dem Gebäude in Stellung zu gehen. Joschi platzte angesichts der vielen Uniformierten der Kragen.
„Kann mir mal jemand erklären, was hier vor sich geht? Man könnte ja von wegen der Uniformdichte meinen, dass hier ein Krieg bevorsteht!" blökte er Horvath an.
„Nun ja, hier hat sich die letzte Zeit einiges geändert. Nicht besser oder schlechter, anders halt einfach. Sie wissen ja, dass wir hier eine galaxisoffene Gesellschaft haben. Dazu wurden hier vor knapp einhundert Jahren friedliche Salaffen angesiedelt, die auf ihrer Welt keine Perspektiven gehabt haben. Naja, es sind im Lauf der Zeit immer mehr gekommen, die dann auch noch ihre Familien nachgeholt haben.
Mittlerweile stellen sie einen erklecklichen Prozentsatz der Bevölkerung und haben daher, was ihr gutes Recht ist, einige Änderungen hervorgerufen. Leider sind die sehr friedlichen Salaffen nicht begeistert davon, dass Sie Präsident der Föderation geworden sind, was aber Ihre Schuld ist, haben Sie sich doch des Öfteren spöttisch und negativ über den akabaranischen Glauben

ausgelassen." Und wieder folgte der vorwurfsvolle Blick à la derobée.

„Wie wir erfahren haben, kann eventuell die Möglichkeit bestehen, rein hypothetisch, dass eine Einzelperson, ein missgeleiteter Mensch, theoretisch planen könnte, aber nicht müsste, so was ähnliches wie einen kleinen Anschlag, ein Anschlägchen gewissermaßen, auf Sie zu verüben, was natürlich nichts mit den anderen Salaffen oder gar dem Akabaranismus selbst zu tun hätte, sollte es wirklich so sein, was ja nicht ist, es gibt aber Akabaranier, die das Ala-Akbareion, das Heilige Buch, missverstanden haben, Akabaranisten also, die …"

„Konkret, werwaswannwowen – ach ja nee, wer ist klar, mich, aber der Rest?"

„Ja, also, es könnte sein, dass Sie vielleicht theoretisch in massiver Gefahr schweben, während des gesamten Aufenthalts, durch einen oder mehrere Anschläge, überall, jederzeit, durch praktisch jeden Salaffen, aber nur eventuell halt, nur ein bisschen halt, nicht wahr? Daher haben wir von dem Plan, Ihre Ansprache auf dem Rathausplatz zu halten, Abstand genommen und hier im Hotel eine Pressekonferenz einberufen. Man will ja nicht die friedlichen Mitbürger unnötig provozieren."

„Und was ist mit dem galaxisbekannten Karneval? Haben wir Glück, findet der in dieser Woche statt? Und wie sieht es da mit der Sicherheit aus?"

„Nun ja, einerseits sind wir für den Karneval zwei Monate zu früh, andererseits ein paar Jahre zu spät."

Ein verwunderter Blick von Joschi, der auf einmalige Art und Weise seine Augenbrauen arrogant kräuseln konnte und damit gleichzeitig nicht nur seine

Geringschätzung und Verachtung, sondern auch Unmut und Ungeduld in exzellenter Art und Weise dem Gegenüber vermittelte, brachte die Oberperson dazu, mehr zu erzählen.

„Wissen Sie, der Karneval würde, gäbe es ihn noch, in zwei Monaten stattfinden. Jedoch gab es vor sechs Jahren einen Einzeltäter, der mit einem Attentat auf den Karneval gedroht hatte. Ein verwirrter Salaffe, nicht mehr, aber die Schlaraffen haben aus Sicherheitsgründen, da sie den ganzen Zug nicht genau bewachen konnten, diesen halt abgesagt. Der Ausfall hatte also keinen religiösen oder terroristischen, sondern einen organisatorischen Hintergrund.

Und die darauffolgenden Jahre hat eine kleine Gruppe von Einzeltätern immer wieder mit Anschlägen gedroht. Angeblich, weil die Leute zu fröhlich und bunt angezogen sind, was sich nicht mit der Lebensweise der Salaffen verträgt, und in einer interkulturellen Gesellschaft muss man halt Rücksicht nehmen, muss man auch mal zurückstecken, nicht wahr?“

„Und dann wird eine bekannte und traditionelle Veranstaltung einfach so abgesagt? Geht's noch?“

„Ja, schaun's, die Sicherheit halt, nicht wahr? Aber damit müssen wir leben, ist halt spannend, eine so diverse Gesellschaft wie die unsrige hier! Das ist die Realität, damit haben wir uns abzufinden! Wir beugen uns niemandem, nur den Gegebenheiten! Außerdem haben wir etwas Neues erfunden, was anstelle des öden Faschingsmarschs rockt und rollt: den Zug der Andersartigkeit!

Eine Attraktion, die viel besser ist als der muffige Karnevalszug, denn sie zeigt die Offenheit und Diversität der Schlaraffen! Beim Zug der Andersartigkeit nehmen keine langweiligen und faden Durchschnittsbürgerinnen und –bürger teil, sondern Homosexuelle, Transvestiten, LSBTQIDBT-Leute, kurz, alle Transgenderleute und –wesen des Planeten. Auch ich laufe dort jedes Jahr mit meinem Mann und meinem Hund mit. Wir führen eine harmonische Dreierehe und wollen das auch allen Leuten zeigen. Es ist völlig normal, anders zu sein, man muss sich dafür nicht schämen. Nur wer nicht anders ist, ist fade, langweilig, nicht normal, ist ... ist halt anders, nicht wahr?"

„Wenn es doch so normal ist, nicht normal zu sein, warum gibt es dann diesen Zug unter diesem Motto überhaupt? Und was ist dann normal?" wollte Joschi wieder nicht wissen. Diesmal funktionierte es aber nicht, denn Horvath quasselte weiter.

„Der Zug der Andersartigkeit findet auch auf einer anderen Route als der Karnevalszug statt, im Herzen des schlaraffischen Viertels, dort läuft es ruhiger ab und man distanziert sich zudem von dem alten Spektakel."

„Und man ist sicher, dass dort kein Anschlag stattfindet, weil sich kein Salaffe dorthin verirrt, nicht wahr? Na fein. Dann heben wir unsere Gläser auf den bunten Karneval von Harburg, der wegen Buntheit abgeblasen und von etwas viel Bunterem ersetzt worden ist.

Was ist denn mit dem Raumhafen, den Straßen, der Limo und so weiter passiert? Das ist ja hier kein Drei-Sterne-, sondern eher ein Dritte-Welt-Planet und das einzige Bunte, was ich sehe, sind die Müllberge in den Straßen und der Schimmel an den Wänden. Kein Geld mehr für Renovierungen und die Müllabfuhr? Ich dachte, die Schlaraffen sind so pingelig und vorbildlich!"

„Nun, durch den hohen Anteil hilfsbedürftiger Menschen und Wesen mussten öffentliche Ausgaben ein wenig korrigiert werden, um Personen, die noch nicht so ganz dem Arbeitsmarkt zur Verfügung stehen, in die Gesellschaft zu integrieren, was natürlich erst mal Kosten verursacht. Für diese Integration haben wir vom VGU überall akabaranische Religionsschulen, Unterricht in salaffischer Sprache und dergleichen eingeführt. Wir müssen sie dort abholen, wo sie sind, nicht wahr?" Und wieder folgte der lobheischende Blick, der Joschi in den Wahnsinn trieb.

„Ähhh – wie sollen die Leute denn dann in eure Gesellschaft integriert werden, wenn ihr sie nicht heranführt, sondern die Separation unterstützt? Wie sollen sie selbständig werden oder bleiben, wenn sie alles nachgetragen bekommen? Ach, egal, das ist euer Problem. Hoffen wir, dass das Fest der Lichterboote mich dafür entschädigt.

Ich will jetzt nur noch auspacken, am Fluss ein paar Schiffe vom Stapel lassen – so richtig mit Sektflasche und so? - Morgen die Rede halten und dann mit der Genderpreis zur Präsentation jetten. Präsentieren und Präsente annehmen, das passt besser zu einem präsenten Präsidenten. D'ailleurs, wann gibt's was in den Schnabel? Hühnerbrust für mich und mein Vogel hier pickt gerne Körner!"

Beleidigt ließ der Angesprochene vernehmen, dass in einer halben Stunde, gleich nach dem Abendgebet, die Küche wieder geöffnet haben würde. Die Zwischenzeit könne man nutzen, um auszupacken und noch einen Drink zu sich zu nehmen, was zur Abwechslung mal ein vernünftiger Gedanke des Dicken war.

Und so machten sie es. Joschi schmiss missmutig seine Siebensachen auf das Bett und fiel über die Maxi-Minibar her, während Predo sich entsetzt beim Zimmerservice über die Federn in den Kissen beschwerte und eine Ladung Stroh verlangte, um sich ein provisorisches Nest zu bauen.

Das Abendessen war ernüchternd. Nicht schlecht, aber die Gäste hatten deutlich mehr erwartet. Fast schweigend nahmen sie ihr Mahl zu sich und Oberperson Horvath stellte nach dem Dessert klar, wie es nun weitergehen würde.

„Also, jetzt geht es erst mal mit der Limo an den Südhafen von Harburg. Dort werden wir, in erster Reihe stehend, unsere Lichterboote zu Wasser lassen. Ach, das ist jedes Mal ein bewegender Moment! Wir verbeugen uns so vor den vielen toten Wilguren - das sind die einheimischen Wesen, die im Zuge der Besiedelung von Schlaraffia immer weiter an den Rand gedrängt worden sind. Vor dieser großartigen, einmaligen Kultur, die hier kurz vor der Auslöschung steht. Ein Mahnmal unserer Schande. Ich gehe davon aus, dass Sie sich würdevoll kleiden und benehmen werden, Herr Delgado!"

„Ich werde höchstpersönlich darauf achten, Herr Person Oberperson, das entspreche ich!" meldete sich Tschillpie dienstbeflissen.

„Nun, ich bin kein Herr, sondern nur eine Person, eine Oberperson halt. Als Transgenderperson lehne ich sexistische Titulierungen ab. Und für morgen gilt: In der Lobby werden sich um zehn Uhr Reporterinnen und Reporter verschiedener Zeitungen und Repräsentantinnen und Repräsentanten verschiedener Institutionen zur Pressekonferenz versammeln, um Ihre Ansprache zu vernehmen. Wir vom VGU haben uns die Freiheit genommen, diese schon mal zu schreiben, hier ist sie. Für heute Abend haben Sie Sendepause." und er überreichte Joschi sechs Seiten Papier.

„Bitte achten Sie darauf, sich genau an den Wortlaut zu halten und immer schön nach unten, maximal auf Bauchnabelhöhe zu schauen, es könnte sonst von den ebenfalls anwesenden Salaffen als Beleidigung aufgenommen werden. Anhänger des Akabaranismus können da sehr temperamentvoll werden, die haben halt noch Pfeffer im Blut, nicht wahr? Danach verabschieden Sie sich, ziehen sich wieder auf Ihr Zimmer zurück, packen und fliegen mit der Genderpreis sonst wo hin. Einverstanden?"

„Was sind das denn für Repräsentanten und Repräsenonkels? Ach, wurscht. Von mir aus soll's sein. Den Text les' ich mir aber vorher nochmal durch. Und jetzt, Arrividerci, Yunx, ich gehe mich umziehen!" sprach der Präsident und verschwand, leise vor sich hin brummelnd, in den Fahrstuhl.

In seiner Suite sinnierte er vor sich hin. „Ganz schön runtergekommen, das Schlaraffenland. Selber schuld, wer sich Hungerleider reinholt, wird über kurz oder lang selber zu einem solchen. Wobei, gerade der Horvath könnte durchaus ein paar Zentner loswerden. Mal schaun, die Rede wollt ich mir noch schnell reinpfeifen. Die letzten beiden Seiten kann ich weglassen, sind eh nur die Distanzierungsklauseln nach Paragraph Dingensda.

Ach du Jesses neeh. Was für ein Geschwurbel! Einen Kniefall vor den Salaffen nach dem nächsten! Haben die Schlaraffen denn gar keine Eier? Hmmm – umschreiben oder nicht? Umschreiben würde bedeuten, dass ich mir die Nacht um die Ohren schlagen muss und mir für die nächsten Wochen einigen Ärger einhandele. Nicht umschreiben heißt, dass ich den späteren Abend freihabe und morgen einen Haufen konformen Unsinn runterbete.

Ach, was schert's mich, wäre nicht das erste Mal! Machen wir einen Kniefall vor den Salaffen, damit sie keinen Anschlag verüben und sich weiter gut im Schlaraffenland einleben, ha! Ich bin morgen Mittag weg, einen drauf gelassen!" und zog sich dem feierlichen Anlass entsprechend um.

Als er am Empfang eintrudelte, standen Tschillpie und Oberperson Horvath schon wie aus dem Ei gepellt vor ihm. Der dicke Schwarze deutete mit tadelndem linken Zeigefinger auf sein rechtes Handgelenk, was Joschi nur zu einem Schulterzucken veranlasste, welches er obendrein mit einem nonchalanten Grinsen garnierte.

„Wenigstens schauen's manierlich aus, dem Anlass versprechend!" raunte der Vogel seinem Präsidenten leise zu.

„Gerupftes Suppenhuhn war gestern!" meinte dieser lächelnd und ging als Erster in den Aufzug zur Tiefgarage.

Der Hafen war etwa sieben Kilometer weiter südlich vom Hotel gelegen. Sie konnten direkt hinter der Ehrenloge aussteigen, die ganz dicht am Ufer aufgebaut worden war. Keine zwanzig Meter Fußweg und sie waren an ihren Plätzen angelangt. Die reich verzierte Tribüne, auf der sie Platz nahmen, war mittig aufgebaut worden, neun weitere befanden sich links und rechts von ihnen und boten Platz für insgesamt etwa 20.000 Zuschauer, die alle ein Boot aus Papier und eine Pechkerze in der Hand hielten. Ein Funktionär gab den dreien je zwei wunderschön gefaltete und verzierte Papierschiffchen, in deren Mitte eine Pechleuchte befestigt worden war, und ein Feuerzeug in die Hand bzw. den Flügel, um selbige bei Gelegenheit zu entzünden. Dann war es soweit.

Der Bürgermeister von Harburg hielt eine bewegende Rede, die mit einer Entschuldigung bei den Wilguren endete. Darauf traten weitere betroffen und peinlich berührte Wesen an, die ins selbe Horn stießen. Der letzte Redner schließlich gab das Signal zum Stapellauf.

Jetzt ließen alle Schlaraffen, wie jedes Jahr, zum Angedenken an die Vertreibung der einzigen endemischen, halbwegs intelligenten Art, ihre mit Kerzen oder Pechleuchten bestückten Papierbootchen zu Wasser. Auf diese Art und Weise konnten sie ihr Mitgefühl ausdrücken, konnten bei den Opfern sein, sie um Verzeihung bitten und das Angedenken aufs Neue auffrischen. Und nicht zuletzt wies man auf den zerstörerischen Einfluss der Kolonisation von Planeten und auf die Dringlichkeit von Naturschutz hin.

Alle anwesenden Schlaraffen waren sehr ergriffen. Auch Oberperson Horvath standen ein paar Tränen in den Augen. Nun, es könnte sich aber auch nur um ein paar Schweißtropfen gehandelt haben, die von der Stirn weitergetrieft waren, es glitzerte jedenfalls auffallend aufwallend und passte zu seinem überbetont beschämten, reumütigen und unterwürfigen Gesichtsausdruck. Eine Kapelle spielte einen mitreißenden Trauermarsch, als die letzte Riege der schlaraffischen Politiker ihre kleinen Boote in den Fluss entließ. Danach waren Horvath, Joschi und Tschillpie an der Reihe, ihre Lichterboote mitsamt brennender Pechkerze zu Wasser zu lassen. Als sie wieder auf ihren Plätzen angekommen waren und auf den Fluss hinausblickten, bot sich ihnen ein atemberaubendes Spektakel.

Die gesamte Wasseroberfläche war jetzt angefüllt mit kleinen Lichtern, die sanft in den Wellen schaukelnd langsam flussabwärts davon trieben. Ein ergreifendes Gefühl, vor allen Dingen eine Erleichterung des Gewissens, wegen der man den Zirkus jedes Jahr aufs Neue veranstaltete, nahm Besitz von den Teilnehmern. Freilich kam keiner unter ihnen auf den Gedanken, die errichteten Städte zugunsten der Wilguren wieder aufzugeben.

Eine Stunde später war auch das letzte Lichtlein hinter der Flussbiegung verschwunden, die zwischen zwei Bergen hindurchführte und in einen kleinen Waldsee mündete, der im Verborgenen dahinter lag. Hier fing die unberührte Wildnis an, hörte der schlaraffische Einfluss auf - noch. Horvath ging bewegt, Tschillpie erleichtert und Joschi entnervt wieder zum Parkplatz, wo der Fahrer die ganze Zeit über vorschriftsmäßig mit laufendem Motor gewartet hatte, um sie vollklimatisiert wieder zurück zum Hotel zu bringen.

Ein paar Kilometer weiter flussabwärts blickten die Seher der Wilguren zum Abendhimmel empor und befanden mit Bestürzung, dass die Sterne für heute Abend wieder die Zeit des großen Sterbens ankündigten. Seit einigen Jahren kam es am Tag der Sommersonnenwende zu einer sich stets wiederholenden Katastrophe: Zehntausende von kleinen, brennenden Booten trieben über den Fluss in ihren See, zerstörten dort die armseligen Fischernetze, verpesteten mit auslaufendem Wachs und Pech nachhaltig das Wasser und störten durch das helle Licht die Balz der Fische, von denen sich die Wilguren ernährten.

Zudem jagten die Fische die Boote, fraßen diese und starben anschließend einen langsamen und qualvollen Tod, da ihr Verdauungstrakt nach dem Genuss der unverdaulichen Bestandteile hoffnungslos verklebte. Am nächsten Morgen dann weichten die restlichen Boote durch und sanken auf den Grund des Sees, um dort eine zähe, erstickende Schicht Altpapier zu bilden, wodurch das gesamte Biotop nachhaltig geschädigt wurde.

Es waren nicht mehr viele Wilguren übriggeblieben und durch die jährlichen Katastrophen wurden sie immer stärker dezimiert. Was hatten sie verbrochen, warum wurden sie von den Göttern so gestraft? Keiner wusste es, nicht mal die Seher. Nur eines wussten sie: Sie würden die nächste Zeit wieder von ihren kargen Vorräten leben müssen, so lange, bis sich der Fischbestand wieder ein wenig erholt haben würde. Hoffentlich. Und so versuchten sie wieder, auf die Beine zu kommen und flehten um Beistand ihrer Götter.

Jedoch konnten ihnen die himmlischen Wesen nicht mehr helfen. Diese wurden nämlich im Verlauf der

Weltmeisterschaft der Götter bereits in den Vorkämpfen ausnahmslos eliminiert.

Von diesen Dramen, die sich ganz in ihrer Nähe abspielten, ahnte Joschi freilich nichts, als er spätabends wieder in seiner Suite eintraf. Schnell klimperte er noch einen Kurzbericht an die Geheimadresse in die Tasten und gab sich dann dem Müßiggang hin, in dem er noch mit ein paar Puppen bis tief in die Puppen chattete.
Unten nahmen die beiden Funktionäre noch einen guten Tropfen zur Brust und gaben sich besorgt. „Was meinen Sie, Person Tschillpie? Wird er es hinbekommen?"
„Hoffen wir's, hoffen wir's. Ich hab da so meine Zweifel. Wenn nicht, kann es wohl gefährlich werden. Ich weiß ja nicht, ob die Akabaranier generell zu Gewalt neigen, es gibt ja zumindest ein paar Akabaranisten, die sehr wohl zu solchen Lösungen tendieren, wenn man mich richtig informiert hat. Aber auch mich hat der Zustand dieser Welt ein wenig entsetzt. Vieles liegt da wie am Boden verstört. Ist das immer so, wenn nach den Regeln des VGU gelebt wird, wenn also verschiedene Völkchen unter einen Hut geschaufelt und unterschiedlich gleichgeschaltet werden?" flötete der Gefiederte.
„Wo denken Sie hin?" polterte Oberperson Horvath auf einmal ziemlich aggressiv los. „Hier ist alles in bester Ordnung, es ist halt nicht mehr so langweilig und muffig wie vor ein paar Jahrzehnten noch. Und von einer Salaffisierung kann man nicht sprechen, sind doch nur knapp sieben Prozent des Planeten bevölkert, davon etwa fünfunddreißig Prozent Salaffen, also sind nicht mal drei Prozent von Schlaraffia salaffisch! Überhaupt, wollen Sie jetzt wie diese meinungskranken Leute

anfangen, BewohnerInnen und Religionen nach ihrem Nutzen zu klassifizieren, nach Gut und Böse, wer zuerst da gewesen ist und wer nicht?"

„Neinnein, das habe ich ja gar nicht enthauptet, ich dacht ja nur ..." entgegnete der Gefiederte eingeschüchtert.

„Gut, dann ist's ja gut, nicht wahr? Ich dachte schon, ich müsste mir Ihre Akte kommen lassen. Wissen Sie, schwarze Schafe – das ist nicht diskriminierend gegenüber Schwarzen und Schafen gemeint – gibt es überall, man darf nur halt nichts verallgemeinern!" triumphierte Oberperson Horvath, ganz im Stil eines Alpha-Rüden, der gerade einen konkurrierenden Jungbullen vom Platz gefegt hat.

Für Leute wie ihn gab es sonst kaum eine andere Möglichkeit, die niederen Instinkte, das Streben nach Geltung und Einfluss, zu befriedigen. Da kam der Zipfel Macht, über den er verfügte, sehr gelegen, denn so konnte er andere seine Autorität spüren lassen, sie wissen lassen, dass sie mit ihrem Standpunkt in dem Maße in der Unterzahl waren, wie er als Vertreter der Majorität die große Mehrheit im Rücken hatte. Eine angespannte Stille entstand, die Predo durch eine persönliche Frage aufzulockern gedachte.

„Wie wird man denn eigentlich zur ‚Ober'person?" wollte er von Horvath mit einem freundlichen Zwitschern wissen.

„Nun, meine adelige Herkunft (leichte Anhebung der Stimme und kleine Kunstpause) hat damit natürlich nichts zu tun. Man wird im VGU vielmehr nach Leistung beurteilt. Zum einen habe ich mir den Titel ‚Oberperson' durch mein mondänes, weltmännisches Auftreten erworben. In vielen Ländern, auf zahlreichen

Planeten habe ich gelebt, immer in den besten Hotels natürlich. Zudem spreche ich, wie bereits erwähnt, acht Sprachen. Zum anderen habe ich vor ein paar Jahren eine gute Idee gehabt, mit der ich die – nur in der Statistik vorhandene – höhere Kriminalität bei den Salaffen hier auf Schlaraffia drastisch senken konnte!"

„Huch, wie das denn?" wollte Predo wissen.

„Nun, wir haben hier früher ein paar Menschen gehabt, die ihre Religion schrecklich missverstanden haben. Diese Leute haben Tag und Nacht das heilige Ala-Akbareion studiert und sind zu dem irren Schluss gekommen, alle Ungläubigen töten oder versklaven zu müssen, nur weil es dort ein paar Mal gefordert wird und auch Mr. Mojo, der Prophet dieser Religion, so gelebt hat. Diese Verwirrten haben einige Anschläge und andere Straftaten verübt, was auf die große Masse der anderen Salaffen zurückgefallen ist, die ja, wie Sie wissen, alle Akabaranier sind. Nun, ich habe diese religiösen Extremisten als erster ‚Akabaranisten' genannt!" verkündete der übergewichtige Wicht richtig gewichtig.

„Na und? Ein Wort, eine andere Bezeichnung, was ändert das schon?" fragte Tschillpie mit einem sehr affektiert angehobenen Tirili am Ende, woraus man auf eine wachsende Geringschätzung schließen konnte, wenn man die interspeziezistische Kompetenz dafür gehabt hätte, was bei Horvath jedenfalls trotz diverser Auslandsaufenthalte sowie Kenntnissen in acht Fremdsprachen nicht der Fall gewesen ist, da dieser weiter in seinem blasierten Tonfall dozierte.

„Nun, was resultiert daraus? Erstens, es gibt keine terroristischen Akabaranier/Salaffen, die sind ja, sobald sie einen Anschlag verüben, Akabaranisten und keine

Akabaranier mehr. Zweitens werden die übrigen Akabaranier/Salaffen zu Opfern dieser Extremisten erklärt, weil wir unterstellen, dass die breite Masse des tumben Schlaraffenvolkes sie nun unter Generalverdacht stellt, da sie sich nicht von diesen Fehlgeleiteten distanzieren, was sie aber auch gar nicht machen müssen, es ist ja nicht verboten, sich nicht zu distanzieren! Sie sind doch alle so unterschiedlich in ihrer Gleichheit!"
„Ach so, Sie haben also aus Tätern und Sympathisanten Opfer gemacht?" merkte Predo mit einem gewissen Ekel in der Stimme an, der seinem Zwitschern für ungeübte Ohren eine hitverdächtige Nuance gab.
„Wo denken Sie hin, werte Person Tschillpie! Wir haben nur die Wahrheit so interpretiert, damit die Leute nicht auf dumme Gedanken kommen! Wenn verschiedene Kulturen zusammenleben, gibt das halt immer etwas Reibungsverluste, die man tolerieren muss, und schon klappt das formidabel, nicht wahr? Wir sind doch alle so gleich in unserer Unterschiedlichkeit!"
Predo hatte schon einen bissigen Kommentar im Schnabel, schluckte diesen aber angesichts des aggressiven Aufbrausens seines Gegenübers von vorhin mitsamt dem Rest seines Getränks runter. Zudem war der Vogel im Laufe des Gesprächs zu der Ansicht gelangt, dass Horvath auch in acht Sprachen nur Unsinn redete und es daher keinen Sinn machte, mit ihm zu diskutieren.
Beide begaben sie sich dann auf ihre Zimmer, der eine ins frisch gebaute Nest, der andere in ein spezialverstärktes Federbett, in dem er von seiner Beförderung zur Hauptperson träumte.

Völlig lautlos flog das riesige Raumschiff durch die endlosen Weiten der Galaxis, seinem Zwischenziel entgegen.

Völlig lautlos?

Ja natürlich! Wie denn sonst? Im Weltall gibt es keine Luft, kein Medium, das den Schall übertragen könnte, wie jeder weiß, daher ist dieser erste Satz eigentlich ziemlich dämlich und vollkommen überflüssig. Er bleibt aber dennoch stehen, da diese völlige Lautlosigkeit in Verbindung mit der gigantischen Größe des Schiffes einen Kontrast darstellte, der jedem normalen Menschen erst einmal vor Verwunderung die Gesichtszüge entgleiten ließ, weil eben die große Schiffgröße so enorm riesig-gigantisch gewesen ist. Das Teil hatte nämlich die Größe eines Kleinplaneten.

Jeder, der schon mal beim Start eines Raumschiffs dabei gewesen ist, weiß, dass die Kiste in der Atmosphäre eine gewisse Geräuschkulisse produziert, die proportional zur Größe des interstellaren Vehikels verläuft – ungefähr jedenfalls. Bei anderen Fortbewegungsmitteln oder Maschinen verhält es sich ähnlich. Und dass jetzt so eine gigantische Ansammlung von Material und High-Tech-Kram sich vollkommen geräuschlos, wie ein Indianer, an etwas heranpirschen kann, lässt einen daher immer wieder erstaunen und die Gesichtszüge entgleiten, auch wenn es eigentlich das Normalste der Welt respektive dem Weltall ist. Aber gut.

Aufgrund seiner Größe war es auch wie ein Kleinplanet geformt, also vollkommen rund gebaut worden, was die internen Wege kurzhielt und die mögliche Angriffsfläche minimierte, was sehr sinnvoll war, denn dieses Schiff war nicht für eine friedliche Mission konzipiert worden, sondern für Eroberung, Zerstörung und

Einschüchterung und so hielt man es für angemessen, mit der erbitterten Gegenwehr der Besuchten zu rechnen und hatte die Kiste möglichst kompakt gehalten.

Auf der Brücke dieses Wunderwerks menschlicher Erfindungsgabe und notorischer Machtgelüste stand wie gemeißelt ein Erdling, der Kommandant, und blickte, in geschichtsträchtiger Pose verharrend, sinnierend in das weite Schwarz hinaus. Der Name dieser Gestalt löste in der gesamten Galaxis Angst und Schrecken aus: Lord Schwarzencape lautete dieser, Paladin der Dunklen Seite, oberster Heerführer der finsteren Armeen, von denen ein erklecklicher Teil auf dem gerade beschriebenen Kampfplaneten versammelt war.
Dass er so geschichtsträchtig-gemeißelt und bewegungslos wie eine Eidechse dastehen konnte, lag an seiner Montur, die einer rabenschwarzen Ritterrüstung glich. Der Ärmste musste aufgrund einer Sonnenallergie sein Leben darin verbringen. Hier an Bord hätte er sie ruhig abnehmen können, da es kaum direktes Sonnenlicht gab, er zog es aber vor, die Klamotten auch weiterhin zu tragen, da sie mittlerweile sein Markenzeichen geworden waren und ihm ohne seine Maske deutlich weniger Respekt zuteil wurde. Nicht umsonst hatte man ihn in seiner Schulzeit als Mondgesicht gehänselt, und bis zum heutigen Tag ist er sehr bleich, rund und picklig geblieben.
Einzig sein regenbogenfarbener Umhang, den ihm ein Stilberater aufgenötigt hatte, der ihm wiederum von seinem direkten Vorgesetzten aufgenötigt worden war, brachte ein wenig gute Laune in das sonst so düstere und getragene Bild. Freilich nur gute Laune für einen neutralen Betrachter, nicht für seine eigene Stimmung,

denn er hasste diesen Umhang, er hasste bunt und er hasste gute Laune, besonders bei anderen Wesen, die er ebenso hasste wie bunt und gute Laune, vor allem, wenn diese durch den Anblick seines bunten Umhangs gut gelaunt waren.

Ja, sie waren unterwegs, um zu einem Schlag gegen die Föderation auszuholen, und hatten bereits den Sprungpunkt erreicht, der sie zu ihrem Ziel bringen sollte. Hatte es doch die Föderation geschafft, die geheime Parallelwelt zu entdecken, mit deren Hilfe man Zeitreisen unternehmen konnte! So eine Entdeckung war immer gefährlich, wenn sie in den Händen des Gegners war, daher hatte man beschlossen, den Schlüssel für den Zugang zu dieser Dimension, den Phasen-Molekularumwandler, direkt nach seiner offiziellen Einweihung zu vernichten.

Und um keine Zweifel aufkommen zu lassen, dass man es auch ernst meinte, sollte gleich der ganze Planet mitsamt diesem Wunderwerk eliminiert werden. Als Symbol sozusagen, als Zeichen der Macht, Fanal für alle, die noch meinten, sich ungestraft gegen die Dunkle Seite erheben zu können!

Der schwarze Lord beugte sich leicht nach vorne, betätigte einen Schalter, der ihn mit dem Maschinenraum verband und gab mit tragender, schwerer Stimme seinen Befehl: „Bereitmachen zum Springen in zwei Minuten sowie Herstellung der vollen Gefechtsbereitschaft. Wir wollen kein Risiko eingehen!"

„Hier Maschinenraum, Zeugwart Petersen. Negativ. Es wurde doch letzte Woche in der Abgeordnetenkammer beschlossen, dass wir noch einen Tag im Orbit um den Sprungpunkt bleiben dürfen, um die phantastischen

Angebote im Duty-Free-Shop mitnehmen zu können. Stichwort: ‚Rabattwochen, fünfzig Jahre, fünfzig Prozent!‘, erinnern Sie sich? Wir werden also erst morgen Gefechtsbereitschaft herstellen und springen. Over!“
Wie hatte er das nur vergessen können?
Ja, die Zeiten hatten sich geändert. Früher hatte sein Wort gereicht, um hunderttausende von Untergebenen strammstehen und erzittern zu lassen, aber durch die Neuausrichtung der Dunklen Seite („Nicht nur die Planeten, sondern auch die Herzen erobern!“) sind andere Spielregeln aufgekommen. So fiel der Kampfplanet, den er die Ehre hatte zu befehligen, nicht unter die Bestimmungen von Raumschiffen und –fahrzeugen, sondern wurde dank seiner schieren Größe als Planetoid klassifiziert. Mit weitreichenden Folgen für die Befehlshierarchie.
Die militärische Ausrichtung mit einer Einzelperson an der Spitze war hierfür untragbar, diktatorisch und musste einer demokratischen Struktur weichen. Er hatte zwar immer noch ein gewichtiges Wort, aber durch den ‚demokratischen Unterbau‘, der wie eine parlamentarische Demokratie bei einem Planeten funktionierte, ergaben sich einige Änderungen.
So hatten die einzelnen Abteilungen jeweils ein kleines Unterparlament und einen Bürgermeister (der ausgeschrieben den Titel ‚Bürgerinnen und Bürger-Meisterin oder Meister‘ trug; es wäre aber nicht praktikabel, diesen Titel hier jedes Mal auszuschreiben) beziehungsweise Vorsitzenden, der diesem vorstand, damit sichergestellt wurde, dass jedes Mitglied der Eroberungsarmee auch ein demokratisch legitimiertes Mitspracherecht hatte.

Diese Bürgermeister, Vorsitzende und andere Abgeordnete wiederum trafen sich jede Woche mit dem Lord in der ‚Ersten Abgeordnetenkammer des Kampfplaneten‘, um dort über die anstehenden Missionen, Befehle von Lord Schwarzencape und die Befindlichkeiten der Mannschaft zu diskutieren. Bei der letzten Sitzung wurde erwähnt, dass die Besatzung noch gerne die kolossal guten Sonderangebote des Duty-Free-Orbits diese Woche am Sprungpunkt mitnehmen würde und daher ein Tag Sonderaufenthalt eingeplant werden sollte.

Da alle Bürgermeister und Abgeordnete zusammen über eine einundfünfzig prozentige Mehrheit verfügten und einstimmig für den Sonderaufenthalt votierten, blieb dem Dunklen Lord nichts weiter übrig, als die Mission um einen Tag nach hinten zu verschieben und bei seiner Familie anzurufen, was er denn so alles mitbringen sollte, denn fünfzig Prozent Rabatt bekommt man nicht alle Tage!

Und gestern kam noch eine Sondermeldung rein.

„Person Lord Schwarzencape!“ wurde er beim Zusammenstellen der Einkaufsliste durch seinen Kommunikationsoffizier unterbrochen, „wie wir eben erfahren haben, wird nicht nur der Präsident der Föderation bei der feierlichen Einweihung des Phasen-Molekularumwandlers zugegen sein, sondern auch einige Besatzungsmitglieder des Raumschiffs Genderpreis. Wollen wir wirklich den ganzen Planeten in die Luft jagen? Ich meine, das könnte doch für diplomatische Verwicklungen sor ....“

„Soso!“ fiel er seinem Untergebenen ins Wort, „die Genderpreis. Käptn Grubinger höchstpersönlich wird zugegen sein. Das nenne ich doch mal gute

Neuigkeiten! Da geht einem die Arbeit doch gleich viel leichter von der Hand!

Nein, keine Änderung. Im Gegenteil. Es bleibt bei der völligen Ausradierung des Zieles! Nichts soll mehr an Gliese 832 III erinnern, damit die Galaxis für alle Zeiten weiß, was passiert, wenn man sich uns widersetzt! Wir sind immer noch die Dunkle Seite und es ist höchste Zeit, das den Leuten auch mitzuteilen. Ende.

So, und in einer halben Stunde erfolgt das Bereitmachen der ersten Gruppe für den Shoppingaufenthalt, Rückkehr spätestens um zwei Uhr Kampfplanetenzeit!"

Entsprechend müde und muffig, wie üblich, erschien der Präsident zum Frühstück, welches, wie das Abendessen, nicht schlecht, aber doch recht lieblos vor ihnen aufgebaut worden war. Am Tisch saßen bereits Horvath und Tschillpie. Der komische Vogel pickte gerade eine Schüssel Körner leer, während der schräge Vogel vom VGU bereits bei Würstchen Nummer sieben mit Ahornsirup und Speckmantel angelangt war, wenn man die Anzahl der Wurstzipfel auf seinem Tellerrand als zuverlässigen Indikator für den Konsum zu Hilfe nahm.

Er erinnerte Joschi fatal an ein schwarzes Loch. Keine Persönlichkeit, keine Eigenschaften waren erkennbar außer den Adjektiven rund, schwarz und haarlos. Und er verschlang alles, was in seine Nähe kam. Um die Jets an den Polen, wo bei einem Schwarzen Loch üblicherweise Materie mit beinahe Lichtgeschwindigkeit ausgestoßen wird, machte er sich lieber keine Gedanken, stattdessen sinnierte er über Horvaths Entropie. Wächst diese ebenso mit dem Durchmesser des Wanstes? Oder mit dem Volumen? Oder nur dem Mageninhalt?

„Ja," führte Tschillpie das Gespräch zwischen ihm und Horvath weiter, „wir Laufvögel sind die intelligentesten Wesen auf Orneon. Es gibt noch andere Gattungen, die Flug- und Schwimmvögel. Erstere sind einfach nur dumm und primitiv, die Schwimmvögel dagegen sind schon intelligenter, bleiben aber gerne unter sich. Es sind halt raue Seebären, die an der Küste Fische fangen und sonst den Tag genießen. Eigentlich auch ein schönes Leben."

„Aberaber, werte Person Tschillpie, Sie können doch nicht einfach so Ihre Mitvögel rassistisch-speziezistisch vorverurteilen! Sehen Sie, da liegt noch viel

Arbeit vor uns. Der VGU wird die nächste Zeit auch auf Ihrem Planeten seine Arbeit beginnen und diese Diskrepanz beseitigen. Wir müssen langfristig dahin kommen, dass genauso viele Laufvögel Fische fangen wie die anderen, während die Quote der Flieger bei den Laufvögeln und die der Schwimmer bei den Flugvögeln erhöht werden muss. Mir ist auch zu Ohren gekommen, dass Ihre Gattung, die Laufvögel also, unterschiedliche Balztänze und Liebesgesänge entwickelt hat, ist das wahr?"

„Ja, Person Oberperson, darauf sind wir auch sehr stolz, wir haben eine sehr große Diversität an Tänzen und Gesängen. Jeder Schwarm hat so seine Spezialitäten, meiner beispielsweise legt großen Wert auf melodischen Gesang, während unsere Nachbarn eher zu eingängigen Tonfolgen in Verbindung mit akrobatischen Tänzen tendieren."

„Und das dient dem Zweck der Balz, der PartnerInnenfindung?"

„Nun, hauptsächlich ja."

„Dann muss das geändert werden. Wir müssen dahin, dass schwarmfremde Vogelwesen nicht durch solche kulturrassistischen Rituale ausgegrenzt werden. Jeder Vogel muss die gleichen Rechte, die gleichen Chancen haben, zu dem Schwarm seines Wunsches zu gehören. Wie ich sehe, haben wir noch einige Arbeit auf Orneon!"

„Was - wie bitte? Ich dachte, dass gerade Sie vom Verein für Gleichstellung und Unterschiedlichkeit diese verschiedenen Gewohnheiten als kulturelle Diversität schätzen und fördern! Wir wollen doch alle unsere Unterschiedlichkeit behalten, das ist ein Teil von uns, von unserer Lebensart, unserer Kultur! Wir definieren uns darüber – nicht über das Ausschließen anderer Vögel, sondern über den Zusammenhalt durch eben diese Rituale als Schwarm, als Gruppe!"

„Papperlapapp, diese Gewohnheiten grenzen andere Wesen aus. Die Unterschiede zwischen den Schwärmen und Gattungen müssen beseitigt werden, um eine maximale Durchlässigkeit eines jeden Wesens zu gewährleisten! Nur dann haben alle dieselben Rechte und Chancen! Und erst dann gehören sie alle einer einzigen, bunten Kultur an."

„Aber, Oberperson Horvath, dass … ach, guten Morgen, Herr Präsident!" unterbrach sich Predo selber.

„Moinmoin! Und, Oberpersönchen? Brütet ihr etwas aus? Überlegt ihr, wie ihr mich ein wenig unter die Fittiche nehmen könnt?" erwiderte der Angesprochene.

„Guten Morgen, Person Präsident, wir haben nur geplauscht. Haben Sie sich die Rede durchgelesen? Alles in Ordnung?" wollte die Oberperson wissen.

„Äh – ja, passt. Erstmal was auf den Teller, dann sehen wir weiter."

„Person Präsident!" meldete sich Horvath erneut, „bitte tun Sie sich und uns einen Gefallen und seien Sie nicht so locker. Heute werden unter anderem führende akabaranische Religionsgelehrte anwesend sein, um Ihre Rede genau zu verfolgen und zu analysieren. Es sind sehr friedliche Leute, aber wir wollen ja nicht provozieren, nicht wahr?"

„Jaja, mach ich schon, kein Problem. Ist die Genderpreis eigentlich schon im Orbit?" erwiderte der Angesprochene mit vollem Mund.

„Seit zwei Stunden dreht sie ihre Kreise über dem Raumhafen, man wird nach Ihrer Rede mit dem Shuttle landen, um Sie an Bord zu bringen."

Direkt nach dem Frühstück ging es los. Die Sachen schon mal vorab in die schusssichere Limousine packen, man weiß ja nie, wie schnell man verschwinden muss, wieder hoch ins Hotel, dann in die Garderobe, sich schminken lassen, letzte Korrekturen vornehmen und ab die Post in den Konferenzsaal war angesagt.
Der Saal war bis zum Bersten mit Leuten gefüllt, die ihn alle entweder neugierig, gelangweilt oder einfach nur hasserfüllt ansahen und erwarteten, er würde mit seiner Rede die Gräben, deren Existenz er kurz zuvor so unprofessionell aufgezeigt hatte, zuschütten.
Vorm Mikro angelangt legte Joschi los, als habe er weder Restalkohol im Blut noch zu wenig Schlaf bekommen und als würde er eine Samstag-Abend-Show moderieren.
„Hey Leute! Alles senkrecht? Schön, dass ihr hier seid! Wirklich! Ihr seht klasse aus! Wie kriegt ihr das nur hin? Mir ist heute Morgen vielleicht etwas Witziges passiert! Also ... (Seitenblick auf Horvath, der ihm einen vernichtenden Blick zurückwirft, also Planänderung) - also, ich bin, wie ihr wisst, der neue Präsident der Föderation der zivilisierten Planeten der Milchstraße und wollte hier mal nach dem Rechten sehen!"
Und dann fing er an, die Rede abzulesen.
„Sehr geehrte Schlaraffinnen, Schlaraffen, Salaffinnen und Salaffen! Mein erster offizieller Besuch eines Planeten im Amt als Präsident führt mich explizit zu Ihnen, da Schlaraffia als leuchtendes Vorbild für das Zusammenleben unterschiedlicher Zivilisationen auf einem Planeten gilt. Ich beglückwünsche zunächst die Schlaraffinnen und Schlaraffen, dass sie sich entschlossen haben, viele Salaffinnen und Salaffen

aufzunehmen, damit die Gesellschaft so richtig aufblüht und die Wirtschaft vorankommt.

Es gibt natürlich ein paar kleine kulturelle Differenzinnen und – nein, nur Differenzen, aber das müssen Sie aushalten, und es lohnt sich ja auch, denn so können Sie auf einer sich selbst befruchtenden, interkulturellen Welt leben und wem das nicht passt, der kann ja auf einen anderen Planeten ziehen!

Ich möchte zuerst klarstellen, dass Föderation und VGU voll hinter Ihnen stehen und Sie nach Leibeskräften unterstützen werden. Gleichzeitig werde ich mit meinem Besuch den Ausbau der Föderationszentrale hier in Auftrag geben, damit wir in Zukunft noch mehr Repräsentanten und Repräsenonkels unterbringen können. Ja, wir haben vor, die Zusammenarbeit mit Schlaraffia zu verstärken! Einzelheiten werden unsere Mitarbeiterinnen und Mitarbeiter mit Gesandtinnen und Gesandten von Ihrer Seite führen.

Es müssen, gerade in Hinblick auf die leicht höhere Geburtenrate der Salaffinnen und Salaff – nee, die kriegen ja keine Kinder, flexible Quoten eingeführt werden, um alle Gruppen am öffentlichen Leben nach ihrem Bevölkerungsanteil teilhaben zu lassen. Hier sind die Diversitätspunktrechner des VGU gefragt, dessen Einfluss mit dem Ausbau der Föderationszentrale ebenso gestärkt werden wird. Oberperson Horvath wird sich mit den Einzelheiten befassen. In diesem Sinne, auf eine gute Zusammenarbeit!"

Jetzt musste er nur noch die übliche Distanzierungserklärung abgeben, dann war der Käse gegessen. Da er als Präsident viele Reden zu halten hatte, erledigte er das wie alle seine Politikerkollegen. Es war zu mühsam, jedes Mal am Ende einer grandiosen Rede noch diesen etwa einminütigen Text vorzutragen, daher hatte es sich allgemein durchgesetzt, einfach eine Aufnahme abzuspielen. Er holte also seinen Kommunikator aus der Tasche, hielt ihn dicht ans Mikrofon und ließ in voller Lautstärke die Erklärung ablaufen, die er am Tage seines Amtsantritts gesprochen hatte und die ihn von jeglicher juristischen und moralischen Verantwortung für das zuvor Gesagte entband, während er ein wenig dümmlich grinsend in die Runde blickte.

„Die Inhalte meiner Rede wurden mit größter Sorgfalt und nach bestem Wissen und Gewissen zusammengestellt. Ich bin jedoch nicht verpflichtet, jeden der angesprochenen Punkte nach einwandfreier Gesetzestreue, moralischer Korrektheit oder gar auf Wahrheitsgehalt zu überprüfen. Zu sich eventuell daraus ergebenden Ungereimtheiten oder finanziellen Forderungen habe ich Folgendes zu erklären:

Mit dem Urteil vom 24.03.2897, Paragraph 7.1 - 312 Q 85/97, Haftungsausschluss für PolitikerInnen, KabarettistInnen, BankberaterInnen, VersicherungsvertreterInnen, GebrauchtwagenhändlerInnen und EsoterikerInnen, hat das zuständige Sektorengericht zSG Berlin entschieden, dass ich durch die mit jetziger Erklärung abgegebene Distanzierung zu allen Inhalten von allen strafrechtlichen, moralisch verwerflichen, sonst wie ruchbaren und negativen Dingen, die ich eben gesagt habe, gesagt haben könnte oder mir in den Mund gelegt werden könnten, von jeglicher Verantwortung entbunden bin und in keinster Weise für Folgeschäden verantwortlich gemacht werden kann.

Sollte dies nicht zutreffen oder sollte sich jemand genötigt fühlen, eine Anzeige wegen irgendwas zu erstatten, wird sich ein ganzes Bataillon von Anwälten von

Jura IV mit der Angelegenheit befassen und eine Gegenklage vom Stapel lassen, dass der Gerichtssaal noch ein Jahr nach Prozessende nur so raucht. Einen schönen Tag noch!"

Distanzierungen oder Ausschlusserklärungen waren eine alltägliche Sache, mit der ein normaler Galaxisbewohner ab der mittleren Angestelltenebene, der sich an die ‚Leitlinie zur Gewaltlosigkeit, interkultureller Sensibilität und Gender-Gleichstellung' hielt, mindestens viermal am Tag konfrontiert wurde. Angefangen hatte dieser Irrsinn bei medizinischen Produkten, wurde dann schnell auf Impressen ausgeweitet und endete bei öffentlichen Erklärungen, um sich von vornherein gegen eventuelle juristische Winkelzüge abzusichern oder gegen so unverschämte Leute, die bei der Rede nicht eingeschlafen waren und das Gesagte auch noch glaubten.
Gerade höhergestellte Persönlichkeiten mussten darauf achten, dass ihnen nachträglich niemand mehr am Zeug flicken konnte. Wo kämen wir denn da hin, wenn man sich noch später an das Gesagte halten müsste?
Diese Ausschlusserklärung war Bestandteil jeden Schriftwechsels von Personen ab der mittleren Führungsebene und sorgte für einen zusätzlichen Papierverbrauch respektive Datenaustausch von durchschnittlich fünfunddreißig Prozent.
Im Schriftverkehr ließ sich das einfach mit einem Appendix arrangieren, Redner dagegen hatten ein Problem, da der Text auch schnell gesprochen eine Minute Redezeit beanspruchte. Daher hatte man sich darauf geeinigt, dass es ausreicht, wenn der Vortragende eine Aufzeichnung des Textes, die er aber selber gesprochen

*haben musste, von einem Gerät ablaufen ließ. Er
musste aber auch noch am Rednerpult anwesend sein
und persönlich den Knopf zum Abspielen gedrückt haben, da die Erklärung sonst nicht gültig war.*

„Na also, besser als gedacht!" zwitscherte Predo zu
Horvath.
„Ja, das war knapp. Das Shuttle der Genderpreis ist bereits gelandet und erwartet Sie am Raumhafen. Ich
werde mit Ihnen fahren und den Präsidenten persönlich
abliefern, denn meine Wenigkeit muss auch danach
weg, ich werde auf Terra III benötigt, mein Flug geht
kurz danach. Eine wichtige Konferenz, Sie verstehen?"
Tschillpie verstand. Das bedeutete, dass sie nach einer
halben Stunde Händeschütteln mit den wichtigsten
Schlaraffen und Salaffen zu Dritt in der von zahlreichen Sicherheitsbeamten begleiteten Limo über das
marode Straßennetz in Richtung Raumhafen fahren
und unterwegs wieder von der Oberperson vollgeseihert werden würden. So kam es dann auch.
„Zweiundzwanzig, hin waren's nur achtzehn Schlaglöcher." bemerkte Joschi.
Der Konvoi durfte über eine Sonderpiste direkt auf das
Rollfeld des Raumhafens vorfahren. So konnten sie
schon vorab einen Blick auf das Shuttle der Genderpreis nehmen.
Es handelte sich um ein schneeweißes, hochmodernes
Beiboot, aerodynamisch und sehr gewagt gestylt, was
natürlich völlig überflüssig war, denn wäre es wie ein
Schuhkarton geformt gewesen, hätte es genauso gut
funktioniert und wäre sogar noch etwas billiger in der
Herstellung gewesen, doch als Shuttle des modernsten
Schiffs seiner Zeit musste es auch repräsentieren. Da

konnte man nicht einfach so mit einem einfallslosen Schuhkarton vorfahren, der nicht mal über Heckflossen verfügte, auch wenn diese nur dazu dienten, das Logo eines der Sponsoren einer breiten Öffentlichkeit zu präsentieren.

Zudem wies das gewagte Äußere des Shuttles auf die fulminanten Flugleistungen hin, über die es verfügte. Die Beschleunigung war, wenn nötig, wie eine Detonation und die maximale Verzögerung kam einem Auffahrunfall gleich, wenn man es denn drauf anlegte.

Die Tür öffnete sich und eine dreistufige Treppe glitt auf das Rollfeld. Eine Person, die der Uniform nach der Käptn und der Figur nach ein Leckermäulchen sein musste, erschien in der Eingangstür und winkte ihnen freundlich zu.

Die Gemüter hatten sich, allem Anschein nach jedenfalls, ein wenig beruhigt. Es wurden nur noch die notwendigsten Befehle erteilt, was das Risiko minimierte, vom Etikettesystem zurechtgewiesen zu werden. Roderich hatte sich bereits einen gestelzten Konversationsstil angewöhnt, wenn er seine Befehle an den Bordcomputer gab.

„Würden Sie die liebenswürdige Freundlichkeit haben, werte Genderpreis, uns in den Orbit von Schlaraffia IV zu befördern? Dort angekommen wäre es eine phantastische Idee, das Shuttle klarzumachen, damit wir uns mit selbigem in den Raumhafen verfügen und den Präsidenten der Föderation abholen können." säuselte der Käptn vorsichtig in die Spracheingabe.

Und schaffte es, einen Befehl zu geben, ohne wegen irgendeiner Kleinigkeit zurechtgewiesen zu werden. Er wurde nur noch vom Zentralrechner gebeten, zwei neue Updates zu installieren, die Parameter des Schwerkraftausgleichs zu aktualisieren und die Zielkoordinaten zu überprüfen, natürlich nur, nachdem er die monatliche Sicherheitsbelehrung für die Führungsoffiziere gehalten hatte.

„Früher haben die Schiffe das gemacht, was wir ihnen gesagt haben, heute machen wir das, was die Schiffe uns sagen. Harte Zeiten für zarte Saiten!" resümierte er im Stillen.

Nun ging es an die größte Hürde: Das Zusammenstellen der Besatzung für das Shuttle. Die Crew musste äußerst diversitätskonform und gleichstellungsgerecht aufgestellt werden, da man ja die Föderation repräsentierte.

Für diese Aufgabe war natürlich Person Roth-Grün am besten geeignet. Ihre Augen begannen zu leuchten, als sie ihr Diversitätspunktebuch nebst verschiedener Tabellen auspackte und sogleich an die Arbeit ging. Der Navigator Al-Djaffadth sollte auf jeden Fall mit runtergehen, da er derselben Religion angehörte wie die eingewanderten Salaffen und durch innerreligiöse Kompetenz einen Beitrag zum Gelingen der Mission leisten könnte.

Zudem sollte noch Elektra Orlando als Quotenfrau, zusammen mit Shaqueville-Boomsheeka, ihrem kleinen Sohn, runterfliegen, denn so ganz ohne weibliche Assistenz wäre der Flug ein Affront gegenüber der Emanzipation gewesen. Sie durfte allerdings das Beiboot nicht verlassen, um nicht irgendwie die Salaffen mit ihrer bloßen Anwesenheit zu provozieren, da es die Religion des Akabaranismus strengstens untersagte, dass sich Frauen ohne ihren Ehemann als Begleiter in

Gesellschaft mit anderen Männern begeben. Und das wurde von allen Akabaraniern, besonders von den Salaffen, sehr ernst genommen.

„Es sind ja so liebe und friedliche Personen, aber sie haben halt Pfeffer im Blut und nehmen religiöse Dinge sehr ernst. Wir wollen daher ihr Temperament nicht provozieren und werden präventiv-offensiv interkulturelle Missverständnisse vermeiden." befand Roth-Grün.

„Uns soll's recht sein," meinte der Käptn und entschied, dass er noch seinen Maschinenmeister sowie Sergeant Kareninoff mit nach Schlaraffia nehmen würde. Al-Djaffadth sollte das Shuttle fliegen beziehungsweise den Startknopf drücken, was ja aufs selbe hinauslief, da die Blechbüchse vollautomatisch starten, fliegen und in Harburg landen würde. Die Koordinaten waren bereits vom Zentralrechner der Genderpreis eingespeist worden.

Vier Stunden später saßen sie im Beiboot, bereit zum Abheben. Leider betätigte der Navigator versehentlich zunächst den Notschalter, so dass sie mit hoher Beschleunigung ziemlich unwirsch in Richtung Zielhafen geschossen wurden. „Mein Fehler!" brummte Roderich.

„Warum das denn? Der Al-Djaffadth ist doch geflogen!" stellte Sathington gereizt fest.

„Mein Fehler, ihn das Ding fliegen zu lassen!" ergänzte ein missmutiger Käptn und hielt sich die Stirn, die eine kurze, aber intensive Bekanntschaft mit dem vor ihr befindlichen Steuerbrett gemacht hatte.

Die Landung erfolgte deutlich sanfter, da niemand dem automatischen Programm ins Handwerk pfuschte. Jetzt mussten sie nur noch auf den Präsidenten nebst

Begleiter warten. Diese Pause nutzte Al-Djaffadth und meldete sich in gebrochenem Deutsch beim Käptn ab, um seine religiöse Notdurft in der nahegelegenen Betanstalt zu verrichten. Das dauerte üblicherweise knappe zwanzig Minuten, würde also noch in den Zeitrahmen passen. Da diese Gebetspause schon zuvor im Zuge der Gleichstellung und Antidiskriminierung abgesegnet worden war und es später größere Diskussionen mit Person Roth-Grün gegeben hätte, wenn diese nicht genehmigt worden wäre, entließ er seinen Navigator und versuchte, ein wenig mit Sathington und Elektra, die gerade ihrem Kleinen aus einem Kinderbuch vorlas, zu plauschen.

Kareninoff schlich unterdessen misstrauisch um das Shuttle herum und sicherte die Umgebung mit eisernem Blick. Zwischendrin jedoch holte er ein kleines Büchlein aus seiner Tasche und schrieb irgendwas hinein.

Zwanzig Minuten später, Al-Djaffadth war gerade vom Gebet zurückgekehrt, sahen sie eine große, gepanzerte Limousine in Begleitung einiger Militärfahrzeuge vorfahren. Das war der Moment für Roderich, die Tür zu öffnen, hinauszutreten und der Person, die der Robe nach der Präsident und der Haltung nach ziemlich verkatert war, freundlich zuzuwinken.

„Was hat der denn für einen komischen Vogel dabei und wer ist dieser seltsame Kauz?" fragte der Käptn, als Horvath und Tschillpie ausgestiegen waren.

„Keine Ahnung. Aber gleich zwei schräge Vögel, das kann ja heiter werden. Wer von den Zweien ist denn jetzt der Begleiter?" befand Sathington.

„Weiß ich nicht, man hat mir nur was von einem Mitreisenden gesagt. Wer von denen das jetzt ist, werden wir noch sehen.

Guten Tag, Herr Präsident! Die Besatzung der Genderpreis begrüßt Sie herzlich an Bord des Beibootes!“ die letzten Worte waren, wie man sich denken kann, nicht an den Maschinenmaestro, sondern an den Präsidenten und seine Begleiter gerichtet, die die zwanzig Meter von der Limousine zurückgelegt hatten und jetzt vor ihnen standen.

„Ebenso, ebenso. Erfreut, von hier weg zu kommen. Ach, das hier“, er deutete auf den Orneer, „ist mein Sekretärsvogel, Predo Tschillpie. Ich hoffe, dass Sie einen bequemen Vogelbauer für ihn haben, eine Voliere wäre noch besser. Und diese Personin ist Oberperson Horvath vom VGU.“

Während der Gefiederte nur beleidigt dreinschaute und meinte, dass ihm eine normale Kabine mit ein wenig Stroh anstelle eines Bettes genügen würde, polterte der kleine Dicke ungebremst los: „Person Präsident! Im Namen des VGU muss ich Sie aufs Schärfste zurechtweisen! Ihre rassistischen und speziezistischen Kommentare sind unter jeglichem Niveau! Es gibt mehr als genug diskriminierte Personen im Universum, so dass wir Anfeindungen von ganz oben sicher nicht noch zusätzlich benötigen, stimmt‘s, werte Person Frau?“

Die abschließende Frage war an Elektra Orlando gerichtet, die auch einen Blick auf Schlaraffia werfen wollte und daher bei der Begrüßung – im Shuttle stehend natürlich, um keine Salaffen mit ihrer Anwesenheit zu provozieren – neben dem Käptn stand.

„Keine Ahnung, ich bin nicht mit der ganzen Galaxie vertraut. Aber wieso sprechen Sie ausgerechnet mich an?" wollte sie im Gegenzug wissen.

„Nun, ich dachte mir, dass Sie bestimmt auch Erfahrungen mit Diskriminierungen gemacht haben!"

„Warum sollte ich das? Warum sollte man mich diskriminieren?"

„Naja, ich habe halt gedacht, nun, nicht wahr, Sie als Frau und Angehörige einer dunkelhäutigen Rasse ..."

„Rasse? Ich denke, es gibt keine Rassen!" Jetzt geriet Elektra in Rage, da sie Personen wie Horvath nicht ausstehen konnte.

„Sie haben mich also nur wegen meiner Hautfarbe oder Rasse angesprochen, als weißen Mann hätten Sie mich ignoriert, wie Herrn Durbrick hier. Zudem haben Sie das Vorurteil, dass hellhäutige Personen mich diskriminieren. Das macht schon mal zwei rassistische Vorurteile, die Sie geäußert haben und mit dem Vorurteil, dass ich als Frau automatisch diskriminiert werde, sogar drei. Und Sie arbeiten wirklich beim VGU?" wollte die Funkerin wissen.

„Ähhh, naja, nicht wahr, also – das ist viel komplizierter, um es jetzt hier so zwischen Tür und Angel zu erklären, aber Sie können sich darauf verlassen, dass viele Studierte das genauso sehen wie ich. Wir bauen nicht auf Vorurteile, sondern auf Erfahrungswerte! So, ich muss denn mal, auf Wiedersehen und viel Spaß mit dem Präsidenten!" war die Antwort von Oberperson Horvath.

Noch im Redefluss walzte er, nachdem er sich für seine Verhältnisse schnell auf der Hacke umgedreht hatte, in Richtung Terminal, um sich für den Flug zu seiner schrecklich wichtigen Konferenz einzuchecken.

„Ach, bitte nicht so heftig abheben, ich habe nämlich Flugangst!" beendete der Vogel des Präsidenten ein wenig beschämt die darauffolgende peinliche Stille.
Diesmal war es Sathington, der sorgfältig den Knopf für die Startsequenz betätigte und sie magenschonend und vorsichtig zum Abheben brachte. Langsam wurde die doch ziemlich heruntergekommene Schlaraffenwelt unter ihnen kleiner.
„Und, hatten Sie einen angenehmen Aufenthalt auf Schlaraffia, der führenden Welt in technischen und sozialen Dingen in diesem Sektor?" wollte Roderich wissen.
„Ach, Pustekuchen, das war einmal. Die sind auf dem Abstellgleis, denen geb' ich nicht mehr lange, dann rappelt es da gewaltig."
Und wirklich, zwanzig Jahre später begann der große schlaraffisch-salaffische Bürgerinnen- und Bürgerkrieg, bei dem über die Hälfte der Bevölkerung ums Leben kam und die Zivilisation um viele Jahrzehnte zurückgeworfen wurde. Doch das gehört hier nicht hin.

Eine halbe Stunde später kamen sie auf der Genderpreis an und wurden nochmals, diesmal von Jarulin Voof, dem ersten Offizier, offiziell begrüßt. Danach ging es in die Kabinen. Person Roth-Grün, die die ganze Zeit über Joschi angewidert beobachtet hatte, ging mit Tschillpie in dessen Kabine. Offenbar hatten beide einiges zu besprechen, während sich der Präsident in seinen Räumlichkeiten einrichtete und sich im Anschluss von Roderich höchstpersönlich das Schiff zeigen ließ, eine kleine Whiskyprobe im Maschinentrakt bei Sathington inklusive.

Bei dieser Gelegenheit erzählte Roderich von Person Roth-Grün und lästerte ein wenig über den Verein für Gleichstellung und Unterschiedlichkeit ab. Joschi, der seine Abneigung gegen besagte Institution kaum verbergen konnte, merkte an, dass die Roth-Grüne hervorragend zu Oberperson Horvath passen würde, womit die vorhin geäußerte These grandios bestätigt worden ist.

„Was genau machen Sie denn auf Gliese?" wollte Roderich wissen.

„Es geht um die Vorstellung eines Phasendingensantriebs oder Beamgeräts, halt was Technisches, ich soll nur die Eröffnungsrede halten, weil es eine so kolossal umwerfende Erfindung ist, die unser aller Leben verändern wird. Wurde mir jedenfalls erzählt. Ist auch wurscht, ich wollte sowieso schon immer mal den Senkrechttunnel ausprobieren, jetzt, als Präsident, kann ich mir das ja leisten und muss zudem nicht stundenlang um Karten anstehen. Meine Rollschuhe habe ich schon geölt. Wie lange wird unser Flug denn dauern?" - „Wir sind bald am Sprungpunkt des Schlaraffensystems und werden in etwa zwei Tagen auf Gliese 832 III landen. Was ist denn mit dem Butlervogel, den Sie da im Schlepptau mitführen? Von den Orneern habe ich schon mal gehört, nur gesehen habe ich noch keinen!" merkte Roderich an.

„Ach, der Tschillpie, der ist mir von der Föderation abgestellt worden, meine Gouvernante sozusagen. Er soll aufpassen, dass ich nicht zu sehr über die Stränge schlage und gut funktioniere. Ein wenig steif ist er ja, aber das kriegen wir schon noch hin, er hat Potential. Eigentlich ein ganz nettes Kerlchen, hat halt noch seine Probleme mit der Universalsprache. Letztens musste ich ihm erklären, dass bei einem Highlight keine Raubfische gequält werden.

Ach", streckte er sich, „ich geh mal in meine Stube und versuche, die Rede zu lesen, die ich auf Gliese halten soll. Die letzte, die ich ohne vorherige Prüfung vorgetragen habe, war nicht sehr nach meinem Geschmack. So long, Käptn!" sprachs und verabschiedete sich.

Der Senkrechttunnel? Was hat Joschi da erzählt?
Ja, dieser Tunnel ist eine der Attraktionen überhaupt in der Milchstraße. Eigentlich war er gar nicht geplant gewesen, sondern war, wie so vieles, durch einen ungewollten Zwischenfall entstanden. Das kam so:
Gliese 832 III war ein nur sehr dünn besiedelter Planet mit wenigen endemischen Lebewesen. Dieser Umstand sowie seine recht zentrale Lage und ein günstiges Klima machten ihn schnell zu einem beliebten Ort für Forscher, die in aller Ruhe an ihren Projekten basteln wollten.
Ein Teil dieser Kapazitäten beschäftigte sich mit der Erforschung des Planeten sowie der Katalogisierung der einheimischen Tier- und Pflanzenwelt, streng nach der altbewährten Prioritätenfolge:
1. Welche und wie viele Lebewesen gibt es?
2. Wie sind sie physiognomisch aufgebaut?
3. Was fressen sie?
4. Wie sieht ihr Sozialleben aus?
5. Wie sind die Biotope aufgebaut?
6. Sind diese Tiere und Pflanzen für uns essbar?
7. Welche Gerichte kann man aus ihnen bereiten und welcher Wein passt am besten dazu?
Normalerweise ließen sich die ersten sechs Fragen relativ schnell an ein paar begabte Praktikanten

delegieren, so dass die renommierten Wissenschaftler sich voll und ganz der siebten Frage widmen konnten. Ein anderer – großer - Teil der Forscher beschäftigte sich mit den Dimensionsreisen, deren Mittelpunkt der Phasen-Molekularumwandler war, der einen Wirklich-Echt-Dichten-Energiestrahl (WEDE), der in dem sogenannten Wirklich-Echt-Dichter-Energiestrahl-Erzeuger (WEDEE) erzeugt wurde, auf eine Materieansammlung richten und diese über einen Umweg durch die vierte Dimension in die Parallelwelt pusten sollte.

Leider wurden diese Wissenschaftler relativ häufig von ihren Kollegen der biologischen Forschung zur Klärung von Frage Nummer sieben eingeladen, so dass sie bei der Einrichtung des ersten Versuchs mit dem Umwandler ein wenig neben der Spur gewesen waren und verschiedene Kleinigkeiten nicht berücksichtigt hatten, die mit der Absicherung des WEDEEs zusammenhingen.
Zwar waren sowohl der WEDEE als auch die Konstruktion, auf der selbiger ruhen sollte, solide ausgeführt, nur wurde aufgrund einer besonders langen, nächtlichen Testreihe bei den Biologen ein kleines Detail übersehen, nämlich dass beide Komponenten für eine einwandfreie Funktion auch korrekt miteinander verschraubt sein sollten. Das war zunächst überhaupt nicht wichtig gewesen, solange die Apparatur nicht in Betrieb genommen wurde.
Als man jedoch den ersten Versuch startete, wurde dieses Manko offenbar, denn der WEDEE ruckelte aufgrund der hohen Energien, welche die Raum-Zeit und Energie-Materie nicht nur ineinander verhedderten, sondern phasenweise zerrissen, ziemlich herum, was

zur Folge hatte, dass sich die Vorrichtung beim Anfahren vom Sockel löste und nach vorne auf die Nase kippte.

Dadurch wurde der Wirklich-Echt-Dichte-Energiestrahl, der normalerweise die Bestandteile der Materie auf das nächste Energielevel heben sollte, nicht auf das eigentliche Ziel, sondern mitten durch den Planeten gelenkt, was den Strahl selber erstmal überhaupt nicht juckte.

Gleiches konnte man leider nicht vom Planeten behaupten, denn der wirklich-echt-dichte-Energiestrahl verrichtete seine Arbeit ganz hervorragend und pustete einfach sämtliche Materie des Planeten, die er erreichen konnte, in die nächsthöhere Dimension, was zur Folge hatte, dass in Nullkommanichts ein Tunnel von ca. zwanzig Metern Durchmesser entstand, der durch die Planetenmitte verlief und auf der anderen Seite wieder an die Oberfläche trat.

Jetzt hatte man ein Problem.

Zuschütten konnte man das Loch nicht mehr, einfach einen Teppich drüberlegen und so tun, als wäre nichts passiert, war auch nicht drin, denn die Vorgesetzten erwarteten eine Rechtfertigung für die horrenden Energiekosten sowie einen detaillierten Bericht zum Monatsabschluss. Man musste sich also etwas einfallen lassen.

Nach ein paar Tagen verzweifelter Grübelei kamen die Verantwortlichen auf die rettende Idee. Da Gliese keinen flüssigen Kern mehr hatte, war das Loch immer noch kreisrund wie am ersten Tag. Sie ließen nun die Wandung einfach mit etwas Beton auskleiden, nannten den Unfall ,Senkrechttunnel' und taten so, als ob sie ihn absichtlich geschaffen hätten, um Touristen anzulocken und mit dem eingenommenen Geld die Forschungen zu finanzieren.

Und sie kamen wirklich damit durch, denn dieser Tunnel wurde direkt nach seiner Eröffnung einer der absoluten Kassenschlager für verwöhnte Reisende, die eine besondere Attraktion erleben wollten. Die Besucher konnten sich entweder in den Senkrechttunnel hineinstürzen und nach ein paar Stunden auf der anderen Seite des Planeten wiederauftauchen, oder sie ließen sich im Zentrum abbremsen und verharrten dort in Schwerelosigkeit. Andere wiederum zogen es vor, mit skateboardartigen Konstruktionen oder Rollschuhen hinunterzurasen und dabei waghalsige Tricks zu vollführen.

Durch die Drehung des Planeten fielen sie nicht einfach in der Mitte der Röhre hinunter, sondern wurden sachte durch diesen seichten Stups der Rotation mit ein paar Bruchteilen der g-Kraft an den Rand gedrückt und konnten dank dieser geringen Bodenhaftung wie die Irren mit ihren Fahrzeugen den Senkrechttunnel runterrasen.

Außerdem fand dort einmal im Jahr ein Kegelturnier statt, das mit Fug und Recht von sich behaupten konnte, auf der längsten Bahn der Galaxis ausgetragen zu werden.

Unterm Strich wurde also aus dem Unfall ein Glücksfall, denn durch das Geld, das die vielen Besucher daließen, konnten die Forschungen mit finanziert werden – zumindest bis zur Finanzkrise der Galaxis.

Zwei Tage später erreichten sie den Orbit von Gliese 832 III, ihrem Bestimmungsort, keine zwanzig Lichtjahre von Terra III entfernt. Das Raumschiff selbst würde in den Wartungsdocks landen, um eine kleinere Inspektion über sich ergehen zu lassen. Die Besatzung hatte mehr oder weniger frei und konnte sich entweder den Senkrechttunnel ansehen oder die sonst eher raren Abwechslungen auf Gliese besuchen. Die Anwesenheit des Präsidenten nebst Vogel sowie einiger Offiziere der Genderpreis mit Sicherheitsleuten war allerdings für die feierliche Einweihung obligatorisch.

Da Gliese sich rühmte, ein pazifistischer Planet zu sein, mussten sämtliche Waffen wie Lichtsäbel und andere hilfreiche Gegenstände in einer physischen Argumentation an Bord bleiben.

Das Empfangskomitee, bestehend aus Repräsentanten der galaktischen Föderation, hochrangigen Vertretern des Vereins für Gleichstellung und Unterschiedlichkeit und anderen Gesichtern, von denen Joschi einige aus dem Hohen Rat flüchtig kannte, begrüßte sie und wies nochmal auf die Wichtigkeit der Präsentation des Präsidenten hin, so als ob die Arbeit tausender Wissenschaftler, Ingenieure und Handwerker, die sich viele Jahre lang mit den Problemen, die eine Reise in Parallelwelten mit sich bringt, beschäftigt und dabei die Grenzen der Physik und des gesunden Menschenverstandes gesprengt hatten, völlig hinter der belanglosen Rede Joschis verblassen würde.

Gliese 832 III selbst war relativ öde, die Siedlungen bestanden entweder aus Forschungseinrichtungen mit angehängten Wohnstädten für die Angestellten und Wissenschaftler oder aus Hotels, Restaurants und ein paar kleineren Läden für die Touristen. Die Eigenschaft, nahe am Zentrum der Zivilisation zu sein und doch viel Ruhe zu haben, war damals ausschlaggebend, genau dort die Forschungsstation für Parallelwelt- und Dimensionsreisen zu errichten.

Gut, nebenbei sind auch einige Entscheidungsträger des Hohen Rates ein paar Wochen vor der endgültigen Vergabeentscheidung von dem Konzern, dem dieser Planet gehörte und der gleichzeitig zufälligerweise die gesamten Forschungseinrichtungen erstellen sollte, auf luxuriöse Reisen eingeladen worden und zwei Funktionäre, die sich für einen anderen Planeten nebst Bauunternehmen entscheiden wollten, sind bis heute spurlos verschwunden, aber das ist lange verjährt und wurde daher in dem Hochglanzprospekt, der extra für die Präsentation gedruckt und den Besuchern der Genderpreis mitsamt einem billigen Kuli und Schlüsselanhänger ausgehändigt wurde, nicht erwähnt.

Dieser Flyer gab nebenbei auch einige interessante Informationen über die Beschaffenheit der anderen Dimension und damit die Leserschaft auch weiß, worum es überhaupt geht, werden hier exklusiv einige Auszüge daraus zitiert:

Sehr geehrte Leser, Besucher und Gäste!
Wir freuen uns, dass Sie bei der Präsentation des Phasen-Molekularumwandlers anwesend sein können. Es wurde alles Erdenkliche getan, damit Sie Ihren Aufenthalt auf Gliese sicher und komfortabel genießen können. Seien Sie ganz beruhigt, für Sie ist die Präsentation absolut sicher! Auch besteht eine erhöhte Sicherheit für die wackeren Testdimensionauten, die als Zweite versuchen werden, in die Welt hinter unserer

Welt vorzudringen. Kleinere Missgeschicke wie der Tod der ersten Kandidaten, über die fälschlicherweise ein paar Gerüchte in Umlauf sind, die überhaupt nicht stimmen, dürften eigentlich nicht mehr vorkommen.

Doch zunächst ein paar historische Fakten zu den An-fängen dieses technischen Wunders:
Vor einigen Jahrzehnten erfanden kluge Köpfe eines Forscherteams auf Pegasi einen unheimlich starken Energiestrahl-Erzeuger für Forschungszwecke, kurz EE genannt. Mit diesem konnte man sämtliche Bau-steine der Materie einäschern und schöne, bunte Licht-effekte für besondere Feierlichkeiten in den Himmel zaubern. Dieser EE stieß aber irgendwann an seine Grenzen und musste für neuerliche Forschungspro-jekte mit deutlich mehr Rumms ausgestattet werden, worauf man den Energiestrahl weiter verdichtete – der Dichte-Energiestrahl-Erzeuger (DEE) war geboren. Mit dieser Apparatur konnte man sogar die Energie höchstselbst zerlegen.
Doch auch dieser genügte schon bald den Ansprüchen der Forscher nicht mehr, da diese jetzt den Quanten-schaum per se zerlegen wollten.
Ein konkurrierender Planet, Arae III, machte es besser und brachte einen noch stärkeren Strahler auf den Markt, den sogenannten Echt-Dichter-Energiestrahl-Erzeuger (EDEE), da dieser wesentlich mehr Energie auf einen wesentlich kleineren Punkt konzentrieren konnte und die Wunderwelt des Quantenschaums offen-legte. Jetzt waren die Pegasier echt angepisst, nahmen viel Geld in die Hand und kreierten ohne Schlafpause die bislang ultimativ stärkste Maschine, den Wirklich-Echt-Dichter-Energiestrahl-Erzeuger (WEDEE), der

so stark ist, dass er das Gewebe der Raumzeit selbst durchbrechen kann, um in unbekannte Welten dahinter zu gelangen. Und das nicht nur auf einem Punkt, sondern auf einer Fläche von knapp zwanzig Metern Durchmesser. Diese zurzeit modernste Apparatur befindet sich hier auf Gliese.

Und da nach der Zerstörung der Raumzeit selbst keinem Wissenschaftler bis heute mehr eingefallen ist, was man noch alles zu Forschungszwecken kaputtmachen könnte, ist der WEDEE erstmal das Ende der Fahnenstange.

Dimensions- und Parallelweltreisen sind eng miteinander verwoben. So muss man, wie mittlerweile bekannt, unsere dreidimensionale Welt für einen kurzen Moment verlassen, um in die ebenfalls dreidimensionale Parallelwelt zu gelangen. Stellen Sie sich zwei Seifenblasen vor, von denen die eine unser Kosmos und die andere die Parallelwelt darstellt. Um von Blase A nach Blase B zu gelangen, müssen Sie einen kurzen Abstecher in das Badewasser dazwischen machen.

Personen, die dies versuchen, nennt man Dimensionauten - Parallelweltonauten hörte sich einfach nicht so gut an.

Die Reise wird die Dimensionauten also über einen kurzen Zwischenweg durch die vierte Dimension – das Badewasser - in die Parallelwelt führen, die sich auf der Rückseite unseres Raums befindet, was sehr schwer vorstellbar ist. Egal, es genügt zu wissen, dass dieser Raum den Unsrigen gewissermaßen mit im Gleichgewicht hält, aber ein paar Besonderheiten aufweist.

Diese Parallelwelt ist nach unseren Berechnungen ebenfalls dreidimensional, man sollte sich also ganz *gut zurechtfinden können. Um eventuelle physische Schäden für die Reisenden und daraus resultierende finanzielle Schäden für die Föderation zu vermeiden, müssen sich die Dimensionauten in den neu entwickelten Phasen-Molekularumwandler begeben, der jetzt eine Phasen-Synchronisationskammer enthält, damit der Transfer durch die vierte Dimension für sie ein unvergessliches Erlebnis wird, von dem sie noch ihren Enkeln erzählen können – dies ist nämlich nicht möglich, sollte man auf eine vorherige Phasen-Synchronisation verzichten. Das tragische Schicksal der ersten Dimensionauten, die nicht in den Genuss einer solchen Vorbehandlung gekommen sind, belegt dies eindrucksvoll.*

Für Interessierte: Diese Synchronisation verhindert nämlich, dass die Dimensionauten während ihrer kurzen Passage durch die vierte Dimension dort auseinandergerissen werden, da die Kraft, welche die Materie zusammenhält, hier schneller ihre Wirkung verliert und sich Elektronen und Protonen unweigerlich mit beinahe Lichtgeschwindigkeit im Raum verteilen.

Dieser Effekt erklärt sich dadurch, dass die schwache Kernkraft sowie die elektromagnetische Kraft unserer Körper in einer dreidimensionalen Welt mit Potenz drei abnehmen, in der vierten Dimension aber mit Potenz vier, also viel schneller als üblich, wodurch die Anziehungskräfte deutlich geringer ausfallen als in unseren drei Dimensionen.

Das gibt den Elektronen endlich mal die Gelegenheit, einen Spaziergang aus dem Einflussbereich ihres Atomkerns zu unternehmen und da Elektronen kleine, aber neugierige Kerlchen sind, nutzten sie diese auch sofort. So wurden die Atome der ersten

Dimensionauten mit geschätzten 200.000 km/Sek. auseinandergetrieben.

Mittlerweile hat man diese Nebenwirkung des WEDEs aber mit Hilfe der Phasen-Synchronisationskammer, in welcher die Dimensionauten die Reise antreten, ganz gut in den Griff bekommen, wenn man von einer gewissen Übelkeit und zeitweisen Orientierungslosigkeit absieht.

Drüben angekommen, erwartet die Abenteurer eine neue Welt, über die wir nur mutmaßen können. Eine Theorie besagt, dass dort gelöschte Informationen aus der sechsten Dimension und gleichzeitig Ideen und Vorstellungen aus unserer Welt eine Verbindung eingehen und sich manifestieren können, aber das ist nicht bewiesen.

Die Rückkehr ist unkompliziert. Da die Materie unseres Universums auch in der Parallelwelt immer noch mit unserem Kosmos verschränkt ist, kann man sie leicht orten und wieder zurückholen. Die Reisenden haben also immer eine natürliche Verbindung mit ihrer Heimat. Diese Kopplung muss aber immer mit ein wenig Energie aufrecht erhalten werden, da sich sonst die Dimensionauten augenblicklich wieder in der Phasen-Synchronisationskammer materialisieren. Es existiert also eine zusätzliche Schutzfunktion, falls ein technischer Defekt die Stromzufuhr des Synchronisators lahmlegt.

Das Ganze muss aber gut abgestimmt sein, denn Rechnungen haben ergeben, dass es drüben vermutlich keine Zeit gibt oder alle Zeit gleichzeitig oder mehrere Zeiten in verschiedenen Tempi und Richtungen oder so. Die Gleichungen haben sich irgendwie nicht so richtig lösen lassen. Daher kann Genaueres erst gesagt werden, wenn wir wissen, was Zeit eigentlich ist.

„Scheint ja nicht ungefährlich zu sein, so eine Dimensionsreise." meinte der Präsident zu Admiral Krothenfels, dem direkten Vorgesetzten des Käptens, der ebenfalls anwesend war und ihnen beim Mittagessen Gesellschaft leistete.

„Aber nein, wissen Sie, mittlerweile ist es völlig harmlos, in die Parallelwelt zu reisen – laut meinen Beratern jedenfalls. Und jetzt, wo die Föderation wieder flüssig ist, konnten die letzten Testreihen endlich abgeschlossen werden und dem lang ersehnten zweiten Stapellauf steht nichts mehr im Wege, weshalb wir ja alle hier versammelt sind. Die von der Dunklen Seite werden Augen machen!

Unsere beiden Versuchsdimensionauten Sebastian und Dylan, die Sie ja vorhin kennengelernt haben, sind übrigens völlig gelassen, weil sie wissen, dass gar nichts passieren kann und sie, falls doch etwas danebengehen sollte, gut versichert sind. Noch etwas Seenervfilet?" fragte der Admiral.

„Nein danke," antwortete Joschi. „Bin satt. Öh, das waren Sehnerven? Echt jetzt? Von welchen Tieren denn? Für mich hatte das eher wie Tintenfischfilet ausgesehen!"

„Seenerv, nicht Sehnerv. Es handelt sich um eine einheimische Tierart, ähnlich den Tintenfischen, die hier in den Seen und Flüssen in Massen vorkommt. Sie sind circa vierzig Zentimeter lang und schrecklich neugierig. Die Viecher sind ständig um die Praktikanten herumgeschwommen, die hier die Seen und Flüsse erforscht hatten, haben deren Ausrüstung untersucht, damit gespielt und sind den Leuten nicht mehr von der Seite gewichen. Die armen Taucher waren ganz entnervt und haben sie schließlich ‚Seenerve‘ genannt." informierte ihn der Admiral.

„Ach so, aber gut haben sie geschmeckt. Na ja, ich werde mich gleich mal in den Tunnel stürzen, bis später!"

„Natürlich, Herr Delgado, das Nötige wurde bereits arrangiert, der Tunnel ist komplett für den Publikumsverkehr gesperrt. Was möchten Sie denn verwenden? Rollschuhe, Board oder Fahrzeug?"

„Ich habe mein eigenes Paar Rollschuhe mitgebracht. Will sonst noch jemand mit? Predo? Wie schaut's aus?"
- „Nein danke, Herr Präsident, davon würde mir schlecht werden. Mein Magen, Sie wissen. Ich sehe lieber zu ..."

„Da gibt es aber nicht viel zu sehen, nach einer Minute bin ich außer Sicht!" meinte Joschi.

„ ... dass ich etwas Sinnvolles mache!" vollendete der Vogel seinen Satz.

So erhob sich der Präsident der Föderation und nahm Kurs auf die Hauptattraktion des Planeten. Unterwegs prallte er mit einem riesigen Soldaten zusammen, der vertieft in einem kleinen Büchlein gelesen und Joschi gar nicht bemerkt hatte. Nach der Kollision aber warf er dem Präsidenten einen so zornigen Blick zu, so dass dieser lieber schnell seines Weges ging.

Üblicherweise bildete sich immer eine lange Schlange am Eingang zum Senkrechttunnel, heute aber war die Röhre extra nur für ihn reserviert, was Joschi ein kribbeliges Gefühl des Etwas-Besonderes-Seins gab. Hier konnte er es auch genießen, denn es war keine repräsentative Maßnahme, bei der er sich strikt an ein

Protokoll halten musste, hierbei handelte es sich um sein präsidial-persönliches Privatplaisir.

Nur ein paar Reporter von der Regenbogenpresse waren erschienen und außer diesen natürlich noch Leute von der Sicherheit, die unauffällig hinter den Kulissen zugegen waren, als er die Umkleide betrat. Er zog sich den Spezialanzug an, welcher die Luftreibung auf fast null reduzierte, dann seine Rollschuhe, rollerte die hundert Meter zum Loch und ließ sich über die Einfahrrampe in den Tunnel fallen.

In der Mitte der Tunnelröhre waren über die gesamte Länge Leuchten angebracht, die an einer Kette, die quer durch den Planeten hing, befestigt waren. Joschi drehte zunächst seine Runden wie ein Steilwandfahrer auf der Kirmes, dann ließ er eine gerade Hochgeschwindigkeitspassage folgen. Anschließend stieß er sich ab, um ein wenig im freien Fall dahin zu gleiten.

Er hatte leider nicht die Zeit, den Tunnel komplett zu bewältigen und an der sich im Planetenmittelpunkt befindlichen Bar in völliger Schwerelosigkeit ein paar Drinks zu genehmigen, weshalb er sich nach zwei Stunden im freien Fall mittels eines Gravitationsumkehrpacks, der auf dem Rücken des Anzugs befestigt war, wieder nach oben beförderte. Dort wurde er schon von seinem treuen Vogel erwartet.

„Hey, Predo, altes Haus, du hast was verpasst. Ich hab' jetzt schon mehr Flugstunden drauf als du. Das nächste Mal mache ich die ganze Tour!"

„Wenn Sie meinen, Herr Delgado, dann ist das so." meinte der Angesprochene etwas pikiert.

Dieses Vergnügen hatte den gesamten präsidialen Nachmittag eingenommen, so dass er gleich im Anschluss, nachdem er sich umgezogen hatte, wieder im

Speisesaal zum Abendessen eintrudeln konnte. Nach dem Essen wurde er von Jean-Philippe Chevallier, den er bei der Präsidentenwahl geschlagen hatte, angesprochen. Dieser hatte eine höhere Funktion im Hohen Rat inne und durfte daher bei der Präsentation nicht fehlen. Leise, mit verschwörerischem Unterton, schlug er vor: „Ich habe mir gedacht, dass Sie sich vielleicht ganz gerne den WEDEE mal vorher ansehen wollen. Es handelt sich um eine ungewöhnliche Apparatur und wenn Sie vorab schon informiert sind, könnten Sie sich mental besser auf Ihre Rede vorbereiten."

„Aber ja", erwiderte der Präsident, „ich würde wirklich ganz gerne mal dieses komische Phasen-Dingsda vorher sehen, nicht, dass ich darüber lachen muss, weil es so seltsam ausschaut oder dass meine Krawatte zu dem Teil nicht passt. Wär' ja peinlich, so vor knapp hundert Milliarden Zuschauern galaxisweit. Wann können wir?"

„Wenn Sie nichts dagegen haben, wäre es jetzt gerade recht, die anderen gehen zu einem lockeren Beisammensein mit den Testdimensionauten, die Sie ja bereits kennengelernt haben."

Das stimmte aber nicht ganz, denn die Besatzung der Genderpreis war nicht zu dieser Feier geladen und so kam es, dass ihnen ein Crewmitglied auf halber Strecke zum Umwandler über den Weg lief. Es handelte sich um Roderich, den Käptn, der sie auch gleich, noch an einer Hähnchenkeule nagend, ansprach.

„Na, wo geht's hin?" schmatzte er unverdrossen.

„Den WEDEE ansehen, kommen Sie mit?" lud Joschi ihn ein.

„Aber klar doch, die meisten Leute hier sind auf einer Feier, der Großteil meiner Crew macht sonst was und ich habe den Abend frei.“

„Aber Käptn, gerade Sie, als Mann von Format, sollten doch auf dieser Veranstaltung ...“ merkte Jean-Philippe an, doch es war zu spät. Joschi hatte sich Roderich geschnappt und war schon ein paar Schritte voraus, den Neubau anvisierend.

Zu dritt betraten sie die gigantische Halle. Diese bildete eine fast perfekte Halbkugel (genauer gesagt, eine dreidimensionale Parabel, was man aber nur bei genauerem Hinsehen bemerkte) mit einem Radius von geschätzten zweihundert Metern am Boden. So schmucklos und in modernen Pastellfarben lackiert, wie das Gebäude gehalten war, hätte es genauso gut eine Disco oder Sportstätte auf einem beliebigen Planeten darstellen können, wäre es freilich nicht so groß gewesen.

Im Inneren waren bereits Tribünen, Girlanden, Plakate, aufwändige Spiegel, Buffets und verschiedene, unter weißen Tüchern abgedeckte Tische mit unbekannten Gegenständen darunter arrangiert. Die Szenerie wirkte sehr ruhig, extrem ruhig, wie die Ruhe vor dem Sturm. Ein Ort, der morgen hunderte von Leuten beherbergen sollte, jetzt aber menschenleer war, so dass diese Stille umso schwerer wog und die Leere nutzte, um majestätisch im ganzen Saal zu schweben, sich zu vervielfachen und so eine unheimliche, gigantische Ruhe auszustrahlen, die der Größe des Ortes eine fast schon übermenschliche Erhabenheit verlieh.

Hier befand sich auch der Phasen-Molekularumwandler, ein eigentlich sehr schmuckloses Stück Technik, das man für die Präsentation extra mit gewagt gestylten Blechabdeckungen verkleidet hatte, auf die ein zu hoch bezahlter Maler (oder in Eigendarstellung ,Künstler') abenteuerliche Motive von explodierenden Sonnen, durchtrainierten Astronauten in heldenhaften Posen, jungen Astronautinnen in viel zu knappen Raumanzügen und phantasievollen Raumschiffen in voller Gefechtsbereitschaft, die sich mit abscheulichen, stieläugigen Monstern offenbar um die Herrschaft über einen kleinen Asteroiden kloppten, gemalt hatte, damit die geladenen Gäste nicht gleich von der sachlichen Nüchternheit gelangweilt werden würden, die sich mit Sicherheit sofort einstellen würde, wenn die vorhin erwähnte majestätische Ruhe erst einmal vertrieben worden sein sollte.

Jean-Philippe ergriff das Wort: „Nun, wie Sie wissen, besteht der Phasen-Molekularumwandler aus dem WEDEE, dem ,Wirklich-Echt-Dichter-Energiestrahl-Erzeuger' und der Phasen-Synchronisationskammer. Der vom WEDEE erzeugte WEDE bringt die Materie in erwähnter Kammer in die Parallelwelt. Die Phasen-Synchronisation sorgt dafür, dass sich für den kurzen Moment der Durchquerung der vierten Dimension die Up- und Down-Quarks in Charme- und Strange-Quarks und die Elektronen in Myonen verwandeln, wodurch angeblich eine mittlere Übelkeit und Orientierungslosigkeit eintritt, die Materie selber aber unbeschadet in die Parallelwelt gelangt, wo sie sich wieder durch Energieabstrahlung zu ihren ursprünglichen Teilchen zurückbildet.

Wir können gerne in den Phasen-Molekularumwandler gehen, hier, auf der Rückseite, liegt der interessante Teil! Zunächst geht es durch die Reaktionskammer des Wirklich-Echt-Dichter-Energiestrahl-Erzeugers,   in dem der Wirklich-Echt-Dichte-Energiestrahl erzeugt wird, bitte nach Ihnen!" sprachs und hielt den beiden die Tür auf.

Roderich und Joschi traten ein und sahen sich um. Im Innern gab es freilich nichts Spektakuläres, hier hatte man auf kunstvolle Motive gänzlich verzichtet. Warum auch nicht, die Leute, die hier eintraten, waren üblicherweise nur Techniker. Sie hätten ohnehin nichts für ausufernde Kunst in Technicolor übriggehabt und sollten auch nicht von ihrer Arbeit abgelenkt werden. Eigentlich hätte jetzt Jean-Philippe folgen und weiter dozieren sollen, doch stattdessen schloss sich die Tür. Komisch.

„Hey, was soll das?" wollte Joschi wissen. Durch ein Bullauge konnten sie nach draußen blicken. Was sie sahen, trug nicht gerade zu ihrer Erbauung bei, denn Jean-Philippe positionierte sich, mit fröhlich-fiesem Grinsen im Gesicht – wo auch sonst?, am Schaltpult vor dem Umwandler und erklärte ihnen nicht etwa den weiteren Aufbau, sondern den weiteren Verlauf des Abends:

„Tja, Herr Präsident, das war's dann wohl. Haben Sie wirklich gedacht, dass Sie IHNEN schaden können? Dass SIE – Entschuldigung – Sie IHRE Pläne vereiteln können?"

„Wie kommen Sie denn auf das schmale Brett? Ich will nur die Föderation präsentieren und ..."

„Herr Delgado, lieber Joschi, wir wissen alles. Wir kennen Ihren gesamten Schriftverkehr und sind voll im Bilde." Als er Joschis skeptisches Gesicht sah, fuhr er fort: "Ja, auch die streng geheimen Mails an die nicht identifizierbare Adresse."

Joschi war völlig erstaunt, perplex geradezu.

„Wie dem auch sei, ich erkläre Ihnen die offizielle Version der nächsten Minuten: Sie und der Käptn waren neugierig – zu neugierig - und haben ein wenig am Phasen-Molekularumwandler gespielt. Dabei wurden Sie Opfer eines bedauerlichen Unfalls durch einen Programmfehler," hier deutete er auf einen Memorychip in seiner Hand, „bei dem sie leider Gottes gestorben sind, worauf ein neuer Präsident gewählt werden muss, der – Oh Wunder! – ich sein werde.
Und Sie, Käptn, sind einigen einflussreichen Leuten ebenfalls ein Dorn im Auge. Sie hätten besser hinter Ihrem Schreibtisch bei der Föderation bleiben sollen, wo Sie im Stillen ihre Abneigung gegen die neue Welt hätten hegen können. Pech gehabt.
Ach – die Phasen-Synchronisationskammer ist von hier aus leider unerreichbar für Sie, da hätten wir besser den Haupteingang nehmen sollen. Was soll's - viel Spaß in der vierten Dimension, viel Spaß beim Expandieren, ich muss nur noch eine kleine Routine einspielen, und schon kann Ihre Reise losgehen. Machen Sie sich keine Sorgen, das Programm löscht sich selbständig, ohne eine Spur zu hinterlassen. Ja, es hat Vorteile, wenn man für eine Organisation arbeitet, die überall tätig ist! Ich werde übrigens direkt nach Ihnen in die Parallelwelt gehen und mich mit IHNEN treffen – freilich so, wie es sich gehört, abgesichert durch Phasen-Synchronisation und in einem Stück. In diesem Sinne, fröhliches Sterben!"
Jean-Philippe spielte die Sequenz vom Chip auf den Zentralrechner ein, drückte einen Knopf und verschwand, fröhlich winkend, aus dem Sichtbereich des Bullauges. Im Raum neben ihnen fuhren mächtige Motoren hoch, wenn man den Vibrationen und dem

sonoren Brummen vertrauen konnte. Ventile und Schaltelemente öffneten und schlossen sich, andere Geräusche gesellten sich mit brummen, summen und pfeifen dazu. Mit einem Mal war gehörig Leben in der Bude!

So waren sie in der Reaktionskammer des Wirklich-Echt-Dichter-Energiestrahl-Erzeugers gefangen.

„Was hat den denn gebissen?" wollte Roderich wissen.

„Keine Ahnung, dieser Drecksack, so karrieregeil, ich könnte ihn ... baah! Eigentlich kenne ich ihn nur flüchtig von der Präsidentenwahl. Ich dachte, dass er die Niederlage gut verkraftet hätte, er scheint aber ein ehrgeiziges Bürschchen zu sein."

„Und wen hat er mit SIE gemeint?"

„Das ist eine längere Geschichte und wir haben im Moment größere Probleme, denke ich. Was ist das für ein Ding auf der anderen Seite der Panzerglasscheibe?" fragte Joschi den Käptn.

„Die Phasen-Synchronisationskammer. Da müssen wir rein, wenn wir das hier überleben wollen."

„Und was macht diese Kammer so den ganzen Tag lang?"

„Entweder wandelt sie Moleküle phasenmäßig um, oder sie wandelt Phasen molekular um oder so was. Halt was mit Molekülen und Phasen, denke ich."

„Hört sich an, als könnte das unangenehm werden. Aber wohl nicht so unangenehm, wie ohne Synchronisation durch die vierte Dimension zu jetten."

Jetzt blendete sich eine unnatürlich freundliche Stimme ein, die extra darauf programmiert worden war, auf fast alle Wesen der Galaxis wahnsinnig angenehm und vertrauenserweckend zu wirken. Normalerweise las sie in Supermärkten die exklusiven Sonderangebote vor oder befahl aus dem Radio heraus den Zuhörern, welche Produkte sie kaufen und was sie glauben sollten, hier waren es nur langweilige Zahlen in einem enthusiastischen Tonfall: „Dreißig, neunundzwanzig, achtundzwanzig ...“

An dieser Stelle brechen wir den Countdown ab, da jeder Leser sicher schon mal einen gehört hat und sich ausrechnen kann, wie es weitergeht. Kleiner Tipp: Bei null passiert irgendwas Dramatisches.

Roderich sah sich hektisch um, konnte aber keine Möglichkeit entdecken, wie sie aus der Klemme gelangen konnten. Resigniert steckte er seine Hände in die Taschen seiner weiten Hose und stellte zu seiner großen Überraschung fest, dass sich dort aus irgendeinem Grund sein Laserschwert befand, das er doch eigentlich an Bord der Genderpreis gelassen hatte.

Siebenundzwanzig.

Ohne sich zu fragen, wie es denn jetzt in seinen Besitz gekommen war, zog er die Waffe, ließ die Klinge ausfahren und versuchte, ein Loch in die Außenwand zu schneiden. Diese war jedoch aus Sicherheitsgründen sogar für Laserstrahlen undurchdringlich, so dass er sich an dem Panzerglas, das zwischen ihnen und der Phasen-Synchronisationskammer lag, versuchte. Mit deutlich mehr Erfolg. In kürzester Zeit hatte er eine größere Öffnung hineingeschnitten.

„Bitte, nach Ihnen, Herr Präsident!“ sprach er und deutete auf das von ihm geschnittene Loch.

Einundzwanzig.

„Eieiei, unser Käptn hat eine Waffe reingeschmuggelt. Wenn das mal nicht gegen irgendeine Richtlinie verstößt!“ ließ Joschi beim Durchqueren vernehmen.

Roderich glitt nicht so elegant durch das Loch, aber bei fünfzehn war auch er auf der anderen, der sicheren Seite.

Die kleine Kabine, in die sie gerade eingedrungen waren, war ebenso nüchtern gehalten wie die Reaktionskammer des Wirklich-Echt-Dichter-Energiestrahl-Erzeugers und bot gerade mal Platz für vier Personen, die in spartanisch anmutenden Sitzen Platz nehmen mussten. Ein Schild an der gegenüberliegenden Wand erklärte den potentiellen Dimensionauten:

‚Während des Transfers durch die vierte Dimension ist es verboten,

- zu rauchen oder trinken
- zu telefonieren
- sich abzuschnallen und den Sitz zu verlassen
- sich um eine Achse zu drehen'

„Sehr schön, das ist die Phasen-Synchronisationskammer. Sie synchronisiert unsere Materie mit den Gegebenheiten in der vierten Dimension, so dass wir in einem Stück bleiben, wie wir sind, halt nur wesentlich energiereicher!" dozierte Roderich.

Sieben.

"Respekt, was so ein Käptn alles weiß. Man könnte fast meinen, Sie hätten das zweite Gesicht!"

„Nur zum Teil, mein Kinn ist mittlerweile doppelt, der Rest aber noch ziemlich einfach geblieben. Und nein, ich habe ganz einfach Jean-Philippe zugehört, zudem kann ich Schilder lesen." entgegnete der Bewunderte und deutete auf einen Aufkleber oberhalb der Ausgangstür, der nochmals eine grobe Funktionsbeschreibung wiedergab.

„Und was jetzt?" fragte der Präsident erneut.

Zwei.

„Hinsetzen, anschnallen und abwarten, eigentlich kann hier drin nicht so viel passieren!" meinte der Käptn.

Eins.

„Das Wort ‚eigentlich‘ ist normalerweise die Einleitung für Vorgänge, die grandios danebengehen!" befand Joschi.

Doch der Käptn behielt Recht.

Null.

Denn der WEDE katapultierte sie anstandslos in die vierte Dimension, nachdem ihre Bestandteile durch die Synchronisation, die in der Kammer vollzogen wurde, automatisch mit dem hiesigen Universum verschränkt und mit ausreichend Energie vollgepumpt worden waren. Da ihre Körper jetzt für eine kurze Zeit auf ein anderes Energieniveau gehoben wurden, konnten sie durch die vierte Dimension fliegen, ohne Schaden zu nehmen.

Das war aber nur der erste Teil, den sie überleben mussten, der zweite war der Austritt aus der Zusatzdimension und der Eintritt in die Parallelwelt. Hierzu wurden ihre Atome und Moleküle natürlich wieder restrukturiert, was etwas lästig war, denn eine gehörige Portion Energie musste diesen entzogen werden. Das erzeugte ein ziemliches Kribbeln in den Gelenken und ließ einen erstmal gehörig frieren. Doch sie hatten den Kurzaufenthalt in der vierten Dimension heil überstanden und wurden erfolgreich in der anderen Welt materialisiert.

Teil 2

Die Weltmeisterschaft der Götter

Paranoia im Paradies

Darf man SIE auch duzen?

Die Weltmeisterschaft der Götter

Roderich kam langsam zu sich. Das Einzige, was funktionierte, war sein Bewusstsein. All seine Sinne sowie der Rest seines Körpers schienen noch friedlich zu schlafen, was ihn ziemlich beunruhigte. Diese Unruhe verstärkte sich noch, als er bemerkte, dass eine Stimme in seinem Kopf mit ihm sprach. Er konnte nicht verstehen, was sie sagte, dafür redete sie zu nuschelig. Überhaupt schien es keine Sprache zu sein, sondern mehr ein Textstrom, der sich ausschließlich über Betonung und Akzentuierung ausdrückte.

Nach einer Weile der Gewöhnung meinte er, sie besser verstehen zu können und da er momentan nichts Besseres zu tun hatte, fasste er den Entschluss, mit ihr ins Gespräch zu kommen. Doch als er antwortete, entwickelte sich seine ursprüngliche Unruhe mit einem Schlag zu einem Riesenbammel, denn anscheinend war der Eigentümer der Stimme hier zuhause und er selber nur die Stimme im Kopf des anderen. Daraus ergaben sich natürlich einige heikle Fragen: Wie kam er hier her? Wo war dieses 'hier'? Wem gehörte der Kopf? Und was sollte er sagen, um diese peinliche Situation ein wenig aufzulockern?

So langsam fuhr seine Maschine wieder hoch und er kam etwas runter. Er vertagte die Frage, wessen Schädel es denn nun sei, auf später und konzentrierte sich auf sein Sinnesvermögen, was auch ganz gut klappte. Im Moment hörte er ein pulsierendes Wummern und tippte richtigerweise auf seinen eigenen Herzschlag. Langsam stellte sich wieder ein Gefühl der Schwere ein. Also: Puls? Check. Schwerkraftgefühl? Check. Zwei haben wir schon mal. Atmung? (Ein ..., aus ...) Check. Sehvermögen? Mal schaun.

Langsam versuchte er, die Augen zu öffnen. Es funktionierte, doch sah er nicht viel beziehungsweise zwar einiges, aber viel zu verschwommen, um sich ein genaueres Bild machen zu können. Also: Sehvermögen: Check mit viel Luft nach oben. Was noch?

Tastsinn. Er lag wohl auf festem Boden und konnte eine wärmende Sonne sowie ein laues Lüftchen spüren. Die externe Energiezufuhr hatte er auch bitter nötig, da es ihn durch und durch fröstelte. Also wieder ein Kreuz auf der imaginären Checkliste.

„Herr Käptn, sind Sie noch heile?" fragte jemand aus dem Nirwana. Gehörsinn: Check. Und da ihn die Stimme als Käptn ansprach, war es wohl doch sein eigener Schädel, der da fröhlich vor sich hin wummerte.

„Ja, Herr Präsident. Nur kann ich noch nicht viel sehen." erwiderte Roderich zähneklappernd. Herr Präsident? Erinnerungsvermögen – Check.

Jetzt vernahm er in der Ferne eine Stimme, die aus einer großen Lautsprecheranlage zu kommen schien.

„ ... und so einer hat es gewagt, bis heute als Gottheit durchzugehen. Die ersten paar Minuten hatte der Hochnäsige die Nase vorn, doch dann hat er eins auf die Nase bekommen, da sie seinem Gegner nicht passte und zum Schluss hatten alle von ihm die Nase voll.

Welch eine Schande! Naja, seine Zeit ist vorbei, war wohl nix mit Allmacht und so. Begrüßen wir als nächsten Gast in unserem Ragnarök-Stadion Kalunga-Ngombes, einen der Götter der Toten von Terra III, in der blauen Ecke. Und sein Gegner in der roten Ecke ist niemand anderes als der große Wen Chang, irgend so ein Gott des Schrifttums, natürlich ebenso von Terra III!“

Donnernder Applaus von etwa dreißig Millionen Zuschauern erklang. So langsam konnte Roderich wieder mehr erkennen als nur Schatten und verschwommene Silhouetten. Er setzte sich auf, um sich ein Bild von der Umgebung zu machen.

Die Gegend zur Linken bestand aus karger Steppenlandschaft, spärlich bewachsen, mit einer heißen Sonne, der von Terra oder Wega sehr ähnlich. Er blickte nach rechts in Richtung der Lärmquelle und bemerkte, dass sie am Rand einer riesigen Stadt gelandet waren. Die Gebäude waren nicht höher als drei Stockwerke, das Einzige, was über alle anderen Bauwerke hinausragte, war ein überdimensionales Stadion, keine vier Kilometer von ihnen entfernt. Es erweckte von außen betrachtet den Anschein, als biete es so viel Platz, um den ganzen Rest der Stadt bequem unterzubringen. Vom Baustil her war es Richtung avantgarde-konservativ ausgelegt, mit einem Hauch von neo-klassizismus gewürzt, von runder Form wie ein längliches Viereck gehalten und beigefarben, so dass es aus der hellbraunen Steppenlandschaft herausstach wie ein großer Fels in der Brandung. Als auch Joschi sich akklimatisiert hatte und wieder normal sehen konnte, standen sie auf und machten sich auf den Weg in die Stadt, da sie momentan kein besseres Ziel hatten.

Nach ein paar Minuten Fußweg auf einem staubigen Pfad erreichten sie die ersten Gebäude. Häuser, Straßen, Bürgersteige, Passanten von allen möglichen Welten, Geschäfte, alles erschien überraschend vertraut. Jetzt kam aus einer Seitenstraße ein Mann direkt auf sie zu und tönte überschwänglich. „Herr Grubinger? Herr Delgado? Einen guten Tag wünsche ich!"

Roderich fragte ihn: „Auch einen Guten. Entschuldigen Sie bitte, aber wo sind wir, wann sind wir und was ist das für ein Spektakel im Stadion?" Sein Gegenüber sah aus wie ein menschliches Wesen, untersetzt und schelmisch grinsend. Ein schmaler Haarkranz aus braunen Locken hatte sich noch auf seinem Haupt behaupten können, der Rest war spiegelblank. Um die vierzig mochte er sein, was aber aufgrund seiner Leibesfülle schwer zu schätzen war. Er fuhr in der Universalsprache der Galaxis fort.

„Wo Sie sind? Na, hier in der Parallelwelt und auf dem Planeten Pungadeus. Wann Sie sind? Heute. Mehr kann ich nicht sagen, da hier die Zeit, abgesehen vom Tagesablauf, keine Rolle spielt. Hier ist immer heute und gestern war es das auch. Und morgen ist ebenso heute, oder war's das letzte Woche? Egal.

Damit haben Neuankömmlinge immer ein Problem. Hier passiert alles auf einmal beziehungsweise ist bereits passiert oder wird noch passieren. Sie können sich das nicht vorstellen, da Sie frisch aus dem Kosmos gekommen sind, der von der Zeit versklavt wird. Macht nichts, daran gewöhnen Sie sich noch. Sonst ist eigentlich alles ziemlich gleich wie drüben, außer, dass sich hier ein paar Ideen manifestiert haben, die über die sechste Dimension hierher gelangt sind. Was auch das Sujet des heutigen Tages ist, denn diese Ideen sind gerade dabei, sich im Stadion nach Herzenslust zu bekämpfen.

Ich wollte Ihnen eigentlich nur sagen, dass Sie im Café ‚Maldaner‘ bereits erwartet werden. Die Hauptstraße hoch und direkt gegenüber vom westlichen Haupteingang des Stadions, Sie können es nicht verfehlen.“

„Wer erwartet uns denn? Wer weiß überhaupt, dass wir hier sind? Und woher weiß das diese Person?“

„Das werden Sie noch erleben – oder haben es schon erlebt, hahaha!“

„Und das Spektakel?“

„Ja, haben Sie noch nichts davon gehört? Es hat gerade angefangen, das müssen Sie sehen, die ultimative Herausforderung. Sie haben nur ein paar unwichtige Vorkämpfe verpasst!“

„Welche Vorkämpfe denn?“ wollte Roderich wissen.

„Die zur Weltmeisterschaft der Götter! Es kann nur einen geben!“ antwortete der Angesprochene und verschwand, enthusiastisch lachend, in der Nebenstraße, aus der er so plötzlich erschienen war.

Nachdem er die vollen Einkaufstaschen in seiner Kabine verstaut hatte, ging Lord Schwarzencape, unsichtbar für alle anderen unter seinem Helm noch einen Kaugummi kauend, den er als Bonus zum fünfzigjährigen Bestehen des Duty-Free-Orbits bekommen hatte, zur Kommandozentrale auf die Brücke und gab den Befehl zum Durchqueren des Sprungpunkts. In Nullkommanichts gelangten sie über vierhundert Lichtjahre näher an ihr Ziel, Gliese 832 III.

Da dieser Sprungpunkt, wie alle Fernreisezentren, ein wenig außerhalb des Sonnensystems lag, mussten sie den Rest der Strecke in das System zum dritten Planeten mit konventionellem Antrieb zurücklegen.

„Volle Kraft voraus auf Gliese!" gab er voller Tatendrang in sein Mikrofon.

„Negativ, Person Lord Schwarzencape, wir haben seit unserer letzten Pause über vierhundert Lichtjahre zurückgelegt und müssen jetzt nach gewerkschaftlichen Vorgaben eine Ruhezeit von – Moment ... (rechenrechen) achtzehn Stunden einhalten." kam die Antwort von Zeugwart Petersen aus dem Maschinenraum.

„Unmöglich, wir sind doch erst vor einer Minute gesprungen, davor hattet ihr einen vollen Tag Aufenthalt im Duty-Free-Orbit!"

„Tut mir leid, Person Lord Schwarzencape, aber so sind nun mal die Vorschriften. Sie stammen noch aus der Zeit, bevor man in Sekundenschnelle durch das Weltall springen konnte und basieren ausschließlich auf der zurückgelegten räumlichen Entfernung und nicht auf der zeitlichen Distanz. Um größeren Ärger mit der Gewerkschaft zu vermeiden, sind wir angehalten, die Vorgaben einzuhalten."

So ein Mist! Verärgert unterbrach er die Verbindung und schlug mit seinem rechten Handschuh, den er zur Faust geballt hatte, in seinen linken. Wieder ein knapper Tag Verzögerung! Zum Glück hatte der Dunkle Lord mit derartigen Vorkommnissen gerechnet und ein wenig mehr Zeit einkalkuliert. Dennoch konnte es knapp werden. Sehr knapp. Sie mussten doch den Phasen-Molekularumwandler noch vor der Inbetriebnahme zerstören! Dennoch blieb ihm nichts weiter übrig, als die gewerkschaftliche Vorgabe hinzunehmen und die Zeit zu nutzen, um die Systeme des Kampfplaneten nochmal vom Zentralrechner durchchecken zu lassen.

Gefechtsstationen, Antrieb, Verteidigungsschilde, Raumgleiter, alles auf hundert Prozent. Die zweihunderttausend Mann Besatzung war auch durch die Bank fit und einsatzbereit – na gut, morgen wieder. Sie waren zu stark, als dass sie jemand hätte aufhalten können – bis auf ein paar gewerkschaftliche Vorgaben natürlich. Er fasste all dies in einem kurzen Bericht zusammen, den er auch gleich an seine Vorgesetzten weiterleitete. Diese würden zwar ungehalten reagieren, aber es war nicht seine Schuld, sondern ausschließlich deren.

ER hatte nie gewollt, dass die Diversitäts- und Gleichstellungspolitik in die dunklen Eroberungszüge integriert wurde. ER war immer für einfache und effiziente Strukturen gewesen. ER wollte nie einen Stilberater oder Gewerkschafter bei sich haben und wenn sie ihn gefragt hätten, so wollte er die Galaxis mittlerweile auch gar nicht mehr unterjochen, sondern nur in einer kleinen, stillen Ecke ein paar Untergebene nach Herzenslust herumkommandieren.

SIE waren es doch gewesen, die meinten, mit der Zeit gehen zu müssen, ihr Image aufzupolieren und so irgendwann einmal die Trends zu setzen, um den Rest der Galaxis kampflos erobern zu können, einfach weil es dann chic sein würde, zur Dunklen Seite zu gehören. Lord Schwarzencape hatte den Eindruck, dass es genau umgekehrt lief, dass nämlich die Dunkle Seite erobert wurde, und zwar nicht von einem militärisch stärkeren Gegner, sondern von absurden Vorschriften und Vorgaben, die alles unnötig komplizierter machten und von Modetrends, Anbiederungen an einen unkalkulierbaren Zeitgeist, den man nicht selber diktierte, sondern dem man hilflos ausgeliefert war.

So war es auch zu erklären, dass er einen großen Teil seiner Motivation verloren hatte und jetzt wieder in seine Kabine ging, um nochmal die Einkäufe mit der Liste, die ihm seine Frau geschickt hatte, zu vergleichen. Nein, hinter jede Position hatte er einen Haken machen können, er hatte nichts vergessen.

Ein komischer Vogel, dieser Kerl, aber nicht so komisch wie meiner. Und damit habe ich mittlerweile Erfahrung, wirklich, Herr Käptn!" sprach Joschi.

„Wir können auch die Förmlichkeiten sein lassen. Ich heiße Roderich." - „Joschi, angenehm. Von Berufs wegen Präsident der Galaxis mit Zeitvertrag. Nun, aber vermutlich nicht von der hier. Gut, ist ja auch die Parallelwelt. Wie funktioniert das hier nochmal?"

„Es ist offenbar so, dass diejenigen, die in die Parallelwelt gelangen, alle auf einmal anwesend sind und wenn sie wieder zurückfahren, bleibt ein Eindruck von ihrem Besuch aufgrund der seltsamen Zeit oder Nichtzeit hier. Wir haben also die einmalige Gelegenheit, Personen aus Vergangenheit und Zukunft zu treffen. Das kann ziemlich heikel werden, zumindest aber spannend und anders. Das hat jedenfalls diese Hochglanzbroschüre gesagt, die man uns zur Präsentation in die Hand gedrückt hat. Haben Sie die denn nicht gelesen?" Joschi sah peinlich berührt zu Boden und schüttelte den Kopf.

„Egal, gehen wir erstmal ins Café Maldaner und schaun, wer da was von uns will, vielleicht kann der uns wieder in unsere Zeit und unseren Raum bringen. Ist doch alles halb so wild, denn spätestens morgen, wenn die anderen unser Fehlen bemerken, werden sie uns holen, wir sind ja mit unserem Universum verschränkt und daher jederzeit auffindbar."

„Schon, wenn hier aber die Zeit keine Rolle spielt, wann wird dann deren morgen unser morgen sein? Und wann konkret ist jederzeit? Morgen? In einem Jahr? Oder vor einem Jahr?" gab Joschi richtigerweise zu bedenken und senkte damit die Stimmung erheblich.

Mit solchen Gedanken im Kopf gingen sie die Hauptstraße entlang, die einer gewöhnlichen Promenade nicht unähnlich war. Cafés luden zum Verweilen ein, Wettbüros boten Wetten auf die teilnehmenden Götter an und Hotels stellten großzügig Zimmer zur Verfügung. All das machte aber eher den Eindruck einer schnell aufgebauten Trabantenstadt.
Nein, nicht ganz.
Doch mehr den einer Goldgräberstadt, die nicht für einen längeren Zeitraum bestehen bleiben sollte, sondern nur als eine momentane Erscheinung konzipiert worden war. Als wäre sie nur für das Stadion aufgebaut worden, welches wiederum seine Existenz nur dem Wettkampf der Götter verdankte.

Als sie sich dem Café Maldaner näherten, winkte ihnen ein Etwas zu, das an einem sonnenbeschienenen Tisch auf dem Bürgersteig Platz genommen hatte und zu Mittag aß. Es war das sonderbarste Wesen, das die beiden bis dato in ihrem Leben gesehen hatten, und das hatte wirklich was zu bedeuten in Anbetracht der vielen Welten, die alleine Roderich zu sehen bekommen hatte. Es war kein gewöhnliches Lebewesen, auch kein Android, sondern einfach eine übergroße Portion Spaghetti mit ein paar Fleischklopsen darinnen und Tomatensoße darüber. Diese warme Mahlzeit saß lässig an einem Tisch im österreichischen Caféhaus-Style, auf dem sich eine Portion Spaghetti nebst Wasserkaraffe und Rotwein befanden und aß sich satt.
Kannibalische Nudeln!
„Na, das ist doch ... das glaub ich ja jetzt nicht ...“ stammelte der Präsident der Föderation. „Das ist doch

Pastafari, das Nudelmonster. Den gibt's doch nicht wirklich!"

„Dochdoch", erwiderte der Angesprochene. "Hier, in dieser Welt, existiere ich. Hier gibt es so ziemlich alles, was sich die Leute aus eurem Kosmos vorgestellt haben. Es ist ein Auffangbecken für Ideen, die sich hier materialisieren. zwischen der Dimension der gelöschten Informationen, die hier noch ihre Schatten werfen, und eurer Welt, dem dreidimensionalen Standard-Kosmos. Kommt, setzt euch, ich hab' euch schon erwartet."
- „Ja Sakra, dann waren Sie das, der uns diesen Knilch geschickt hat?" wollte Joschi wissen.

„Jaja, jedenfalls, wenn Sie Schmittchen meinen. Speisen und Getränke gehen auf mich, ein Hotel ist auch schon gebucht." Pastafari zwinkerte – nein. Er war ja ein Haufen Nudeln und konnte das nicht wirklich, aber die Bewegung, die links oben an der Stelle zu sehen war, wo sich gewöhnlich das Gesicht befindet, ließ eine solche Geste vermuten.

„Aus welchem Grund und wieso haben Sie uns erwartet? Und wozu, warum und weshalb?" fragte Roderich.

„Langsam, immer der Reihe nach. Zunächst: Dieses imposante Städtchen hier befindet sich weit abseits der anderen auf diesem Planeten, mitten in einer großen Steppe. Es ist nur gebaut worden, um eine Sache ein für alle Mal zu klären, und zwar, welcher Gott nun der Mächtigste ist. Hier existieren alle Götter, an die jemals geglaubt wurde oder noch geglaubt werden wird. Nun, diese göttlichen Wesen sind alle ziemlich kapriziös und haben sich daher andauernd in der Wolle.

Ursprünglich ist Pungadeus, so der Name des Wandelsternes, auf dem wir uns befinden, mal ein schöner Erholungsplanet gewesen. Es ist einfach reizvoll, nur einen Tag Urlaub im normalen Kosmos zu nehmen und hier aufgrund des Zeitparadoxons praktisch endlos verweilen zu können.

Doch die Götter haben durch ihre ständigen Kloppereien sehr viel Schaden angerichtet. Daher wurden sie von den Wesen aus der zeitversklavten Welt, also eurer, die hier zum Relaxen vorbeischauten, in die Schranken gewiesen. Zunächst gab es spezielle Ressorts für Götter und andere für normal Sterbliche, doch die überheblichen Überwesen haben einfach keine Ruhe gegeben. Den zivilisierten Bewohnern und Gästen hat's irgendwann mal gereicht, ständig durch nächtliche Schlägereien, Explosionen oder Wunder geweckt zu werden und so haben sie beschlossen, sich des Problems zu entledigen.

Jeder Gott meint, unbesiegbar und unsterblich zu sein? Gut, dann kann man sie einfach gegeneinander antreten lassen und sehen, wie unsterblich und unbesiegbar sie wirklich sind. Man kann deren heilige Aggression kanalisieren, damit sie mal gehörig Dampf ablassen können und dann wieder entspannt an ihre Arbeit gehen, was immer das auch sein mag. Und als Nebeneffekt wird noch viel Geld mit den Gläubigen gemacht. Zwei Fliegen mit einer Klappe, das ist immer gut.

Das war jedenfalls der ursprüngliche Gedanke, doch die Götter sind so kompromisslos, so voll mit Selbstvertrauen, dass sie sich gegenseitig in der Arena umbringen, weil keiner Wesen aus einem anderen Pantheon neben sich duldet."

„Und all diese Leute hier sind nur für den Wettkampf gekommen?" wollte Roderich wissen.

„Wie ihr seht, sind fast alle Gäste Menschen, denn das ist die Spezies, die sich auch mit Abstand die meisten

Götter ausgedacht hat – so auch mich. Auf Dauer wohnen hier, zumindest in dieser Stadt, nur wenige Aussteiger. Doch da bei uns keine Zeit vergeht, bleibt noch ein Eindruck der Kurzbesucher für immer anwesend, auch wenn sie bereits lange abgereist und gestorben sind. Interessant übrigens, ihr könnt mit ein wenig Glück mit euren Ururururgroßvätern reden." fügte er wieder mit einem Pseudozwinkern hinzu.
„Und wie läuft das Turnier ab?" fragte Joschi.
„Nun, jeder Gott hat seine Fangemeinde, Erfinder, Propheten und Hohepriester eingeladen, vorausgesetzt, sie hatten genug Geld, um hierher zu kommen und um sich den Aufenthalt leisten zu können. Diese Besucher stammen aus allen Epochen und Welten, die von Göttern geplagt werden und wurden."
Er nahm einen großen Schluck aus seinem Rotweinglas und fuhr fort:
„Da die meisten aus einem größeren Pantheon stammen, wurden erstmal die mächtigsten Götter einer Götterwelt ermittelt. Die Gewinner der Vorkämpfe wurden dann in verschiedene Kategorien eingeteilt. Naturgötter, Götter für besondere Gelegenheiten, Halbgötter und Gottmonster. Gerade die letztere Kategorie stellt die Favoriten mit Ala-Djaballah, dem Kistengott, Cthulhu und Jehova. Diese sind aufgrund ihrer kompromisslosen Bösartigkeit als Favoriten gesetzt und können erst im Halbfinale aufeinandertreffen."
Der Kellner kam und nahm ihre Bestellung auf. Sicherheitshalber orderten sie keine Pasta, man wollte ja nicht blasphemisch sein.
„Nun, da alle Götter teilnehmen und Sie hier noch sitzen, haben Sie wohl die Vorkämpfe gut überstanden?" wollte Roderich wissen.

„Nein, ich kämpfe nicht mit. Gottseidank bin ich ja kein echter Gott, man hat mich ja nur erfunden, um die Schwachstellen der Religionen aufzuzeigen und zu konterkarieren. Zudem will ich gar nicht der Mächtigste, Größte und so weiter und so fort sein. Es ist nicht so, dass ich nicht genügend Herausforderungen der anderen Götter erhalten hätte, Schmähbriefe, Drohmails und heilige Gebote, mich zu töten, aber das kratzt mich nicht.

Ich halte mich lieber an die realen Dinge, einen guten Schoppen, eine leckere Mahlzeit, halt die kleinen Dinge, die einen glücklich machen. Dann brauchts auch keine Allmacht und so. Das hab' ich von meinem Kumpel, dem Tao, der auch nicht mitkämpft, da er ohnehin immer gewinnt und auch teilnimmt, ohne teilzunehmen. Man kann die Schöpfung doch wirklich nur preisen, wenn man sie genießt, ohne sie zu zerstören, oder?

Ach, eure Unterbringung für die Tage. Das Hotel ‚Heiliger Atheist' ist keine zweihundert Meter vom Stadion entfernt gelegen, hier sind die Schlüssel, es sind zwei Zimmer auf eure Namen reserviert. Und noch etwas Klimpergeld in Form von Goldmünzen und die Eintrittskarten, viel Spaß! Ich muss jetzt wieder!" sprachs und legte ein paar Scheinchen für die Bedienung auf den Tisch.

„Bis dennemal!" verabschiedete sich der göttliche Nichtgott und verschwand so schnell, wie man es einem großen Haufen Teigwaren niemals zugetraut hätte, in der Menschenmenge auf der anderen Straßenseite.

„Noch so ein seltsamer Vogel. Hat uns nicht mal gesagt, warum er uns hat kommen lassen. Naja, essen wir

fertig und drehen dann mal eine kleine Runde, das sieht
alles interessant aus hier!" merkte Joschi an.
Nach dem Essen spazierten sie in den Seitengassen
rund um die gigantische Arena herum. Überall boten
fliegende Händler ihre Waren feil. Alles Mögliche
konnte man kaufen: Kreuze für die Kisten, Reliquien
des geschlagenen Rahs zum Sonderpreis, Überreste einer australischen Gottheit, leicht gebraucht, hier die
Heiligen Schriften einer Religion, die gestern im Staub
der Arena aufgehört hatte zu existieren, da ihr Oberwe-
sen seinen Meister gefunden hatte, dort eine Strähne
von Manitus Haaren, kurz bevor der Träger von Baal in
eine handliche Portion Geschnetzeltes verwandelt worden ist. Abstrakte Dinge, teilweise von Zivilisationen,
die kaum bekannt waren oder von Kulten, die sich nicht
lange haben halten können, konnte man erstehen.
Joschi schlug auch gleich zu und erstand bei einem
Händler mit fröhlich-breitem Grinsen, der wohl Reliquien des großen Rastafari anbot, ein paar getrocknete
Blätter, ein Pfeifchen und verschiedene Pülverchen.
Zwischendrin schnappten sie immer wieder Gesprächsfetzen auf. Die meisten Gäste waren wirklich von Terra
und sprachen die Universalsprache der Galaxis, so dass
eine Kommunikation kein Problem darstellte.
Manchmal lief auch ein Prophet an ihnen vorbei. Diese
Gestalten konnte man ganz leicht an der großen Zahl
von Gläubigen erkennen, die ehrfurchtsvoll um sie
herum schlawenzelten. Es kam nicht selten vor, dass
sie, wenn sich zwei von ihnen auf der Straße begegneten, eine deftige Klopperei anfingen, die erst durch einen handfesten Polizeieinsatz beendet werden konnte.
„Unser Ala-Djaballah zeigt es eurem Götzen schon,
verlasst euch drauf!" schrien noch einige der

akabaranischen Zeloten, bevor sie abgeführt und zur Abkühlung eine Nacht interniert wurden.

Irgendwann verloren sie die Lust am Herumstreunen und bemerkten die Folgen des ereignisreichen Tages in Form einer deftigen Prise Müdigkeit. Daher beschlossen sie, in ihrem Hotel einzuchecken. Roderich bestand auf einem Besuch im angrenzenden Restaurant, denn er wollte noch ein paar Informationen von Joschi. Hier lief irgendwas an ihm vorbei. Ein paar Unbekannte waren auf dem Spielfeld, von denen er keine Ahnung hatte. Weder, wer diese Leute waren, noch was sie wollten oder wie das Ganze mit der Genderpreis und dem seltsamen Verhalten Jean-Philippes zusammenhing. Auch seine Rolle sowie die Spielregeln, Ziel und Sinn lagen völlig im Dunkeln.

Als sie Platz genommen hatten, nahm er Joschi in die Mangel. „Was hat das Ganze zu bedeuten? Was ist in Herrn Chevallier gefahren? Und wer sind SIE?"

„Ich bin's, Joschi, und wir duzen uns. Nein, im Ernst, Roderich" fuhr Joschi fort, als er bemerkte, dass der Käptn nicht lachte, „Jean-Philippe hat einen Fehler gemacht. Er misstraut dir, das gefällt mir. Zudem kenne ich deinen Lebenslauf und bin zu der Ansicht gekommen, dich ins Vertrauen ziehen zu können. Also: Ich bin nur Präsident geworden, weil ich, zusammen mit ein paar anderen Personen, hinter das Geheimnis von IHNEN kommen will. Denn SIE haben die wahre Macht, doch niemand weiß, wer oder wo oder was SIE sind.

Fest steht nur, dass nichts gegen IHREN Willen geschieht. SIE geben über Presseartikel, Journalisten etc. den Kurs von mittlerweile fast allen Völkern der

Galaxis vor, was meine Hintermänner – und ich auch - ziemlich beunruhigend finden.

Daher haben sie ein bisschen an meiner Vita, meinem Namen und einem Verwaltungsprogramm gedreht, um mich in den Hohen Rat zu bringen, in die Nähe der Schalthebel der Macht. Dort habe ich – jetzt muss ich mich mal selber loben – ein geschicktes Händchen und viel Glück gehabt, die Gunst der Stunde erkannt, mich zur Wahl des Präsidenten der Föderation aufgestellt und bin gleich gewählt worden. Jetzt kann ich mich in aller Ruhe überall umsehen, als Präsident hat man so seine Möglichkeiten."

„Und du willst jetzt eine Revolution lostreten?" grübelte der Käptn.

„Nein, ich will keine Revolution, sondern nur mein Leben gut leben, mit Spaß und Partys und so Sachen. Das Dumme ist, dass wir schon längst eine Revolution gehabt haben. Nur ist sie von niemandem bemerkt worden, weil es eine stille Revolution gewesen ist, die sich über mehrere Jahre erstreckt hat und man die Änderungen nur in kleinen, aufeinanderfolgenden Schritten eingeführt hat. Zu klein, als dass das Große, Ganze aufgefallen wäre. Jedenfalls kann ich mein Leben nicht mehr so führen, wie ich es will. Und das macht mich echt sauer.

Wir sind uns sicher, dass SIE auch diesen ganzen Diversitäts- und Gleichstellungskram inszenieren, und möchten gerne wissen, wozu das gut sein soll und wie wir das aufhalten können. Und jetzt habe ich leider IHRE Möglichkeiten nicht richtig eingeschätzt. Mist."

- „Kann es sein, dass der Verein für Gleichstellung und Unterschiedlichkeit hinter all dem steht?"

„Nein, das sind bloß uniformierte Uninformierte, die haben nicht das Hirn dafür, es fehlt die Phantasie, die Flexibilität. Der ganze Laden ist bloß ausführendes Organ oder besser gesagt ein Deckmantel. Ich bin nur erstaunt, dass SIE mir so schnell auf die Schliche gekommen sind. Wir hatten alle Vorsichtsmaßnahmen getroffen, alle Kommunikatoren waren zu einhundert Prozent unentschlüsselbar, es führte keine Spur zu meinen Hintermännern oder meinen Absichten."
„Wer sind denn eigentlich diese Hintermänner?"
„Keine Ahnung, ich habe nur per Mail Kontakt mit ihnen. Und, ehrlich gesagt, reicht es mir, SIE zu entlarven, da will ich nicht noch eine weitere Baustelle eröffnen."
„Dass SIE uns normal weiterleben lassen, wenn wir SIE in Ruhe lassen, glaubst du also nicht?"
„Nein. SIE sind Ideologen, soviel wissen wir bereits. Ideologen wollen anderen vorschreiben, wie sie zu leben haben, was sie zu denken haben, und berufen sich dabei auf willkürlich gesetzte Dogmen, die nicht zu hinterfragen sind – eine gute Waffe, aber letzten Endes hinderlich für alle Beteiligten. Ich aber will für mich selber denken. Ich kann nur meinen Spaß haben, wenn ich frei bin und diese Typen endlich von den Schalthebeln der Macht verschwinden. Es hat aber einige Zeit gedauert, bis ich mich dazu aufgerappelt habe.
Als die ersten neuen Vorschriften erlassen wurden, habe ich es mit Humor genommen und mich darüber lustig gemacht. Sie hatten mich halt überhaupt nicht betroffen. Dann ging das Spielchen weiter, die ersten Auswirkungen sind immer noch an mir vorbeigelaufen und ich habe das mit Ironie genommen, wollte einfach mal sehen, wie weit die Buben gehen. Dann kam die

völlige Gleichstellung aller Wesen auf und hat mir Unannehmlichkeiten bereitet. Ich habe für mich mit Sarkasmus gekontert und habe noch interessiert die Entwicklung beobachtet, weil ich wissen wollte, wie weit zu weit gehen kann.

Und zu guter Letzt konnte ich auf die konsequente Entmündigung nur noch mit Zynismus reagieren. Was kommt danach? Mir fiel nichts mehr ein. Resignation vielleicht, Frustration oder so, aber das würde bedeuten, immer schlecht gelaunt zu sein und keinen Spaß mehr am Leben zu haben. Das passt nicht zu mir.

Daher habe ich dankend den Vorschlag der anonymen Hintermänner angenommen, mich in den Hohen Rat einzuschleusen, um an Informationen zu gelangen, die helfen, diesen Wahnsinn zu beenden. Wie steht's um dich? Machst du mit? Nicht für Partys und Feiern, sondern für deine Familie? Zwei unterschiedliche Motive, ein gemeinsames Ziel?"

Roderich überlegte kurz. Vor einiger Zeit noch, als er alleine hinter seinem Föderationsschreibtisch saß, fühlte er sich ohnmächtig gegenüber der neuen Zeit und den ganzen Verordnungen, die ständig ohne zwingenden Grund erlassen wurden. Da es ihm aber die letzte Zeit öfters gelungen war, dem Zeitgeist in Form von Person Roth-Grün erfolgreich Paroli zu bieten und er sich um die Zukunft der Galaxis einige Sorgen machte, hegte er den unbedingten Wunsch, auch weiterhin Kontra zu geben, wenngleich er ein schlechtes Gefühl hatte, jetzt vom passiven in den aktiven Modus zu wechseln. Daher antwortete er: „Ja, auf jeden Fall. Dieser ganze Gleichstellungsquatsch hat mich mehr als genug Nerven gekostet. Ich habe den Eindruck, nicht mehr Käptn eines Raumschiffes, sondern eines regenbogenfarbenen Irrenhauses zu sein. Hm, der VGU ist mir gleichgültig, aber die Föderation kann und will ich nicht verraten. Es muss auch eine Nummer kleiner gehen für mich."

„Verrate mir, ist Verrat am Verräter Verrat?"

„Ich weiß nicht. Ich bin jedenfalls loyal gegenüber der Föderation und werde ihr nicht in den Rücken fallen. Dem VGU dagegen bin ich in keinster Weise verpflichtet, wenn du verstehst, was ich meine."

„Gut, jeder macht das, was er vor sich selber verantworten kann. Und mehr wollte ich auch gar nicht, nur eine gewisse – Zurückhaltung und wohlwollendes Unterstützen vielleicht."

- „Das hast du auf jeden Fall." meinte der Käptn und stopfte sich das letzte Drittel seiner Eiswaffel in den Mund. „Naja, hier kommen wir nicht weiter. Wir müssen erst mal wieder zurück, um agieren zu können. Das wird unser größtes Problem sein."

„Ja, aber das ergibt sich schon. Da bin ich mir sicher. Irgendwie renkt sich alles wieder ein. Genießen wir erst mal die Show, so was bekommt man nicht alle Tage geboten. Der Clash der Götter! Hah! Welch ein Spektakel! Ich denke, dass wir nach dem Finale ein paar Leute anquatschen können, die uns wieder zurückbringen. Und da hier keine Zeit vergeht, werden wir auch pünktlich wieder zurück sein – fragt sich nur wann. Also mal halblang machen."

Roderich wollte gerne widersprechen und mit einem ausgefeilten Plan einen Weg aus der Sackgasse weisen, doch ihm fiel absolut nichts ein. Also machten sie halblang.

Auf seinem Zimmer angekommen, gab ihm eine Informationsbroschüre, die vom Zimmerandroiden auf das

Kopfkissen gelegt worden war, einen groben Einblick in die Parallelwelt sowie das laufende Turnier der Götter. Es wurden die meisten der favorisierten Gottheiten vorgestellt, die Arena beschrieben und auch, endlich, wurde die seltsame Welt, in der sie sich befanden, erklärt.

„Sehr geehrte Gäste, willkommen in der Parallelwelt des dreidimensionalen Zeitsklavenkosmos! Wir haben hier zwar keine Zeit, aber darum haben wir alle Zeit der Welt!
Sollte das Ihr erster Aufenthalt bei uns sein, wovon wir ausgehen, möchten wir Sie gerne auf diese kleine Anomalie hinweisen, weil daraus ein paar lustige Effekte resultieren können. Beispielsweise kann es vorkommen, dass Sie hier Leuten begegnen, die in Ihrer Welt seit Millionen von Jahren tot oder noch gar nicht geboren worden sind. Für die daraus resultierenden Missverständnisse übernehmen wir ausdrücklich keine Verantwortung. Verhalten Sie sich einfach ruhig und friedlich und alles bleibt in bester Ordnung. Sollten Sie ihre Vorfahren ermorden – gut, auf Ihrer Seite des Kosmos wird das vielleicht ein Problem mit der Logik ergeben, hier sicherlich nicht.

Wie kann man sich das Zeitparadoxon vorstellen?
Gar nicht.
Aber einen kleinen Vergleich können wir Ihnen zur Hand geben. Stellen Sie sich ein Rad vor; auf der Felge befindet sich das normale Universum, in dem die Zeit wie eine Umdrehung vergeht. Nun, wir hier sitzen in der Radnabe und drehen uns nicht mit. Wir sind von allen möglichen Zeitpunkten gleich weit entfernt, man

kann von jeder Zeit über den Umweg über die Speichen durch die Nabe, also uns hier, in eine andere Zeit gelangen und muss nicht mal lange warten oder viel Geld dafür ausgeben! Einzige Einschränkung: Sie können nur in ihrem Ursprungskosmos in der Zeit reisen, in andere Dimensionen als der Ihrigen vordringen können Sie nicht.

Widmen wir uns den baulichen Höhepunkten, die wir zu bieten haben.
Die Ragnarök-Arena ist das größte Stadion, das je gebaut worden ist, und wir müssen das wissen, da hier Besucher aus allen Zeiten vorbeischneien, die uns das immer wieder bestätigen. Die Bauzeit betrug zweihundert Jahre, was aber völlig egal ist - Sie erinnern sich, hier spielt Zeit keine Rolle, daher konnten wir einen Tag nach Auftragserteilung die Schlüsselübergabe feiern – oder war's sogar davor? Egal.
Wie dem auch sei, genießen Sie Ihren Aufenthalt. Der Einlass für die Weltmeisterschaft der Götter beginnt jeden Morgen um acht Uhr an den vierzig Haupteingängen. Um die Arena herum befinden sich viele Lokalitäten, Souvenirbuden und dergleichen, damit Sie gut vorbereitet die Kämpfe genießen können. Geld kann an allen Wechselstuben eingetauscht werden, wobei Personen aus Zeiten mit hoher Inflation natürlich einen Vorteil haben. Und wenn Sie mit dem Erscheinen um acht Uhr ein Problem haben – denken Sie an die Zeitanomalie hier, Sie werden sicherlich pünktlich erscheinen, wenn nicht heute, dann morgen!"

Am nächsten Morgen wunderte sich die Besatzung der Genderpreis, wo denn ihr Käptn steckte. Es kam schon mal vor, dass er verschlafen hatte, aber heute ging er nicht mal an seinen Kommunikator. Gleichzeitig wurde von Seiten der Föderation der Präsident höchstpersönlich vermisst. Eine groß angelegte Suche blieb erfolglos, bis Jean-Philippe nebenbei erwähnte, er habe die beiden am gestrigen Abend noch kurz gesehen, wie sie, nicht mehr ganz nüchtern, in Richtung Phasen-Molekularumwandler gegangen sind.

Sofort machten sich die anwesenden Forscher auf den Weg, um die Aktivitäten des Umwandlers auszulesen. Und wirklich, im Protokoll wurde die Inbetriebnahme sowie das Hinübersenden in die vierte Dimension von zwei Personen erwähnt, nicht aber die vorherige Phasen-Synchronisation, was eigentlich aufgrund der Sicherheitsmaßnahmen unmöglich sein sollte, aber dennoch so passiert ist, wenn man dem automatisch generierten Protokoll Glauben schenkte, was jede Person seit Erfindung der automatisch generierten Protokolle auch tat.

Auch das von Roderich in die Glaswand geschnittene Loch wurde bemerkt. Da aber laut dem Transferprotokoll, das ja von Jean-Philippe gefälscht worden war, es beide Personen nicht mehr rechtzeitig geschafft hatten, in die sichere Kammer zu gelangen, gingen alle Anwesenden davon aus, dass die beiden Hasardeure in der vierten Dimension pulverisiert worden sind.

„Wie schrecklich. Ich bin ganz gestürzt über dieses Ende.", meinte Tschillpie, „Ich hatte mich irgendwie an den Kerl gewöhnt."

„Seien Sie froh, dass er weg ist. Und um den Käptn ist's auch nicht schade!“, tuschelte Roth-Grün zu dem Orneer. „Ich bin schon etwas länger mit der Genderpreis unterwegs und kann Ihnen Sachen erzählen, Sachen ... aber das lasse ich besser.“

Seit dem ersten Moment ihrer Anwesenheit an Bord hatte sie unablässig versucht, den Käptn, gegen den sie eine mehr oder weniger offene Aversion hegte, in seine – ihre – Schranken zu verweisen. Und jedes Mal, wenn es ihm wieder gelungen war, sich herauszuwinden und über die von ihr gezogenen Grenzen zu springen, vertiefte sich diese Abneigung. Mittlerweile war sie in einem Stadium angekommen, in dem sie nur noch blanken Hass für ihn empfand.

Aber sie hatte sich so weit unter Kontrolle, um mit normaler Lautstärke fortzufahren: „Herr Voof, dann sind Sie jetzt als erster Offizier der neue Käptn. Meinen Glückwunsch, ich hoffe, dass Sie die Mission gleichstellungskonformer weiterführen werden, als es bisher der Fall gewesen ist.“

Der frischgebackene Käptn stand regungslos da. Als Bregander hatte er nie viel Verständnis für die Emotionalität der Terraner übriggehabt, doch jetzt wünschte er sich den von Sathington umgetauschten Vorhammer in seine Hand, um Person Roth-Grün zu zeigen, was er von ihrer Pietätlosigkeit hielt. Auch war er traurig, dass sein alter Freund einfach so, ohne Vorwarnung, von ihnen gegangen war und nicht mal die Partie ‚Unicorn's lair‘ hat zu Ende bringen können, die sie vor ein paar Tagen begonnen hatten. Mit zusammengeballten Händen bemerkte er:

“Ich fürchte, Sie haben Recht. Ich schreibe sofort einen Bericht und gebe Meldung an die Föderation, dass wir

einen neuen, regulären Käptn benötigen." Und dann, mit Nachdruck: "Wir werden hier eine große Trauerfeier veranstalten. Käptn Grubinger war einer der größten Raumfahrer aller Zeiten und eine herausragende Persönlichkeit, dem muss gebührend Rechnung getragen werden."
„Auch dem Präsidenten müssen Gebührenrechnungen nachgetragen werden!" merkte Tschillpie mit einem energischen Zwitschern an.
Die Wissenschaftler und Techniker überprüften die ganze Nacht über die Anlage, konnten aber außer besagtem Loch nichts Außergewöhnliches entdecken. Da sie nicht zugeben wollten, dass sie nicht die leiseste Ahnung hatten, wie sich der Vorfall hat ereignen können, gaben sie in einer Stellungnahme an, dass es wohl besser sei, den Umwandler aus Sicherheitsgründen nur zu präsentieren, ohne, wir ursprünglich vorgesehen, die beiden Testdimensionauten rüberzuschicken.
„Seltsam, was haben die nur getrieben? Das System ist eigentlich unüberwindbar und kann nur von Experten bedient werden." meinte abschließend Professor Doktor Menzel, der Leiter des Forschungsprojekts.
Diese Empfehlung wurde angenommen. Zudem wurde beschlossen, dass die vorgesehene Präsentation etwas verschoben werden sollte, damit die Trauerfeier für die beiden Verblichenen abgehalten werden konnte. Zudem wurde festgelegt, dass Jean-Philippe anstelle des so überraschend verschiedenen Präsidenten die Einweihungsrede für den Phasen-Molekularumwandler und die Trauerrede für Joschi halten sollte. Dieser erklärte sich auch mit betroffenem Gesichtsausdruck dazu bereit.

Am Abend trug die gesamte Besatzung der Genderpreis schwarz, zu Ehren für ihren im Dienst dahingerafften Käptn. Für Joschi wurde eine Schweigeminute abgehalten, da er der erste Anführer der galaktischen Föderation war, der in den letzten zweihundert Jahren im Dienst verschieden ist. Der letzte Präsident, dem dieses Schicksal widerfahren ist, war allerdings nicht so abenteuerlich gestorben, sondern während einer Kreuzfahrt stark angetrunken über Bord gegangen, was man natürlich nicht vor der Öffentlichkeit oder gar der Historie hätte zugeben können. Stattdessen hatte man eine abenteuerliche Geschichte mit angreifenden Killerfischen konstruiert, in welcher der Präsident als Verteidiger der Besatzung des Bootes einen heroischen Kampf führte, letztlich aber einen tragischen Heldentod starb.

Zwei Stunden später ging die Nachricht über die Ereignisse offiziell raus. In allen Winkeln der Galaxis herrschte Bestürzung, Verstörung oder einfach nur Gleichgültigkeit. Einige Prominente packten schon mal ihre Sachen, weil sie darauf spekulierten, zur Trauerfeier eingeladen zu werden und dort endlich wieder mal galaxisweit im TV präsent sein zu können. Diese Einladung ging aber erstmal nicht raus, denn man hatte auf Gliese 832 III mit einem Mal ganz andere Probleme.

Die Verteidigungssysteme vermeldeten die Ankunft eines ganzen Planeten in der Nähe des Sprungpunktes außerhalb des Gliese-Systems, der sich bei näherer Betrachtung als gigantisches Raumschiff herausstellte. Anhand der elektromagnetischen Matrix konnte man feststellen, dass es sich um eine Kampfstation der Dunklen Seite handelte, die mit modernster

Waffentechnik vollgestopft war. Da auf Gliese die größte Gefahr aus einem Rudel angetrunkener Touristen bestand, das nach der Sperrstunde noch einen Eimer Bier forderte, war man auf eine solche militärische Bedrohung absolut nicht vorbereitet.

„Verdammich, was wollen die denn hier?" wollte Jarulin, der Interimskäptn, wissen.

„Keine Ahnung, ich versuche schon Kontakt herzustellen, bekomme aber keine Antwort." entgegnete die Kommunikationsoffizierin Elektra. Dieses Spielchen zog sich seltsamerweise über achtzehn Stunden hin, in denen der Kampfplanet regungslos am Sprungpunkt, kurz außerhalb des Planetensystems, verharrte. Dann endlich, nach vielen wilden Spekulationen, kam der erwartete, oder sollte man besser sagen, befürchtete Funkspruch rein.

„Hier spricht Lord Schwarzencape, Vorsitzender des Parlaments der Bürgermeister und Abgeordneten des Kampfplaneten der Dunklen Seite. Wir werden in drei Stunden in Ihren Orbit eintreten und dann den gesamten Planeten vernichten. Machen Sie schon mal ihr Testament. Ende!"

Tiefe Erschütterung angesichts des tödlichen Schicksals griff um sich. Man war den dunklen Kräften hilflos ausgeliefert.

Da die Genderpreis teils demontiert im Dock festsaß, konnte man auch keine Evakuierung vornehmen, die Herstellung der Startbereitschaft war nicht unter einem Tag möglich. Zudem hätte man nur mit konventionellem Antrieb fliehen können, der Sprungpunkt, um große Distanzen zu überwinden, wurde ja vom Kampfplaneten blockiert. Es war zu spät. Alles war zu spät, sie waren verloren.

Er hatte wieder diesen Traum. Diesen speziellen Traum, der ihn mit monotoner Regelmäßigkeit alle paar Wochen plagte und niederschmetterte. Doch hier, in der Parallelwelt, schien er ungleich realistischer. Es lief immer wie folgt ab:

Roderich lag als alter Mann schwach und gebrechlich im Bett, als er ein Klopfen hörte, so, als würden Fingernägel sachte auf Glas trommeln. Er schaute zu den beiden Fenstern zu seiner Linken, konnte aber nichts Außergewöhnliches erkennen. Er lauschte nochmal genauer hin und bemerkte, dass das Geräusch aus der Richtung des großen Wandspiegels kam, der schräg rechts von ihm in der Ecke hing. Er richtete sich auf, so dass er hineinsehen konnte und erkannte keineswegs sein Ebenbild, sondern eine Gestalt in einem wallenden Umhang, der gleichzeitig mit der Gestalt verschmolzen war, einen festen Bestandteil bildete. Das einzig Konstante an der Erscheinung war seine stetige Veränderung.

Mal war das Wesen rundlich, mal länglich, mal schwebte es, mal war es mit Fangzähnen und Klauen ausgerüstet, dann wieder mit Tentakeln oder anderen Extremitäten. Auch der Umhang veränderte sich in dem Maß, wie die Gestalt sich bewegte. Seine Erscheinung schwankte zwischen allen Farben, von einfarbig bis bunt, von chaotisch gefleckt bis verschieden gemustert. Und dieses sonderbare Etwas, das ihm noch seltsamer als der Gott Pastafari vorkam, sprach zu ihm. Es war nicht der Tod, sondern die Evolution, wenn man der Vorstellung des seltsamen Wesens im Spiegel Glauben schenkte, was Roderich auch tat, da es ja immerhin sein Traum war und er davon ausging, dass sein Unterbewusstsein ihn schon nicht belügen würde.

Die Evolution sprach mit einem höhnischen Unterton: "Du bist alt, deine Gräten sind steif, deine Kraft lässt nach und deine Sinne stumpfen ab. Du hast bis hierhin überlebt und dich vermehrt, du solltest jetzt eigentlich so langsam abtreten, denn du wirst nicht mehr gebraucht, bist nicht mehr lebensfähig, kannst nur noch den anderen als Futter dienen und Platz für die Nächsten machen. Ich kann dir einen meiner Mitarbeiter vorbeischicken, der regelt das ganz schnell für dich. Es dauert auch nicht lange!"
Für einen kurzen Moment gab er dem seltsamen Wesen Recht. Wie leicht wäre es, einfach zu gehen, nochmal zu winken und sich dann fallen zu lassen, keine Mühen, keine Anstrengungen mehr zu haben. Doch waren es nicht gerade diese kleinen Unannehmlichkeiten, diese Stolpersteine, die das Leben so interessant machten, ihn spüren ließen, lebendig zu sein? Die immer wieder für Überraschungsmomente sorgten. Auch wenn es manchmal schlechte Überraschungen waren, so konnte man die schönen Dinge danach umso mehr genießen. Und gestalten, anstatt nur zuzusehen.
Hier rappelte er sich jedes Mal aus dem kurzen Anfall von Lethargie auf, nahm seinen Autoschlüssel und seine Kreditkarte vom Nachttisch und hielt sie dem Wesen mit den Worten unter die Nase:
"Hey altes Haus, weißt du, was das hier ist? Auch wenn ich nicht mehr jagen kann, komme ich gut klar. Ich fahre mit dem Auto zum Supermarkt und kaufe mir das, worauf ich gerade Lust habe! Und wenn das auch mal nicht mehr klappen sollte," hier zeigte er sein Mobilfon und die Kreditkarte, „dann lasse ich mir einfach eine Pizza kommen. Willst du auch eine? Mit extra Käse? Na?"

Und, wie immer, wenn sie an diesem Punkt angelangt waren, blickte die Evolution kleinlaut zu Boden, wandte sich zum Gehen ab und Roderich fühlte sich voller Leben, voller Energie.

Im Davontrollen aber drehte sich sein Gegenüber noch mal um und murmelte: „Na gut, wenn ihr meint, ihr werdet schon sehen, was ihr davon habt!" und verschwand vollends aus dem Spiegel.

Es war dieser verschmitzte, hinterhältige Gesichtsausdruck der Evolution und diese Häme in der Stimme, als sie ihre letzten Worte sprach, der bei Roderich dieses sehr beunruhigende Gefühl des auf-der-falschen-Fährte-seins hinterließ, das ihn nach dem Aufwachen jedes Mal so plagte und niederschmetterte, wie eine Vorahnung, gleich mit Höchstgeschwindigkeit an einen Brückenpfeiler zu donnern, der mitten auf einer ausgebauten Autobahn stand. Das war üblicherweise der Moment, an dem der Wecker klingelte oder er sonst wie aus dem Schlaf gerissen wurde.

So auch diesmal. Heute Morgen war es eine nervige Stimme aus dem Radiowecker, die in hektischer Reportermanier versuchte, die Ereignisse des Vortags aus dem Ragnarök-Stadion spannend zusammenzufassen. Da die ganze Zeit über im Hintergrund ein monotonstampfender, hektischer Rhythmus lief, musste man schon seine Ohren spitzen, um alles verstehen zu können.

„ ... und auch in diesem Duell gab es keine Überraschung. Tja, ziemlich öde, was die Göttlichen da hinlegen, sehr berechenbar, aber mit jeder Runde schreiten wir voran. Stellen wir die Favoriten vor, die bis jetzt durchgekommen sind und von denen ein Teil heute antreten wird - so wie Zeus zum Beispiel, der

unangefochtene Chef der alten Griechen, der mit Hephaistos und Helios schon zwei Kollegen aus seinem eigenen Pantheon ausgelöscht hat und als Gruppenerster in die Hauptrunde eingezogen ist. Ja, der versteht keinen Spaß, der alte Knabe!
Oder Odin. Endlich hat er Surt bezwungen, Glückwunsch, mien Jung, halt das Auge weiterhin offen! Diverse Naturreligionen haben letzte Woche ihre Götter aufeinandergehetzt, dass die Bude nur so geraucht hat. Aber gegen die Gottmonster werden sie wohl kaum eine Chance haben.“
Sieben Uhr. Langsam stand er auf, machte sich fertig und ging in den Speisesaal zum Frühstücken.
„Morgen Joschi! Wie schaut‘s aus?“ grüßte er, etwas verwundert, dass der Präsident vor ihm aufgestanden war. Er schien voll motiviert, voller Energie und Lust, den kommenden Herausforderungen entgegen zu treten.
„Hi Roddi, ganz gut. Bin mal gespannt, was uns hier geboten wird. Ich hab‘ mal nachgedacht. Der Nudelknabe möchte offenbar, dass wir uns die Kämpfe ansehen, also sollten wir ihm den Gefallen tun. Ich denke, dass er uns danach wieder zurückbringt, wenn in der Zwischenzeit unsere Kollegen auf der anderen Seite das nicht gebacken bekommen.“
„Möglich. Da ich auch nicht weiß, wie wir wieder von hier verschwinden können, gehen wir erstmal davon aus, dass du Recht hast. Zur Not können wir ein paar Leute fragen, ob sie noch ein paar Plätze freihaben und uns mitnehmen. Dann wären wir wenigstens im richtigen Kosmos und müssten uns nur noch in die entsprechende Zeit durchschlagen.“

Da sich das Hotel in unmittelbarer Nähe eines der Haupteingänge befand und die Nudelgottheit ihnen VIP-Karten überreicht hatte, mit denen sie nicht anstehen mussten, waren sie rechtzeitig auf der Tribüne und konnten das ganze Spektakel von Anfang an mitverfolgen. Die Arena war von innen genauso imposant wie von außen. Man konnte kaum das andere Ende ausmachen. Kein Wunder, der größte der Kontrahenten, Cthulhu, war immerhin einhundert Meter groß und fast genauso breit. Über die Kosten alleine für seine Umkleidekabine und Dusche konnte nur spekuliert werden.

Der VIP-Bereich war sehr gut gelegen, dicht am eigentlichen Geschehen, keine zehn Meter vom Rand entfernt und so platziert, dass kein Wesen vor einem die Sicht hätte blockieren können. Die Sitze waren gepolstert und mit ausklappbaren Tabletts und Getränkehalterungen versehen.

„Als erstes" intonierte eine Stimme, die von überall und nirgends zu kommen schien, „begrüßen wir NbeleNbele, der sich mit Chixublonx misst! Applaus für die beiden Angebeteten bitte, auch von den Ungläubigen!"

Eine schwarze, humanoide Gottheit, etwa acht Meter groß, betrat die Arena, fuchtelte wie wild mit einem Speer in der Luft herum, aus dessen Ende eine Feuergarbe schoss, und versuchte damit Chixublonx, eine offenbar südamerikanische Gottheit, die im Anschluss zum gegenüberliegenden Tor eintrat, zu beeindrucken. Dieser hatte aber ähnliches drauf und konnte seine Anhänger mit einem Funkensturm, den er geschickt aus einem seiner drei Münder spie, in Ekstase und einen Teil der Dekoration in Flammen versetzen. Beide

gingen in ihre Ecke, um sich ein letztes Mal mit ihren Propheten und ausgewählten Priestern zu besprechen. Dann ertönte ein Gongschlag, der, genau wie die Stimme, von überall und nirgendwoher zu ertönen schien. Das war das Startsignal, es konnte beginnen!
Die beiden Götter gingen direkt aufeinander los. Ihre Anhänger auf den Tribünen grölten, riefen Beschwörungen und vollführten magische Handbewegungen und Rituale, um ihrem Gott zum Sieg zu verhelfen. Der Kampf wogte hin und her und, kurz gesagt, irgendwann meinte Chixublonx, eine Siesta einlegen zu müssen und endete in diesem kurzen Moment der Unaufmerksamkeit als Grillhuhn am Spieß von NbeleNbele, der gleich mit einem wilden Tanz keinen Zweifel am Ausgang des Kampfes ließ und ein Zeichen für die anderen Gottheiten setzte.
„Und der Gewinner iiiiiist----NbeleNbeleeeeeeee!" blökte die Stimme von irgendwoher.
Eine Gruppe enttäuschter Gläubiger zerriss konsterniert ihre Wettscheine und brach eine Diskussion vom Zaun, an wen man sich denn jetzt halten sollte. Leider gab es keine Götter mehr aus ihrem Pantheon, diese wurden ja ausnahmslos in den Vorkämpfen durch Chixublonx eliminiert.
Nachdem die Überreste des Verlierers von zwei sehr starken Raupenfahrzeugen aus der Arena geschleift worden waren, konnte der zweite Kampf beginnen.
„Anuket, eine Göttin von Terra III, wie üblich, sie ist die Göttin für – äähh, ich kann das hier nicht lesen. Egal. Jedenfalls tritt Anuket an gegen den einzigen nicht terrestrischen Gott, der noch im Rennen ist. Derivatos, Beschützer der Devisenhändler und Patron der Aktienspekulanten von Dividendos I, er will hier die

Kurse nach oben korrigieren. Junge, pass auf, wenn du verlierst, gibt das einen schwarzen Freitag!"
Diesen gab es wohl wirklich, denn der Börsengott hatte sich wohl verspekuliert und wurde in ziemlich kurzer Zeit von einer ziemlich aggressiv auftretenden nubischen Gottheit in ziemlich kleine Happen zerteilt. Glück für diejenigen, die seine Aktien noch rechtzeitig haben abstoßen können.
Die Raupenfahrzeuge hatten für so kleingehäckselte Überreste natürlich eine eigens konstruierte Apparatur, mit der sie den Sand aufsaugten, die ehemals göttlichen Partikel herausfilterten und die gereinigten Körner wieder in die Arena pusteten. Nach einer Minute lag die Kampfbahn wieder wie neu vor den nächsten Kandidaten des größten Kampfsportspektakels aller Zeiten.
Das nächste Zusammentreffen sollte spannender verlaufen. Rastafari, ein Geheimfavorit der Naturgötter, bekam es mit Ala-Djaballah, einem der Top-Gesetzten und einzigen Gott der Akabaranier, zu tun. Dieser hatte aufgrund der Tatsache, einziger Götze seiner Religion zu sein, keinen der Vorkämpfe, in denen kleinere Götter ausgesiebt wurden, absolvieren müssen und ging als gesetztes Gottmonster und Favorit in den Kampf.
Die geschätzten fünfzehn Millionen Akabaranier auf der Tribüne waren außer sich. Es war für viele von ihnen der erste Auftritt ihres Gottes, das erste Mal, dass sie ihn persönlich erleben durften! Von Schalmeien und unterwürfigen Gesängen begleitet zog das Gottmonster in die Arena. Viele seiner Getreuen versanken in religiöse Ekstase, andere fielen in entsetzte Ohnmacht, weil dieser Gott so überhaupt nicht ihren Erwartungen entsprach.

Seine Erscheinung war die eines alten, zehn Meter großen Mannes in einem dreckig-weißen Gewand mit einem primitiven Kopfwickel auf dem vermutlich haarlosen Schädel. Seine Haut war aschfahl und mit kränklichen Pusteln übersät, die blasslila leuchteten und von denen einige bereits aufgeplatzt waren, um eine eitriggelbe Substanz auszuscheiden. Das göttliche Wesen verströmte einen ekelerregenden Geruch, der an Schweißfuß im Sommer erinnerte und ganz locker die zehn Meter Distanz bis zu Roderichs Sitzplatz überwand.

So krank, wie Ala-Djaballah aussah, gebar er sich auch. Wie ein rachsüchtiger Psychopath verfluchte er alle Zuschauer, die nicht an ihn glaubten, drohte damit, sie schon bei kleinsten Vergehen in die Hölle zu werfen und meinte, er habe schon mal ein Weltensterben verursacht und hätte kein Problem damit, wieder alles Leben auszuradieren. Dann ging er in die blaue Ecke, während der Ansager seinen Gegner ankündigte.

Der Prophet, Mr. Mojo, der sich Ala-Djaballah ausgedacht hatte, stand in seiner Ecke und wurde von seiner eigenen Erfindung, die über die sechste Dimension in die Parallelwelt gelangt war, zusammengestampft. Einzelne Gesprächsfetzen konnte man aufschnappen, so laut blökte der Gott herum.

„Sag mal, was hast du für einen Mist weitergegeben? So habe ich das nicht gesagt! Und die Verse aus Kapitel siebzehn, aus den Fingern gesaugt oder was? Das ist alles auf deinem Mist gewachsen, nicht auf meinem! Warte nur, wenn ich gewonnen habe, dann fliegst du aus dem Paradies, aber Hallo hier. Und jetzt zur Seite, ich muss einen ungläubigen Konkurrenten eliminieren!“

Beschämt ging der große Prophet zur Seite.

„Und sein Gegenüber, mit einer Größe von sieben Metern und einem Gewicht von zwei Tonnen, ist der Gott der Kiffer, guten Laune und Reggaemusik, Rrrrrrrrastafari in Person, Applaus!"

Unter lauter Urlaubsmusik zog ein gechillt wirkender, großer Schwarzer mit langen Locken in die Arena. Er lächelte, winkte nicht nur den Gläubigen freundlich zu, sondern auch seinem Kontrahenten, was dieser aber geflissentlich ignorierte.

Der Gong ertönte. Rastafari wollte zunächst das Tempo aus dem Kampf nehmen und bot seinem Gegenüber zur Beruhigung eine große, glimmende Tüte an, welche dieser aber mit einem Blitz aus seinen Augen zu einer Dampfwolke vaporisierte. Gleiches machte er auch zwei Sekunden später mit Rastafari höchstselbst, sehr zum Unbill seiner gläubigen Fangemeinde, die ihre Gottheit kaum in Aktion hat erleben dürfen.

Dieser Ärger verrauchte aber kurz darauf sprichwörtlich, da seine Anhänger günstig im Wind saßen und die Rauchwolke des verdampften Gottes gierig inhalieren konnten. Die folgenden Kämpfe waren den frischgebackenen Atheisten nun völlig egal. Den Akabaraniern ebenso, da sie ekstatisch den Sieg ihres einzigen Götzen und Lebensmittelpunktes feierten. Bewaffnete Ordner, die rings um den Fanblock standen, hinderten sie daran, im Überschwang der Gefühle Angehörige anderer Religionen anzugreifen.

Nach dem fünften – oder war es der sechste oder siebte? - Kampf hatte Joschi so langsam die Nase voll. Ihm war schon vorhin ein ziemlich scharfes Schneckchen ein paar Meter weiter rechts aufgefallen, das ihm das ein oder andere Mal zugezwinkert hatte.

„Ich hab' da jemanden im Auge, der was im Auge hat, Roddi, bin nachher wieder da. Halt mir bitte den Platz frei, ja?"

„Geht klar!"

Schnell hatte er sich durch die Menge gedrängelt und ein Gespräch begonnen, in dem er ihren Namen, Religion und Hotel in Erfahrung gebracht hatte.

„Ich heiße Maria", sagte sie dem Präsidenten der Föderation, „komme von der Erde und hielt Jehova die Stange – naja, bis er von Odin zerschmettert worden ist. Schade, er war eigentlich Mitfavorit und wir haben durch seine Niederlage all unser Hab und Gut verloren. Mein Mann musste nämlich wieder mal alles verzocken. Zocken oder Saufen, mehr kann er nicht. Pah!" entgegnete sie und, da Religion auch in ihrem Leben eine herausragende Rolle spielte, fuhr sie fort:

„Schon komisch, zu der Zeit, in der ich lebe, gibt es diesen Ala-Djaballah noch gar nicht, ich habe nur gehört, dass er eine Weiterentwicklung unseres Jehovas sein soll. Ach ja: Jehova, Jehova, Jehova. Jetzt darf man diesen Namen wieder sagen! Als er noch lebte, war es unter Todesstrafe verboten, warum auch immer."

„Tja, es gibt halt mehr Dinge zwischen Himmel und Erde, als wir wissen wollen oder müssen, und alle scheinen sich hier zu treffen. Was macht denn eigentlich dein Mann sonst so?" wollte ein bereits voll akklimatisierter Präsident wissen.

„Josef heißt der ungehobelte Bauer. Dumm wie Brot, aber treu und gläubig. Der merkt nicht, wenn ich mal ein paar Stunden weg bin. Seit dem Ende von Jehova ist er nur noch am Beten, abgesehen vom Saufen und Zocken natürlich. Von morgens bis abends spielen, beten, zocken, beten, saufen, beten. Schrecklich."

Da sich jetzt eine größere Gruppe Akabaranier direkt vor sie stellte und sehr unfreundlich guckte, beschlossen sie, zurück zu Roderich zu gehen, der sich in der Zwischenzeit bei einem fliegenden Händler mit einer Tüte undefinierbarer, aber dennoch köstlicher Scheiben, die in ein geheimnisvolles Pulver eingetaucht waren, versorgt hatte und Joschi und Maria gleich ein paar anbot.

„Mmmh, lecker, probiert mal!" schmatzte er.

„Nein, Danke. Hey, kennst du schon Maria? Sie ist von Terra III. Roddi, Maria, Maria, Roddi. Was ist abgegangen? Habe ich viel verpasst?"

„Neeh, Rastafari ist perdu, wie du weißt, ein paar andere unbekannte Götter ebenso und jetzt kommt ein weiterer Favorit, der Kistengott gegen irgend so einen Knilch aus dem alten Indien, Schiwa oder sowas, auch ein Hauptgott, bei sich daheim zumindest. Dürfte aber kaum Chancen haben, denn dieser Kistentyp soll einiges auf dem Kisten – ääh Kasten haben."

„Ach, der Kistengott, ich habe gehört, dass auch der eine Weiterentwicklung von Jehova sein soll. Bin mal gespannt, was das für einer ist. Vielleicht glaube ich dann ja an den, kommt ganz drauf an, wie der sich schlägt."

Er schlug sich gut, um es kurz zu machen. Vom Auftritt her unterschied er sich von Ala-Djaballah, den er von früher gut kannte, wie die Informationsbroschüre verkündete, die auf jedem Sitz des VIP-Bereiches lag. Er ging eher ruhig und sachlich, aber auch etwas altklug an die Sache heran. Eine knappe halbe Stunde später konnte er Shiva vier seiner sechs Arme sowie den Kopf abtrennen. Damit war der Kampf gewonnen.

Die kleine Fangemeinde der Gegenseite stand bedrückt da. Es handelte sich der Kleidung nach um hochrangige Priester, die jetzt die schwere Aufgabe hatten, in ihrer Zeit das Ende eines ihrer Götter – nein, aller Götter, denn der Rest des Pantheons ging zuvor über den Jordan – zu verkünden. Das würde automatisch bedeuten, dass sie ihre hohe soziale Stellung, Vermögen und Privilegien aufgeben müssten. Um diese Konsequenzen ging es auch in der jetzt stattfindenden Debatte, in der sie abstimmten, ob man zu seinen Leuten ehrlich sein sollte oder ob man dieses Ereignis nicht doch einfach besser verschwieg. Der Kürze der Beratung und dem zufriedenen Gesichtsausdruck danach hatten sie sich wohl für Letzteres entschieden.

Es folgten noch ein paar unwichtigere Kämpfe, so dass die drei das Geschehen etwas früher verlassen und zu dem Hotel, in dem Maria mit ihrem Ehemann untergebracht waren, gehen konnten. Nachdem Joschi gecheckt hatte, dass Josef am anderen Ende der Stadt versumpft war, verschwand er mit Maria auf ihrem Zimmer, während Roderich sich noch ein wenig in den Gassen umsah. Immerhin, die Händler reagierten sehr schnell. Überall wurden Reggaeplatten, Joints und rotgelb-grüne Schals für bis zu achtzig Prozent Preisnachlass feilgeboten.

Und auch diverse indische Fetische konnte er im Dutzend zu Ramschpreisen erstehen, wenn er gewollt hätte. Er beobachtete, wie die Hohen Priester, die sich vorhin so schnell beraten hatten, reichlich davon Gebrauch machten und mit großen, schweren Tüten beladen zufrieden abzogen. Nach der Rückkehr in ihre Zeit und Dimension standen ihnen durch den Verkauf vermutlich sehr lukrative Zeiten bevor.

Endlich konnte es weitergehen! Die Wartezeit von achtzehn Stunden war vorbei, mit frischem Elan konnte man jetzt die Mission abschließen. Nur noch drei Stunden, und sie hatten den Orbit von Gliese 832 III erreicht. Seinen aufgestauten Aggressionen musste er jetzt irgendwie freien Lauf lassen. Da bot es sich an, sich an den auserkorenen Opfern abzureagieren. Er beschloss, endlich auf die Funksprüche zu reagieren, die sie seit ihrer Ankunft am Sprungpunkt aussandten – auf seine Art natürlich! Da Gliese über keine nennenswerten militärischen Gegenmittel verfügte und auch die Genderpreis gegen einen ganzen Kampfplaneten alt aussah, konnte er ruhig ihre Pläne enthüllen.

„Hier spricht Lord Schwarzencape, Vorsitzender des Parlamentes der Bürgermeister und Abgeordneten des Kampfplaneten der Dunklen Seite. Wir werden in drei Stunden in Ihren Orbit eintreten und dann den gesamten Planeten vernichten. Machen Sie schon mal ihr Testament. Ende!"

Ungeduldig, aber freudigen Erwartens gab die schwarze Gestalt auf der Brücke Anweisungen zum Weiterflug und Abschluss der Mission. Der Lord war auf Krawall gebürstet. Nachdem er die Kommandos gegeben hatte, harrte er noch ein paar Sekunden in der Stille aus, ängstlich, wieder in die Parade gefahren zu bekommen. Doch diesmal gab sich Zeugwart Petersen kampfbereit und als er dann kurze Zeit später den Beschleunigungsschub verspürte, der sie in den Orbit um Gliese 832 III bringen würde, war der Frust der vergangenen Tage mit einem Schlag vergessen. ER hatte hier das Sagen!

ER stand an der Spitze von zweihunderttausend Mann, allesamt kampferprobte Haudegen und wenn ER den Befehl gab, würde jeder beliebige Planet, der das Pech hatte, zwischen IHN und seinen Zielen zu stehen, zu Staub zerschossen werden. Ha!

Mitten in seine Euphorie klingelte der Terminkalender. ‚Elf Uhr, die wöchentliche Sitzung des Parlaments der Bürgermeister und Abgeordneten des Kampfplaneten steht an‘, vermeldete dieser und ließ einen großen Teil seiner eben verspürten Euphorie wieder verdampfen.
Ach Mann, es half nichts, also ab in den Sitzungssaal in vierzig Kilometern Entfernung, zehn davon in der Tiefe. Wenigstens konnte er auf der Fahrt mit dem Elektroshuttle noch einen guten Kaffee genießen. Den hatte er auch nötig, denn diese Sitzungen zehrten gewaltig an seinen Nerven.
Er war es immer noch nicht gewohnt, dass man über seine Befehle diskutierte oder sie gar in Frage stellte, aber genau das passierte in monotoner Regelmäßigkeit bei diesen Zusammenkünften. Zudem musste er jedes Mal einen kleinen Rechenschaftsbericht abgeben, was er als ausgesprochene Demütigung empfand. Seit wann haben sich Vorgesetzte vor Untergebenen für irgendetwas zu rechtfertigen?
Wie er sie hasste! Am liebsten würde er den Konferenzraum von seiner Elitegarde umstellen und alle Anwesenden verhaften lassen, doch das würde nur einen Streik der Besatzung, die allesamt in mächtigen Gewerkschaften organisiert waren, nach sich ziehen. Also gute Miene zum bösen Spiel machen. Am Ziel angekommen, atmete er nochmal tief ein, murmelte ein Mantra und stieß die Tür zum Besprechungsraum auf.

„Guten Morgen, werte Damen und Herren!" begrüßte
er die Runde schwungvoll und fuhr fort, nachdem er
sich locker in den Chefsessel am Kopfende des Tisches
gesetzt hatte: „Ich erkläre die heutige Sitzung des Parlaments der Bürgermeister und Abgeordneten des
Kampfplaneten für eröffnet (Gut, hier schon mal keine
Diskussionen. Bring es schnell hinter dich). Ich komme
gleich zu Punkt eins. Wir haben Kurs auf unser Ziel,
Gliese 832 III, genommen und werden in zirka drei
Stunden in den Orbit eintreten. Eine Stunde davor werden wir unseren Planet-O-Destruktor hochfahren und
im Anschluss das Ziel vollständig terminieren. Wenn
dies geschehen ist, können wir von mir aus noch eine
gewerkschaftliche Pause einlegen, aber bitte erst nach
getaner Arbeit, und dann wieder umkehren." gab er ein
wenig sarkastisch hinzu.
„Ääähhh, nun, das kommt jetzt vielleicht ein wenig
überraschend," kam ein etwas schüchterner, aber insis-
tierend vorgebrachter Einwand einer unscheinbaren
Person zu seiner linken, „aber wir, also das Sektions-
parlament des Kantinenbetriebs und einige andere hier
am Tisch Versammelte, haben vor ein paar Tagen
nochmal über das Ziel unserer Mission diskutiert und
sind zu dem Schluss gekommen, dass es gar nicht notwendig ist, den gesamten Planeten zu zerstören (hier
ertönte zustimmendes Gebrummel von einigen anderen
der am Tisch versammelten Personen).
Es würde doch irgendwie vollauf ausreichen, eine Verzichtserklärung von Seiten der Föderation unterzeich-
nen zu lassen, in der sie sich verpflichten, die neue
Technologie des WEDEEs nicht einzusetzen. Sollte
sich die Föderation nicht dazu bereit erklären, können
wir immer noch über weitere Maßnahmen diskutieren.

Ich denke, dass dies eher im Einklang mit unseren Zielen und den Personenrechten steht. Vergessen Sie nicht, wir sollen auch die Herzen der Eroberten erobern!" gab die Bezirksbürgermeisterin der Kantinenbetriebe zu bedenken und fuhr fort.

„Ich möchte daher gerne über Folgendes abstimmen lassen:
- eins: Verzichtserklärung,
- zwei: Zerstörung nur des WEDEE und Phasen-Molekularumwandlers oder
- drei: völlige Vernichtung des Planeten.
Ich kann mir aber nicht vorstellen, dass hier jemand so barbarisch ist und ganz Gliese vernichten will, oder?"

„Wer hat Sie denn gebissen?" fragte Lord Schwarzencape durch seine zusammengepressten Lippen, so dass keine klar artikulierte Silbe zu vernehmen war. Die Worte waren wohl unverständlich, der Ton aber umso eindeutiger, zumindest griff die Bezirksbürgermeisterin seinen gutturalen Einwand auf:

„Nun, vor drei Tagen habe ich im Fernsehen eine Reportage über die Tierwelt von Gliese 832 III gesehen. Es gibt wohl nicht sehr viele Lebewesen dort, aber in den Seen und Flüssen wimmelt es nur so von knuffigen, kleinen Tierchen, den sogenannten Seenerven. Es wäre doch schade um diese Spezies, wenn der Planet in die Luft gejagt wird. Dann müssten sie alle sterben. Dabei sind sie erhaltenswert! Rettet die Seenerve!" forderte sie mit moralinsaurem Blick und zum Schluss kampfbereit erhobener Stimme. Sie erhielt für ihren Aufruf einhelliges Kopfnicken und verhaltenen Applaus aus der versammelten Runde.

„Ich habe einen kleinen Informationsfilm zusammengestellt, falls es doch noch den einen oder die andere Rücksichtslose hier gibt. Film ab!“

Mit diesen Worten ließ einer ihrer Komplizen (so sah es jedenfalls Lord Schwarzencape) einen kurzen, recht billig und hastig zusammengeschnittenen Film per Beamer direkt an der Wand hinter dem Dunklen Lord ablaufen. In den knapp zwei Minuten sah man lediglich ein paar kleine, süße Seenerve, wie sie im klaren Wasser spielten und planschten, sich zum Schluss neugierig der Kamera näherten und diese interessiert mit ihren acht Fangarmen und zwei Kulleräugchen begutachteten. Die einheitliche Reaktion auf dieses Filmchen war, sehr zu Lord Schwarzencapes Leidwesen, ein kollektives und einstimmiges „Oooooohhhh!“ aller Anwesenden.

Einerseits ist ein einzelner Vokal kein Argument oder gar eine Widerrede, auch wenn er noch so langgezogen ist. Andererseits jedoch finden knapp siebzig Prozent der Kommunikation nonverbal statt und so hat man durch die richtige Betonung auch nur eines einzigen Buchstabens die Möglichkeit, aus diesem Laut eine ganze Botschaft zu machen, die mehr aussagt als ein ganzes Dutzend Sätze, da sie direkt ans Unterbewusstsein appelliert. Man kann dieses „Ooohh!“ sarkastisch, überrascht, fragend, kritisch oder in sonst einem Sinne akzentuieren. So auch in diesem Fall.

Dieses kollektive „Ooooohhh!“ wurde in einem Ton ausgesprochen oder besser gestöhnt, der sich nur einstellt, wenn man zwei kleine Kätzchen sieht, die knuddelig spielen, tapsig einem Bällchen herjagen, knuffig die Pfötchen in die Luft strecken und so zuckersüß sind, dass man sie am liebsten nehmen und bis zum jüngsten

Tag durchbobbeln möchte. Gegen so einen Ton hat keine Macht der Welt eine Chance, nicht mal die Dunkle.

Na, das konnte ja heiter werden!

Die Mission war auf der Zielgeraden und sollte jetzt nochmal vollständig aufgedröselt werden! Das hätte es vor zwanzig Jahren nicht gegeben! Lord Schwarzencape fragte sich, wo denn der eigentliche Feind saß. Waren es seine Vorgesetzten, die diesen parlamentarischen Mist zugelassen hatten, seine Untergebenen, die fleißig ihre neu gewonnenen Freiheiten bis zur Schmerzgrenze ausnutzten oder der eigentliche Gegner, also die Föderation, die einerseits ausgelöscht gehörte, ihm aber andererseits nicht weiter auf die Nerven ging? Er wusste es nicht mehr. Er spürte nur noch den Zorn der Gerechten in sich aufsteigen.

Bilder von marschierenden Stiefeln, die sich den Abgeordneten näherten, grobe Hände, die sie aus ihren Sitzen zerrten und sie in ein enges, zugiges Verlies warfen, stiegen in seinem Kopf hoch. Er meinte für einen kurzen Moment, die panischen Schreie zu hören und den Angstschweiß in der Luft riechen zu können. „Nein, bitte nicht, wir werden auch nie wieder eure Befehle anzweifeln!" Doch er lachte nur herablassend, mit der Arroganz der Macht, schnippte lässig mit den Fingern und gab den Befehl zum ...

Schroff wurde er aus seinen Träumen gerissen.

„Person Lord Schwarzencape! Wie stehen Sie zu der Auslöschung dutzender endemischer Pflanzen- und Tierarten auf Gliese 832 III?"

Ach, der Mann vom Tierschutzbund, der auch mit einer Stimme in der Schwafelbude vertreten sein musste, hatte wieder mal eine Frage geäußert. Vielleicht, wenn er den auf seine Seite ziehen konnte, müsste es gelingen! Dann hätte er einundfünfzig Prozent und somit die Mehrheit. Einen Versuch war es wert. Er atmete ruhig durch und erwiderte:

„Nun, ich meine, dass wir zwar unbewohnte Planeten zerstören können, aber bei solchen, die Leben tragen, das nirgends sonst vorkommt, besondere Maßnahmen ergreifen müssen. (Ja, das ist gut, mach weiter, komm in Fahrt!) Im Fall von Gliese 832 III sieht es so aus, als gäbe es ein paar wenige Arten, dir nur dort vorkommen und sonst nirgends.

Ich schlage also vor, dass wir ein Sonderkommando absetzen, um ein paar Vertreter jeder Spezies einzufangen und diese genetisch katalogisieren, damit wir sie klonen können. So kann sichergestellt werden, dass diese Arten überleben und später ein anderer Planet, auf dem kein Leben existiert, dergestalt umgeformt werden kann, dass wir die Tiere respektive deren Klone dort auswildern können (Gut gemacht, alter Junge, du hast ihn am Haken!). Sobald wir sie an Bord genommen haben, wird Gliese pulverisiert. Antrag angenommen?“

Der Repräsentant des Tierschutzbundes und zwei weitere Abgeordnete waren auf seiner Seite. Er hatte sich durchgesetzt, wenn auch zum Preis einer weiteren Verzögerung, aber das sollte man noch hinbekommen. Ein Trupp von etwa zwanzig Mann war schnell zusammengestellt, die Daten über die zu rettenden Viecher waren im Raumnetz frei verfügbar, so dass man sich leicht einen Überblick verschaffen konnte.

Am besten würde man gleich den Zoo auf Gliese überfallen, denn da waren alle wichtigen Arten auf einen Punkt konzentriert. Nein, noch besser, man lässt die Tiere von den um ihr Leben fürchtenden Glieseianern in Boxen sperren und holt sie nur noch ab. Wozu sitzt man denn am längeren Hebel? Und wenn sie sich weigern, gibt's eben Zunder vom Kampfplaneten!

Außer ein paar weiteren Kleinigkeiten wie einer geringfügigen Änderung der Kleiderordnung, Überprüfung der Reinigungszyklen der Start- und Landebahnen sowie Anpassung der Öffnungszeiten der Hallenbäder stand sonst nichts mehr auf der Agenda, so dass der Dunkle Lord trotz allem noch ein positives Fazit aus dem wöchentlichen Treffen ziehen und eine Stunde später wieder zur Brücke fahren konnte.

Der Kaffee auf der Rückfahrt schmeckte wesentlich besser, so schien es ihm jedenfalls. Die Erleichterung, wieder eine Sitzung hinter sich gebracht zu haben, beflügelte offenbar auch seine Geschmacksnerven. Auf der Kommandobrücke angekommen, gab er sofort Anweisungen für die Zusammenstellung des Landetrupps. Mehr Zeit durfte man jetzt wirklich nicht mehr verlieren.

Die diversitätsgerechte und qualitative Zusammenstellung wurde von einem Programm ermittelt, das ohne großes Herumgefeilsche in Sekundenbruchteilen die Namen des am besten geeigneten Personals ausspuckte, deren Diversitätspunkte abglich und einen nicht unerheblichen Teil gleich darauf wieder von der Liste strich, da diese Leute zu ihrer herausragenden Qualifikation keinerlei Diversität brachten.

Dafür setzte es ein paar Personen auf die Liste, die zwar deutlich weniger geeignet waren, aber wesentlich besser die Verschiedenartigkeit und Buntheit der Dunklen Seite repräsentieren konnten. Schon fünf Minuten später standen die Kandidaten fest und es konnte weitergehen, er war wieder an der Reihe.

Er musste Gliese über die Änderung des Plans informieren. War das peinlich! Erst große Versprechungen von der totalen Zerstörung machen, um sich kurze Zeit später mit ein paar Knuddeltierchen in Boxen zu begnügen. So jedenfalls wollte man das den Glieseianern Glauben machen, damit die Todgeweihten kooperierten. Aber was soll's, die Mission zählte, sonst nichts. Also ging er an den Kommunikator und gab leicht beschämt seinen Funkspruch durch.

„Hier Lord Schwarzencape, Vorsitzender des Parlamentes der Bürgermeister und Abgeordneten des Kampfplaneten der Dunklen Seite. Es gibt eine unbedeutende, kleine Änderung: Anstatt Ihren Planeten zu zerstören, fordern wir von jeder endemischen Tierart ein Dutzend Exemplare aus Ihrem Zoo, eingepackt in Transportboxen. In zwei Stunden werden wir sie abholen. Sollten Sie sich weigern, werden wir Gliese doch noch vernichten. Die Zeit läuft!"

So, die Arbeit war erledigt. Der gesammelte Frust stieg ihm schon seit Stunden gehörig in den Helm und füllte diesen mittlerweile komplett aus. Er musste sich jetzt abreagieren, irgendwelche Wesen schikanieren, töten, Welten erobern oder sonst was in der Richtung unternehmen. Was gab es da Besseres, als die Spielkonsole auszuprobieren, die er eigentlich für seinen Ältesten im Shopping-Zentrum mit mächtig Nachlass gekauft hatte?

Schnell stakste er in sein Appartement, öffnete vorsichtig die Verpackung, installierte die Komponenten und freute sich unbändig beim Hochfahren des ersten Spiels. ‚Bloody Attack of the Alien-Killer-Soldiers, Part VII', hieß das martialische Spiel, auf dessen Verpackung unter einem Haufen von abgetrennten

Extremitäten und Blutströmen das Gütesigel ‚ab 18 Jahren, Vorsicht, dieses Spiel enthält ausschließlich gewalttätige Szenen und führt mit hoher Wahrscheinlichkeit zu psychischen Störungen!' prangte.

„Genau das brauche ich jetzt!" entfuhr es ihm. Doch daraus wurde nichts. Bevor er auch nur einem Alien-Killer-Soldaten seinen virtuellen Schlachtruf entgegendonnern konnte, erschien eine Fehlermeldung auf seinem Monitor. Ebenso nach dem zweiten Hochfahren. Und dem dritten und vierten und fünften. Es war zum Haare raufen!

Er konnte die Konsole nur wieder einpacken und hoffen, dass der Verkäufer den Umtausch verweigerte. Den restlichen Abend lang malte er sich aus, was ein Alien-Killer-Soldat in so einem Fall mit diesem Unglückswurm machen würde und wie er diesen außerirdischen Söldner noch übertreffen könnte.

Der Radiowecker war zwar sehr laut und unangenehm, doch gab er immer die aktuellsten Informationen über die anstehenden Kämpfe, so dass der frisch aus dem Schlaf gerissene Roderich nicht gleich dem Reiz nachgab, ihn mit einem kräftigen Schlag an die gegenüberliegende Wand zu pfeffern, sondern nur die Lautstärke ein wenig runterregelte.

Der Reporter, der sich als Vince Ling vorstellte, hatte einen der Teilnehmer der heutigen Halbfinale als Gast im Studio. Es handelte sich um den Gott der Kisten, der hier zum ersten Mal überhaupt nicht mit einem heiligen Propheten, sondern mit einem profanen Reporter sprach, was dieser aber überhaupt nicht zu würdigen wusste, sondern ihn gleich mit nassforschem und leicht überheblichem Unterton begrüßte.

„Ja, guten Morgen, Herr Kistengott. Danke, dass Sie zu uns ins Studio kommen konnten. Bisher ist es ja ganz gut für Sie gelaufen, doch heute geht es gegen einen gleichwertigen Gegner, einen Widersacher, der einiges von Ihrer Religion abgekupfert hat. Die Rede ist natürlich von Ala-Djaballah. Wie ist Ihr Verhältnis zu ihm und wie stehen Ihre Chancen?"

„Ja, Hallo erstmal an alle meine Gläubigen da draußen, Hallo, Herr Winzling. Ich hoffe, dass ihr auch alle meine Gebote einhaltet, die Kollekte füllt und schön oft beten geht, denn ..."

Hier wurde er schroff vom Moderator unterbrochen.

„Entschuldigung, aber wir haben nicht den ganzen Tag Zeit ..."

„Herrgott im Himmel, wissen Sie denn nicht wen Sie vor sich haben?" protestierte Gott mit insistierendem Tonfall. „Ich bin Gott! DER Gott! Ich lasse mir doch nicht von so einem Winzling hier über den Mund fahren! Ich bin allwissend, allmächtig, habe die Welt ersch ...“

„Und so weiter und so fort.“ fiel ihm Vince wieder ins Wort. „ Guter Mann, das behaupten auch all die anderen, zudem sind viele Lebewesen der Galaxis mittlerweile allmächtiger und allwissender geworden als Sie, was Sie als Allwissender eigentlich wissen sollten. Seien Sie den Menschen lieber dankbar, dass sie sich so zahlreiche Götter ausgedacht haben, sonst wären Sie jetzt nicht hier. Also halten Sie mal den Ball flach und erzählen mal. Wie bereiten Sie sich vor? Haben Sie noch ein Ass im Ärmel? Und wie sehen Sie Ihre Chancen gegen Ala-Djaballah, Mitfavorit und früherer Kamerad von Ihnen? Dieser behauptet immerhin, er ‚habe den Längsten‘, um es mal so zu formulieren.“

Mit einem beleidigten und kleinlauten Unterton erwiderte Gott: “Naja, nur lang langt lange nicht, immerhin mache ich seit Wochen eine spezielle Diät, wenig Messwein, viel Manna, das gibt Luft in die Pumpe. Und natürlich habe ich noch einige Kniffe in der Hinterhand, die ich aber gerne geheim halten möchte.“

„Und was machen Sie im Falle eines Sieges? Wenn Sie der einzige und letzte Gott geworden sein sollten?“

„Ach, mein Gott, ich mache dann erst mal ein paar Tage Urlaub in Frankreich, dann sehen wir mal weiter. Vielleicht erschaffe ich auch eine neue Welt, mal schaun. Oder ich produziere ein paar Wunder. Ja, ich bin so wunderlich, das werde ich machen. So ein Wunder wie dieses – Dingsda – wie heißt das nochmal ...“ er schien auf etwas im Studio zu deuten, was für die Zuhörer an den Radiogeräten aber unergründlich blieb. „Ach, das Fernsehen meinen Sie? Ja, auch wir profanen Wesen können Wunder bewirken!“ meinte der

Moderator mit einem guten Schuss verachtender Herablassung in der Stimme. „Naja, dann drück ich mal die Daumen für heute, Tschüssi, alter Knabe! Ja, und wir machen weiter mit religiöser Tanzmusik, ganz der heutigen Veranstaltung gewidmet. Hier ist Psalm vierundzwanzig in der Version von Axl Rose und den Rosetten!" Ein ultraschnelles Stakkato von elektrischen Instrumenten, die durch mindestens fünf Verstärker und Verzerrer geschickt worden waren, ertönte und nötigte Roderich, den Wecker endgültig auszuschalten und aufzustehen.

Eigentlich mochte er die Abläufe in der Parallelwelt. Im normalen Kosmos vergaß er öfters Termine, Geburtstage, Hochzeitstage und solche Dinge, was immer wieder für Spannungen und Nervereien sorgte. Hier jedoch war zwar der Tag durch die Tageszeiten gegliedert, sonst aber lief alles, da es ja keinen weiteren Zeitablauf gab, viel lockerer. Wenn man hier beispielsweise seinen Hochzeitstag vergessen hatte, konnte man einfach sagen, dass man ja erst in der unbestimmten Zukunft heiraten wird, schon letztens in der unbestimmten Vergangenheit seine Frau reich beschenkt hatte oder aber schon lange geschieden sei.

Der Reporter hatte es bereits erwähnt, das erste Halbfinale stand an: Der Gott der Kisten sollte den Topfavoriten, Ala-Djaballah, in den Orkus der Religionen schicken – oder umgekehrt. Im Himmel ist halt nur Platz für einen Alpharüden.

Im Stadion angekommen, konnte sich Roderich davon überzeugen, dass auch die beiden Gegner so dachten – einer reicht, und das bin ich! Sie waren in genau der richtigen Stimmung, um ein Massaker zu veranstalten, eine Welt zu vernichten oder eine Trash-Metalplatte aufzunehmen. Beide Götter staksten nervös wie hochgezüchtete Rennpferde in ihren Ecken herum und redeten mit ihren Propheten. Der des Kistengottes hatte eine verblüffende Ähnlichkeit mit Joschi, wie Roderich feststellte.

Ein steter Jubel lag über der Arena, der hauptsächlich von den Akabaraniern kam, wogegen sich die Getreuen des Kistengottes stark zurückhielten. Sie schienen erbärmliche Feiglinge zu sein und wichen den anderen auf der Tribüne aus, überließen den Akabaraniern ihre Plätze und wehrten sich nicht, wenn sie von diesen getreten und verspottet wurden.

„Gott bewahre, ein schlechtes Zeichen für den Kistengott. Mögen ihm die Götter beistehen, sonst wird er zu seinem Schöpfer fahren. Der Herr alleine weiß, wie das ausgeht!", witzelte der neue Sitznachbar links von Roderich mit vergnüglichem Unterton. Dieser wandte sich um und sah einen kleinen, dicken, aber sympathisch wirkenden Herren mittleren Alters, offenbar Terraner. Derselbe, der sie hier, aus einer Nebengasse kommend, begrüßt hatte!

„Schmittchen, grüß Gott!" stellte sich dieser vor. „Ein Gott ist halt nur so stark wie seine Anhänger, und die Kisten scheinen schwach und feige zu sein. Sie weichen zurück, halten noch die andere Wange hin und sagen sich, es sei besser, sich nicht zu wehren, weil das mal so in ihren Heiligen Schriften als kistlich erwähnt worden ist. Schwachmaten allesamt. Naja, ich als Schmittchen mach mein Schnittchen, hab' mein Haus und mein Schiff für diesen Kampf auf Ala-Djaballah gesetzt. So schräg, wie der drauf ist, haut der alle anderen weg."

Er sollte Recht, Haus und Schiff behalten. Der Gong ertönte und beide Götterwesen gingen mit allem, was sie hatten, aufeinander los. Pest, Cholera, Heuschreckenschwärme, Feuerregen, sie zogen ihr gesamtes Repertoire. Der Kampf wogte hin und her, keiner konnte einen entscheidenden Schlag anbringen. Die Kreaturen des einen wurden vom Fegefeuer des anderen pulverisiert, ein Monster nach dem anderen entfuhr ihren Ärmeln, eines nach dem anderen wurde zu einem blutigen Haufen Matsch zerquetscht, zerrissen, gekocht, verbrannt, pulverisiert, püriert oder atomisiert.

Roderich war von der Aggressivität der beiden Göttlichen überrascht und angewidert zugleich. Er war nie religiös gewesen und hatte gedacht, dass ein Schöpfer monotheistischen Glaubens eher ein gütiges, nachsehendes Überwesen im Sinne gehabt haben sollte und keinen kleinlichen Psychopathen. Hätte er die Heiligen Schriften der beiden Kontrahenten gelesen, wäre er weniger überrascht gewesen, dass sich solche Wesen hier haben materialisieren können.

Zudem machte er sich auch ein bisschen um seine eigene Sicherheit Gedanken angesichts der Macht, die da in so falschen Händen kaum fünfzig Meter vor ihm einen Kampf ums Überleben führte und fragte Schmittchen, der sich ja ziemlich gut auszukennen schien, was denn passieren würde, wenn eines der göttlichen Wesen im Siegesrausch nun anfinge, das Publikum zu attackieren.

„Kein Problem!" meinte der Angesprochene, „die Götter mögen einige Macht haben, doch die Wesen der Galaxis haben sie schon vor längerer Zeit an Wissen und Macht überholt – an Charakter und Weisheit sowieso. Falls so ein Gott wirklich austicken sollte, wird er in

Nullkommanichts durch den Sicherheitsdienst unschädlich gemacht und in einen ausbruchsicheren Zwinger zum Abkühlen verfrachtet. Es kann rein gar nichts passieren."

Aber Roderich insistierte weiter: „Gut, hier auf Pungadeus sind die Leute auf einem hohen technischen Niveau, doch was ist, wenn eine Gottheit in unseren Standardkosmos fliegt? Ich meine, wir werden ja – hoffentlich – auch wieder zurückkehren, dann ist es ja zumindest möglich, dass so ein Wesen auch diesen Weg einschlägt!"

„Auch das ist ausgeschlossen. Sie können in Ihren Kosmos zurück und nur in Ihren Kosmos, weil sie immer noch mit diesem verschränkt sind. Und auch die Götter können nur in ihre sechste Dimension, weil sie mit dieser subatomar verbunden sind. Das wäre ja noch schöner, wenn man andere Universen einfach so besuchen könnte, dann würde ja alles durcheinandergeraten!"

Der überzeugte und sichere Unterton in Schmittchens Stimme konnte den Käptn beruhigen.

Nach knapp zwei Stunden Kampf war es Zeit für die geheimen Trümpfe des Kistengottes. Er täuschte mit rechts einen Schwinger an, ließ aber aus seinem linken Ärmel eine kleine Sonne frei, die sich durch die Eingeweide seines Kontrahenten brannte. Dieser jaulte vor Schmerz auf. Gleiches machten seine Fans auf der Tribüne. Jetzt hatte der Kistengott Oberwasser, doch anstatt auf dieser Flüssigkeit zum Sieg zu surfen, wandte er sich an seine Fangemeinde, die ihm mit lauten Gesängen huldigte, nickte weise und sprach, dass er doch der einzig Wahre sei.

Das war sein Fehler, denn Ala-Djaballah rappelte sich wieder auf und trat wie aus heiterem Himmel dem

Kistengott ins Gemächt - zumindest in die Stelle, wo es sich befinden sollte. Der Schiedsrichter schritt ein und das Publikum schritt aus, da der Referee jetzt zum ersten Mal überhaupt eine Verwarnung gegen einen der Gladiatoren aussprach. Und das ausgerechnet gegen den Gott mit den meisten Anhängern! Die Unruhe war aber nur von kurzer Dauer, der Kampf wurde danach sofort weitergeführt.

Kistengott kniete immer noch zusammengesackt und benommen am Boden, was seinem Gegenüber die Gelegenheit gab, seine Geheimwaffe einzusetzen. Eine profane Gluonen-Destrukt-Granate aus dem Arsenal irgendeines sehr wehrhaften Volkes sollte den finalen Schlag erledigen. Offenbar waren die Mittel der Sterblichen, wie Schmittchen vorhin festgestellt hatte, mittlerweile effektiver als die der Göttlichen.

Dieses Destruktionsgerät schleuderte er auf das Dritte Auge seines Kontrahenten, was wohl dessen Achillesferse gewesen war, denn mit Vernichtung dieses Sinnesorgans sank er sofort leblos in sich zusammen.

Kein Kistengott mehr. Nur noch Ala-Djaballah, sein Prophet Mr. Mojo und Millionen von Gläubigen, die im Siegesrausch die unterlegenen Kisten auf den Tribünen massakrierten, wenn sie sich nicht schnell genug zu Ala-Djaballah bekannten. Doch schon waren die Sicherheitskräfte da, um die verfeindeten Parteien zu trennen.

„Wer ist der Größte? Wer hat den Längsten? Was hab' ich Euch gesagt? Na? Naaaah? Es kann nur einen geben! Yoyoyo! Die Zahl der täglichen Gebete wird ab sofort auf acht erhöht, sonst gibt's kein Paradies mehr auf Houri VII nach eurem Ableben! Und die

Ernährungsvorschriften sind auch noch zu revidieren!"
blökte der siegreiche Angebetete und machte sich drauf
und dran, ebenfalls auf die geschockten Kisten eindre-
schen zu wollen.

Das ging dem anonymen Ansager aber zu weit. „Hey,
Baby", ließ sich die Stimme des Conférenciers vernehmen, „mal langsam mit den jungen Pferden, sonst
gibt's was auf die Zwölf!"

„Schon gut, sorry, ich wollt ja nur ... " entgegnete Ala-
Djaballah sichtlich eingeschüchtert und schlich sich,
noch einen Tritt in den Kadaver des reglos im Staub der
Arena liegenden Kistengottes setzend, aus dem Ring.

Er schlich schon seit Stunden durch die düsteren Katakomben der Arena. In dieser Atmosphäre fühlte er sich am Wohlsten. Dunkel, bedrohlich und klamm war es überall, wohin seine gelben Augen blickten. Hier konnte er in Ruhe nachdenken. Über seine Macht. Das Vergangene. Die Zukunft. Den bevorstehenden Kampf. Über die anderen, seine Brüder und Schwestern, über das, was sie trennte und einte. Unruhig drehte er sich im Carré. Drei Schritte vor, Drehung nach links, drei Schritte vor, wieder Drehung nach links und so weiter. Es sollte sein Turnier werden. Jahrelang hatte er sich darauf vorbereitet, worin er sich nicht von den anderen Göttern unterschied.

Der Unterschied zwischen ihm und den anderen bestand eigentlich nur darin, dass er, obwohl er nur wenige Anhänger sein Eigen nennen konnte, in fast allen anderen Religionen eine gewichtige Rolle spielte. Denn er war es, der den Gegenpart übernahm. Der Antagonist per se war er. Nicht, dass er das unbedingt gewollt hätte, oh nein. Er wäre auch lieber eine strahlende Gottheit, die, angebetet von den Massen, Gutes verrichtet und die Gläubigen zum Sieg führt - wobei ihm die damit verbundene Gewalt immer zuwider gewesen ist. Ärger geht man lieber aus dem Weg, so lautete sein Credo. Doch das war sein großer Irrtum, sein größter Fehler gewesen.

Nicht nur, dass er von zwei Göttern hintergangen worden war, viel schlimmer wog, dass er von den Menschen aufgrund übelster Nachrede verkannt wurde. Was war denn schon ein Überirdischer ohne Wesen, die ihm zu Füßen lagen? Und was, wenn diese ihn, im Gegenteil, abgrundtief hassten?

Egal. Im Lauf der Zeit hatte er sich daran gewöhnt und sein eigenes Ding aufgezogen. Auf Terra III war es ihm gelungen, sein selbst erfundenes Musikinstrument (ein mit sechs Fäden bespannter Kasten mit Hals) zu etablieren. Die Terraner, die ihn damals noch Pan nannten, hatten auch gelernt, auf diesem Teil zu spielen und konnten es sogar weiterentwickeln.

Erst vor ein paar Jahren wollte er nur mal kurz dort vorbeischneien, um ein paar alte Bekannte zu besuchen, und konnte sich nicht wieder von diesem Planeten lösen. Im Radio spielten sie ohne Unterlass Musik mit dieser ‚Gitarre‘, wie sie das Instrument mittlerweile nannten. Dadurch fühlte er sich animiert, eine eigene Band zu gründen. ‚Hellpriest and the Devils‘ nannten sie sich, er spielte Gitarre und sang die Lieder, die er immer singen wollte. Endlich konnte er sich einem größeren Publikum mitteilen, ohne mit faulen Eiern, Steinen oder dergleichen beworfen zu werden. Und er genoss den Jubel.

Nur auf der Bühne konnte er sich so zeigen, wie er war: Ein Monster mit Stierhörnern, knapp drei Meter groß, leuchtend roter Haut und stechendem Blick. Keine Schönheit, doch – hey, für einen Gott ist das ganz passabel! Wie sehen denn die anderen Knilche aus? Na?

Die Ägypter haben Tierköpfe, die Südamerikaner sind völlig abgedrehte Dinger und Kistengott und Ala-Djaballah ... lassen wir das. Wir haben die beiden ja bereits kennengelernt und wissen, dass es kein Wunder ist, dass sie es strikt verboten haben, sich ein Bild von ihnen zu machen. Mit ihrer wahren Erscheinung hätten sie nie eine größere Gemeinschaft zusammenbekommen, das ist sicher. Sie konnten aufgrund ihres Äußeren nur zu Einzelpersonen sprechen und mussten sich obendrein noch tarnen, beispielsweise als Busch, Licht oder Engel.

Morgen konnte vielleicht sein letzter Tag sein. Wenigstens, dachte er sich, habe ich eine gute Einmarschmusik komponiert, die um ein Vielfaches schmissiger ist als das dämliche Halleluja vom Kistengott oder das La-Alla-uh-al-a-ballalah von Ala-Djaballah. Ein großzügiger Riff zu Beginn, um keine Zweifel aufkommen zu lassen, eine eingängige Melodie, die sich in die Hirnwindungen einbrannte und festkrallte, geschickt verknüpfte Akkorde im Wechsel mit einem witzigen, mit Wortspielen gespickten Text und ein Refrain, der erst zum Finale einem grandiosen Gitarrensolo weichen musste. Ja, auch im Falle einer Niederlage würde er den Leuten noch eine gute Show abliefern.

‚Ragnä-Rock‘ nannte er das Stück, mit Hardrock-Umlaut und dem Ereignis angemessen. Er machte sich darin über die anderen Götter und ihre Eitelkeiten lustig und darüber, dass viele intelligente Zivilisationen in der Galaxis mittlerweile mehr auf dem Kasten hatten als ihre vorgeblichen Schöpfer. Sein Lied kam sehr gut an, es war die Nr. 1 der Metal-Hitparade der Parallelwelt, eine späte Genugtuung.

Einen Kampf noch hatte er vor sich, und in dem ging es gegen einen seiner beiden alten Freunde und späteren Widersacher, was ja auch zu erwarten war, wenn man die Kurse der Buchmacher kannte.

Und gerade auf Ala-Djaballah und den Kistengott hatte er einen großen Prass. Lange Zeit waren sie ein unschlagbares Trio gewesen, unternahmen alles zusammen, feierten, schufen Welten und Leben und machten Dinge, die Götter halt so machen. Doch nach einer

Weile kam der Kistengott auf den Trichter, ein paar
Wesen, die auf diesen Welten lebten, ein bisschen mit
göttlichen Vorschriften zu triezen. Die anderen beiden
waren einverstanden, das könnte immerhin recht witzig
werden, und so half Gabriel, wie er damals genannt
wurde, beim Aufbau der ersten religiösen Gemeinde,
beim Schmieden des reinen Glaubens, der alle anderen
überflüssig machen sollte, und bekam von seinen Kum-
pels zu guter Letzt als Dank einen Tritt in seinen roten
Allerwertesten.

Ala-Djaballah meinte, dass sie so etwas wie ein heiliges Buch bräuchten, damit die Wesen sich auch alles
schön merken könnten. Also fackelten sie nicht lange
und machten sich sofort ans Schreiben. Doch im Lauf
der Zeit stellte er fest, dass die anderen beiden Götter
sich ziemlich in die Sache hineinsteigerten und immer
rigidere Gesetze festlegten. Unschöne Vorschriften zur
Zementierung einer primitiven Gesellschaft mit über-
triebenen Ritualen, die Pflicht, Andersgläubige zu mal-
trätieren und dergleichen waren Sachen, mit denen er
sich nicht identifizieren konnte.

Das Wichtigste aber schien den beiden Mitgöttern der
Glaube an eine ‚Hölle‘ zu sein, mit der sie praktisch
jede Diskussion, jedes Hinterfragen seitens der Wesen
im Keim ersticken wollten. Und hier reichte es ihm. Er
beschwerte sich. Nicht, dass er ein weichgespültes Ku-
scheltiergehege aufbauen wollte, nein, das wäre nicht
realistisch gewesen, aber ein wenig mehr Spaß, mehr
Pfiff und Eigenständigkeit sollte für die Leute schon
drin sein. Und Leidenschaft, vor allem Leidenschaft.
Warum sollten die Menschen auch nur beten und nicht
lachen?
Warum sollten sie ernst sein und nicht fröhlich?

Warum sollten sie Andersgläubige und Kleinkriminelle wie die Tiere behandeln?

Warum sollten sie in ständiger Angst vor den Göttern erzittern?

„Ja gut, warum nicht!", sagten seine beiden Kumpane, als er sie darauf ansprach.

„Können wir so machen. Keine Strafen, dafür selbständiges Denken und kritisches Hinterfragen, das geht schon klar, gell? Und die Hölle, ja gut, dann lassen wir das halt, war einen Versuch wert.

Ach, kannst du noch schnell den Skizzenblock für die Reliquien und noch eine Runde Dosenbier aus unserer Höhle holen? Danach schreiben wir alle zusammen das heilige Buch um und entwerfen noch ein paar echt schrille Symbole und fetzige Gebetsphrasen, kein Problem!"

Und er Idiot hatte ihnen vertraut.

Als er gerade in die Höhle gegangen war, um die begehrten Gegenstände zu besorgen, sperrten Ala-Djaballah und der Kistengott den Eingang zu, versiegelten ihn mit einem Zeitbeschleunigungsfeld und schrieben ihr heiliges Buch ohne ihn weiter. Es sollte ursprünglich eine Heilige Dreifaltigkeit geben mit Ala-Djaballah, Kistengott und ihm, doch jetzt änderten sie es dergestalt, dass sie ihn, den Ausgestoßenen, als das Böse schlechthin umdeuteten und es als oberste Pflicht festlegten, ihn zu bekämpfen.

Kurz danach verkrachten sich die beiden und Ala-Djaballah gründete seine eigene Religion, in der er ganz auf andere Mitgötter verzichtete, während der Kistengott noch rudimentär an der Idee der Dreifaltigkeit festhielt. Als Iblis oder Satan, wie er nach dem Verrat von den anderen Beiden genannt wurde, sich endlich aus der Höhle befreien konnte, war Dank des Zeitbeschleunigerfeldes zu viel Zeit vergangen, als dass er noch etwas hätte ändern können. Naja, wenigstens hatte er seinen Rock'n Roll als Entschädigung. Und hier tobte er sich aus. Er sang von Liebe, Hass und von seinen einstigen Brüdern im Geiste, die ihn so schändlich verraten hatten.

Leute wie er wurden jetzt von den Menschen Satanist genannt - war ihm recht, denn er war ja auch einer, sogar höchstpersönlich! Und während die anderen Gläubigen sich in monotonem Singsang übten, grölte er mit seinen Kumpanen um die Wette ins Mikro. Auch seine Groupies waren von anderer Qualität, von anderen Dingen ganz zu schweigen. Wer braucht schon Weihrauch und Myrrhe, wenn er von seinem Freund Rastafari botanische Geschenke bekommt? So kam er doch noch auf seine Kosten.

Und dennoch: Den morgigen Tag wollte er unbedingt als Sieger beenden. Nicht, um als einziger Gott die Dinge in die Hand zu nehmen, sondern um seine Rache für den Betrug von damals zu bekommen. Um alles in der Welt. Und wen hatte er dafür nicht aus dem Weg geräumt!

Zuerst Anubis, den Ägypter, den er einen Knochen apportieren ließ. Dieser kam zu spät in die Arena zurück und wurde ausgezählt. Vor lauter Gram jagt er heute noch seinen Schwanz.

Die australische Gottesschlange bezwang er schnell mit einem Schifferknoten. Sie ist bis heute in Behandlung in einem Tierheim. Wer ein ungewöhnliches Haustier sucht, bitte melden.

Hermes, dem Griechen, der sich als Zweiter seines Pantheons hinter Zeus qualifizieren konnte, schmierte er die Schuhe ein – ausgerutscht, Bein gebrochen, fünf Wochen Krankenhaus. Hat jetzt geflügelte Krücken.
Bei Bastet, wieder einer Ägypterin (aufgrund einer Wildcard konnten die Ägypter drei Götter in die Hauptgruppe schicken), reichte eine Dosis Katzenminze, um zum Sieg zu gelangen. Das Mädel rollt heute noch mit den Augen.
Baron Samedi war kein echter Gegner. Der Totengott des Voodookults versuchte sein Glück mit einer Teufelspuppe, die er am Tag zuvor auf dem Markt gekauft hatte. Als das keinen Erfolg zeigte, hetzte er seine Zombies los, doch gegen die Teufel des Teufels hatten sie keine Chance. Schlussendlich genügte ein einfacher Verwesungszauber, um seinen Gegner zu pulverisieren.
Und dann Odin ... ja, Odin war der Knaller. Erst hetzte er seine Raben auf ihn. Dann sein achtbeiniges Pferd Sleipnir. Und als Satan dieses zu siebenhundert Kilo fettarmer Pferdewurst verarbeitet hatte, schleuderte der olle Germane seinen Speer auf ihn. Gerade noch rechtzeitig ausweichen hatte er können dank der beiden kleinen Rückspiegel, die er sich tags zuvor an seine Hörner montiert hatte. Und im Gegenzug hatte er dann Odin gezeigt, wo der Hammer hängt. Denn diesen hatte er sich listigerweise vom zuvor verblichenen Thor unbemerkt ausgeliehen. Mit diesem Werkzeug brachte er Odins Helm nebst Kopf in eine handliche Quadratform, so dass dieser nicht mehr weiterkämpfen konnte.
Im zweiten Halbfinale dann kam es zum großen Showdown der Geheimfavoriten: Cthulhu gegen Satan/Iblis/Scheitan etc. pp. Der Sprecher war jedes Mal

entnervt, wenn er die vielen Namen des Teufels vorlesen musste. Dieser Cthulhu war schon ein taffer Bursche gewesen: einhundert Meter hoch, tausende von Tentakeln, aber Satan war auch auf Zack.
Früher hatte er gierige Schnecken mit Salz von seinem Gemüsegarten ferngehalten, und auch hier war eine gute Vorbereitung angesagt. Ein Wink mit der rechten Hand, und Tonnen von Salz ergossen sich aus einer kleinen Zwischendimension auf Cthulhu, der, osmotisiert, zu einer kleinen Mumie zusammenschrumpelte und jetzt, träumend im Hause R'lyeh, einen schönen Anblick als Trockenpflanzli auf dem Fensterbrett Satans bietet - ein weiterer gefallener Gott, die Liste ist lang und morgen trifft es wieder einen.

Seien Sie dabei – es kann nur einen geben!

Sein Telefon klingelte. Ein interner Anruf, wie er am Klingelton erkannte, das konnte nichts Gutes heißen, das war sicher. Und genau so war es auch.

„Äääh, ja, Hallo, hier nochmal die Bürgermeisterin der Versorgungsbetriebe. Aaaalso, um es gleich auf den Punkt zu bringen. Mein Neffe, der wirklich firm in solchen Dingen ist, also der Ludger, der Jüngere, ich hatte schon von ihm erzählt, der mit der Vorliebe für Synchronschwimmen, hat gemeint, dass die Auswilderung der Tiere nicht einfach vonstattengehen würde, weil diese doch einen geeigneten Lebensraum benötigen. Wir können ja schwerlich das gesamte Biotop der lieben Tierchen mitnehmen. Und da auch das Terraformen eines unbewohnten Planeten bislang noch nicht so richtig gelungen ist, darf Gliese nicht zerstört werden. Daher haben wir eine Sondersitzung unseres Bezirksparlaments abgehalten mit dem Ergebnis, dass wir eine andere Lösung lieber hätten als den Raub der armen Kreaturen und die Zerstörung des ganzen Planeten.

Mein Neffe hat auch etwas vorgeschlagen, und zwar einen EMP, einen elektromagnetischen Puls, welcher die Programme des Phasen-Synchronisators und des WE-DEEs völlig zerstört, was ja auch irgendwie ausreichen würde, die Föderation von einem Besuch in der Parallelwelt und somit von Zeitreisen abzuhalten.

Ich würde daher gerne eine Blitz-Sondersitzung des Parlaments der Bürgermeister und Abgeordneten des Kampfplaneten einberufen, um den neu entstandenen Diskussionsbedarf entsprechend schnell und unbürokratisch abzudecken und zwar, wenn möglich, bevor wir im Orbit von Gliese angekommen sind. Ach, meine

Bürgermeisterkollegen sind ebenfalls dafür. Alles schon auf dem kurzen Dienstweg abgeklärt, das Durchwinken ist nur eine reine Formalität. Also, in einer halben Stunde im Sitzungssaal?“

Was blieb ihm anderes übrig, als seine Beruhigungsmittel zu nehmen und sich zur Sitzung einzufinden? Im Eilverfahren peitschten seine Todfeinde den neuerlichen Beschluss durch. Einen EMP-Generator hatten sie an Bord und es würde wesentlich weniger Energie vergeudet werden als bei den zuvor gefassten Plänen – bei fast gleicher Effizienz. Wenigstens hatte er sich in einer Sache durchsetzen können. Sein Vorschlag, zur Sicherheit wenigstens ein kleines Bömbchen auf den WEDEE zu werfen, wurde angenommen, wenn auch nur, um ihn nicht bis zum Äußersten zu reizen. Zudem würde sich eine Detonation im Abschlussbericht gut lesen, von entschlossenem Handeln künden. Ja, auch an die Vorgesetzten musste gedacht werden.

Diesmal verzichtete er darauf, die Opfer vorzuwarnen, eine neuerliche Änderung ihrer Pläne hätte nur für grenzenlosen Hohn und Spott gesorgt. Diese Blöße wollte er sich nicht geben. Das, was er an Bord des Kampfplaneten durchmachen musste, reichte vollkommen aus. Sollten sie doch denken, dass er nur zur Täuschung die Plünderung des Zoos bekanntgegeben hätte, um vom EMP abzulenken. Ja, so könnte man es in der Tat darstellen, um das Gesicht nicht vollends zu verlieren!

Den Spaß des Auslösens von Impuls und Bombe ließ sich Lord Schwarzencape natürlich nicht nehmen. Er fuhr zurück auf die Kommandobrücke, ließ alles vorbereiten und wartete auf den Countdown, an dessen Ende die Feuerbereitschaft stand. Als diese hergestellt war, erschien auf seinem Kontrollbildschirm ein Fenster, auf dem er verschiedene Optionen wählen konnte.

1 – EMP auslösen

2 – eine Zwei-Tonnen-Blasterbombe ausklinken

3 – Feuerbereitschaft zurücknehmen

Er wählte die Optionen ‚eins‘ und ‚zwei‘, bestätigte mit seinem Fingerabdruck seine Autorisation und beobachtete, wie keine halbe Sekunde später auf Gliese wie durch Geisterhand alle Lichter erloschen. Da die Bombe eine etwas längere Laufzeit hatte als der EMP, wurde das Gebäude des Phasen-Molekularumwandlers erst fünf Sekunden später zerstört. Die Explosion war in diesem Moment das einzige sichtbare Licht, das Gliese noch ausstrahlte. Und auch dieses erlosch nach einiger Zeit langsam flackernd, einem sterbenden Lagerfeuer gleich.

Nach den Daten, die sie empfingen, hatten EMP und Bömbchen ganze Arbeit geleistet. Sämtliche Systeme waren paralysiert worden und der WEDEE wurde mitsamt der Halle, in der er sich befand, vollständig zerstört. Endlich konnten sie umkehren und Vollzug melden.

Nein, ein Kurzaufenthalt im Duty-Free-Orbit musste noch eingelegt werden, weil ja die Videokonsole, die er dort günstig erstanden hatte, nicht richtig funktionierte.

Ja. Das war‘s. Befehl zur Rückkehr.

Nein, noch nicht ganz. Auf seinem Kontrollschirm öffnete sich ein weiteres Fenster. „Vielen Dank, dass Sie soeben unseren modernen EMP und eine unserer Blasterbomben eingesetzt haben. Wir verwenden für unsere Sprengstoffe nur nachwachsendes Material aus garantiert ökologischer Produktion, damit unser Planet nicht so aussieht wie der, den Sie gerade zerstört haben. Um

auch weiterhin hochwertige Destruktionsprodukte anbieten zu können, möchten wir Sie bitten, an einer kleinen Umfrage zur Qualitätssicherung teilzunehmen."
Da sie alle Ziele erreicht hatten, stellte er in den nächsten zwei Minuten bei insgesamt fünfzehn Punkten seine volle Zufriedenheit fest und gab auch auf seiner TageBuch-Buch-Seite einen erhobenen Daumen. So, jetzt konnte er Feierabend machen und in seine Kabine gehen.
Erleichtert nahm er seinen Helm ab und wischte sich den Schweiß von der Stirn. Er hatte die Mission trotz aller Widrigkeiten zu einem positiven Ende gebracht. Sein Erzfeind, Käptn Grubinger, ist ihm zwar durch die Lappen gegangen, jedoch dem Funkverkehr nach, den man aufgeschnappt hatte, war er bereits zuvor nicht nur aus dem Leben, sondern auch aus der bekannten Dimension verschieden, also konnte er zwei Pluspunkte für den heutigen Tag verbuchen. Drei, wenn er die Spielkonsole umgetauscht bekommen würde, woran er aber nicht zweifelte, denn wer kann schon einem Kunden etwas verweigern, der mit einem ganzen Kampfplaneten und zweihunderttausend Kriegern im Rücken einen Garantieschaden reklamiert?

Der Radiowecker tat auch an diesem Morgen sein Bestes, um Roderich nicht nur zu wecken, sondern auch gleichzeitig in schlechte Laune zu versetzen.

„Hi Folks, hier ist wieder euer alter Buddy Vince on the air, heute Morgen mal als Showmaster! Wir veranstalten in unserer Morning Show ein Charity-Event für die gefallenen Götter in Form einer Challenge für zwei Teams hier in unserer Location. Es batteln ein toughes Team aus Stand-up-Comedians gegen eines aus Crossover-Slapstick-Entertainern, die hier eben vor den News einen Live-act performed haben! Der Contest, den wir spielen, ist mein Favourite, ein Quizgame mit old-fashioned Attitude: Here is „Buzz if you know it!“! Und das sind die Rules:

Ich stelle eine Frage, worauf drei Antworten auf dem Display hier erscheinen. Wenn dann das Flashlight einsetzt, pusht ihr schnell euren Buzzer und votet, wenn ihr meint, die Antwort zu kennen. Solltet ihr korrekt geantwortet haben, gibt es einen Credit-Point fürs Ranking. Aber Vorsicht, ihr könnt nicht mehr switchen, wenn ihr die Antwort bereits eingeloggt habt!“ erklärte Vince, Moderator der Morning Show, den offenbar im Studio anwesenden Kandidaten die Spielregeln.

Da Roderich weder buzzern noch switchen noch voten wollte, gab er dem Reiz nach, den er die letzten Tage so erfolgreich unterdrückt hatte: Er pfefferte den vorlauten Radiowecker mit Schmackes an die gegenüberliegende Wand, wo er in tausend Teile zerschellte. Komischerweise traf er genau die Stelle, an der die Tapete bereits abgeschabt war und sich ein kleineres Loch in der Wand dahinter gebildet hatte, was doch viel über die Qualität der Radiosendungen von Pungadeus aussagte. Egal, es war hoffentlich die letzte Nacht in dem Hotel, denn heute war es so weit. Das große Finale konnte beginnen!

Es lag ein Knistern in der Luft. Die Spannung, die sich über das Stadion legte, war überall spürbar und versorgte die ganze Stadt für einen Monat mit Ökostrom. Schon früh morgens konnte Roderich verschiedene Grüppchen Akabaranier vom Balkon des Hotels ausmachen, die steif und fest behaupteten, dass ihre Gottheit bestimmt den Sieg davontragen werde und sich ausmalten, was sie als Gläubige, die ein Recht auf eine Belohnung für ihren starken Glauben hatten, dann alles machen würden. Das Meiste drehte sich um ganz und gar nicht heilige Dinge, soviel sei verraten.
Das Frühstück war gut, zeitlos halt wie die Welt, in der er sich befand. Noch ein paar Stullen eingepackt, falls der Kampf Überlänge haben sollte, und ab ging's. Vor dem Stadion lungerten haufenweise Akabaranier herum, die im vorzeitigen Siegesrausch die Ungläubigen anpöbelten, denn heute war der Tag der Entscheidung. Der Tag der Götterdämmerung. Ragnarök!
In der Arena selbst herrschte eine angespannte Ruhe. Die Endschlacht, die in so vielen Religionen eine zentrale Rolle spielte. Der Letzte Tag, das Jüngste Gericht sollte heute über die Bühne gehen. Gut, die meisten Götter, die laut ihren Propheten hätten teilnehmen sollen, waren im Staub der Arena untergegangen, aber immerhin, das personifizierte Gute – laut Eigendarstellung und für seine Gläubigen zumindest - trat gegen das personifizierte Böse an. Schwarz gegen weiß, ehrlich gegen fies, Licht gegen Schatten, Sieger gegen

Verlierer, wobei in allen Fragen unklar war, wer welchen Part übernahm.

Die mittlerweile bekannte Stimme von überall rief mit einer schon provokativen Nonchalance den ersten Finalisten aus:

"Er stammt direkt aus der arabischen Wüste, erfunden und vertrieben von Mr. Mojo. Sein Weg ins Finale führte über Flitvondel, den zorbastischen Vogelgott, Sogothvil vom Planeten Wronz, die mächtige Pallas Athene, den großmäuligen Froschgott Quokofontis, den Großen Alten, im Viertelfinale Zampano und im Halbfinale einen Mitfavoriten, den Kistengott. Hier ist der alte Sandfresser, allmächtiger, zentraler und einziger Gott seiner Religion, Schreiber des großen Ala-Akbareions, mit einer Größe von zehn Metern und einem Gewicht von zwölf Tonnen, begleitet wird er von seinem Propheten Mr. Mojo – Ala-Djaballaaaah!"

Ein tosender Jubel erscholl von den Tribünen, als die Einmarschschalmeien monoton zu quäken begannen. Der grimmige Riese betrat die Arena. Ein Blick, der auf eine schwere Kindheit und viele ungelöste, seelische Probleme deuten ließ, entsprang aus seinen Augen, die halb unter seinem großen Kopfwickel verborgen waren. Siegestrunken blökte er: "Wo ist der Feigling? Wer reißt hier wem den Arsch auf? Na? Ich bin Ala-Djaballah, der Einzige, der Wahre! Wer nicht an mich glaubt, der fährt zur Hölle!". Er blickte sich um, griff sich in den Schritt und skandierte sehr zur Freude seiner Gläubigen, die in Ekstase gerieten: „Ich habe den Längsten!"

„Götter", bemerkte Roderichs Nachbar Schmittchen zur Rechten abfällig. „hätte man am besten nie erfunden. Zu nichts sind sie gut, missbrauchen ihre Macht,

halten die Leute von der Arbeit und vom Denken ab
und langeweilen nur. Eigentlich hatte ich etwas Besseres vor, als mir den Schmonzens hier anzuschauen, aber
ich wollte Pastafari einen Gefallen tun."
Mitten in seine Bemerkung platzte laute Musik. Rockmusik. Schrill, aggressiv, belebend. Joschi johlte begeistert mit und spielte Luftgitarre, als der Sprecher den
Finalgegner vorstellte.
„Und sein Gegner kommt aus den Abgründen der tiefsten Hölle (dieses Wort wurde von einer kleineren,
schwarz gekleideten Gruppe auf der Tribüne schräg
rechts von ihnen viermal johlend wiederholt), er leistet
sich keinen Propheten. Sein Weg ins Finale führte über
Anubis, die australische Götterschlange, Hermes, Bastet und Baron Samedi. Im Viertelfinale schaltete er den
einäugigen Odin aus, im Halbfinale osmotisierte er den
Geheimfavoriten Cthulhu.
Meine Damen und Herren, Gläubige und Ungläubige,
mit einer Größe von drei Metern und einem Gewicht
von siebenhundertzwanzig Kilo, der ewige Widersacher vieler Götter: Hier ist Satan, Iblis, ...!" Kaum Jubel
der Massen, nur von den eben erwähnten Freaks, dafür
flogen Steine, faule Eier, ranzige Würstchen und andere unappetitliche oder gefährliche Dinge. Das
Monstrum mit den großen Hörnern und dem stechenden Blick, welches die Arena betrat, schien das völlig
kalt zu lassen.
Beide Kontrahenten dehnten sich und legten ihre Zaubersprüche griffbereit. Als der Gong ertönte, gingen sie
sofort aufeinander los. Ala-Djaballah bekam gleich ein
Horn in den Unterschenkel gerammt und schrie, von
göttlichem Schmerz ergriffen, konnte sich aber mit einem deftigen Fußtritt befreien. In der Folge schienen es

beide nicht sonderlich auf eine physische Auseinandersetzung ankommen zu lassen, stattdessen warfen sie sich gegenseitig Flüche und Zaubersprüche an den Hut. Satan löste sich aufgrund einer Attacke seines Kontrahenten fast in ein Staubwölkchen auf, konnte sich aber gerade noch mit einem Gegenzauber retten. Zur Revanche ließ er Ala-Djaballah Höllensteine auf den Schädel donnern, was dessen Kopfwickel in Brand setzte. Zum Vorschein kamen neben einer faden Glatze ein paar Hörner, zwar nicht so groß wie die von Iblis, aber der Versuch zählt.

Seine Fans auf der Tribüne stießen einen entsetzten Laut wie aus millionen Kehlen aus, was jetzt nicht wirklich verwunderlich war, denn es waren auch ein paar Millionen Leute, die diesen Ton hervorbrachten. So hatten sie sich ihr oberstes Wesen nun wirklich nicht vorgestellt! Ala-Djaballah ließ einen unbeherrschten Kampfschrei hören und ging nun mit noch mehr Vehemenz und Aggressivität in die Auseinandersetzung. Diese Blöße musste unbedingt gerächt werden! Aber sein Gegner war nicht von Pappe.

Hin und her wogte der Kampf, bis Satan seinen ultimativen Trick mit dem schwarzen Loch anwandte. Er ließ dieses direkt über Ala-Djaballah entstehen und es machte sich sofort daran, den keifenden Kontrahenten einzusaugen. Dieser bettelte und flehte bei Satan um Gnade, aber es war zu spät für ihn. Das Letzte, was er noch tun konnte, war, sich an einem Teufelshorn festzuhalten und den Träger des Kopfschmucks mit ins Verderben zu reißen.

Beide waren abgetreten, hinfort gespült im Ereignishorizont einer Beinahe-Singularität. Das schwarze Loch seinerseits verschluckte sich selber und hinterließ –

nichts. Absolut nichts. Nicht einmal nichts, weniger als nichts.

Die Bühne hatte sich geleert. Kein Gott mehr, nicht mal ein kleiner Götze. Tot, alle waren weg, die beiden Mächtigsten hatten sich soeben gegenseitig neutralisiert. Kein Widersacher, kein absolut Böses oder Gutes, nur noch gähnende Leere. Kein Gewinner – außer den Menschen auf der Tribüne. Doch niemand jubelte oder trauerte, denn sie alle waren noch gebannt von dem Umbruch, dessen Zeuge sie gerade geworden waren.

Besorgt gingen die Blicke der Zuschauer umher. Sie ahnten, dass es jetzt an ihnen war, diese Leere auszufüllen. Mit eigenen Visionen, Werten und Vorstellungen. Sie mussten jetzt selber denken, planen und Fehler riskieren. Keine ewigen Vorschriften mehr, die einem die Verantwortung und das schlechte Gewissen abnahmen, wenn mal was danebenging. Keine göttlichen Instruktionen mehr, die selbst grausamste Missetaten deckten und Absolution für schlimmste Verbrechen erteilten.

Wie sollte es jetzt weitergehen? Niemand hatte eine schnelle, leichte Antwort, so wie sie es gewohnt waren. Viele trennten sich hier endgültig von ihrem Glauben, einige aber blieben aufrechte Verehrer der alten Rituale. Die meisten versammelten sich um Mr. Mojo, der auch sogleich loslegte:

"Ala-Djaballah hat das Böse besiegt – für uns! Er ist und bleibt der Größte, da er alle anderen besiegt hat! Betet, winselt ihn an! Denn er ist nicht tot, er ist nicht weg, er ist nur nicht mehr hier, aber er kommt wieder, und bis dahin will er Gebete hören. Haltet euch weiterhin an seine Vorschriften, sonst gibt's kein Paradies auf

Houri VII, und das ist mein Ernst! Ich werde ihn selbstverständlich bis zu seiner Rückkehr vertreten!“

„Der alte Knabe kann‘s einfach nicht lassen“, seufzte Schmittchen herablassend. „War ja klar. Wer eine einfache Welt haben will, die er vollständig durchschaut, bleibt weiterhin bei seinen Götzenwesen. Was soll‘s, solange wir die kleinhalten können, ist‘s recht. Aber dieses Houri VII gibt‘s wirklich, das ist so ziemlich das Einzige, was stimmt. Ich habe sogar eine Reklamebroschüre dabei, wenn es Sie interessiert …“. Er gab Roderich einen schon leicht abgewetzten, bunten Flyer, der vollkommen vollmundig mit vollbusigen, vollschlanken Mädchen auf die voll paradiesischen Zustände auf Houri VII wies.

„Was sollen wir denn dort? Wir würden lieber zurück in unsere Dimension, da wartet noch ein Haufen Arbeit auf uns!“ entgegnete Roderich, doch Schmittchen ließ sich nicht beirren.

„Fliegen-Sie-hin, in Pastafaris Namen, sonst war alles umsonst. Ach, dort ist auch alles umsonst, wenn es das ist, was Sie abschreckt!“

Man musste nur in Joschis begeistertes Gesicht mit der heraushängenden, sabbernden Zunge blicken, um zu wissen, dass die Würfel für ihn bereits gefallen waren.

„Hey, das machen wir. Wenn Pastl es so will, dann können wir nicht einfach so nein sagen! Auf geht’s! Wir sind unterwegs – im Auftrag des Herren! Wir – ööhhh, wo liegt das Teil denn? Und wir kommen wir da hin?“

„Ach ich kann Sie ein Stückchen mitnehmen. Ist gerade um die Ecke. Das heißt eigentlich ja nicht, aber wenn Zeit keine Rolle spielt, liegt irgendwie alles um die Ecke, gelle?“ bot Schmittchen seine Hilfe an.

Das Sonnensystem Houreios im Sektor 4/II B der Parallelwelt war lange Zeit als Piraten- und Ganovennest bekannt. Die Freibeuter kamen aus allen Epochen des normalen Universums, um sich dort auszuruhen, ihre Beute aufzuteilen und, da sie schon mal in der Gegend waren, die Nachbarplaneten zu überfallen. Das war den Bewohnern von Pungadeus ein Dorn im Auge, die den Abschaum, der nicht nur aus allen möglichen Universen, sondern auch aus allen Zeiten ungebeten zu ihnen kam, nicht in ihrer Nähe wissen wollten.

So organisierte sich eines Tages eine Gruppe gesetzestreuer Bürger, nahm den Kampf gegen die Gesetzlosen auf und fegte sie schlussendlich aus dem System Houreios, zurück in ihre Universen und Zeiten.

Diese Bürger blieben auf Houri VII und verstanden es in der Folgezeit, durch eine geschickte Steuer- und

Bildungspolitik aus diesem heruntergekommenen System innerhalb kürzester Zeit ein Paradies zu machen – Schlaraffia lässt grüßen.

Die Bewohner gingen weiter den Wissenschaften nach, entwickelten sich schnell zur fortschrittlichsten Rasse in der Parallelwelt und tauschten, da die drei Dimensionen zu eng für ihre großen Geister geworden waren, diese spießige Spielart des Weltalls gegen ein anspruchsvolleres mit vier Dimensionen.

Leider hatten sie, wie die Erfinder des Phasen-Molekularumwandlers, nicht bedacht, dass sie sich auf ein höheres Energielevel bringen mussten. Dem Zusammenhalt ihrer kleinsten Bausteine beraubt, zerstoben alle Bewohner von Houreios VII innerhalb einer hundertstel Sekunde nach ihrem Eintritt in die vierdimensionale Welt. Pech gehabt, beim nächsten Mal rechnet nochmal gegen!

Schnell sprach es sich herum, dass der Paradiesplanet, wie er mittlerweile genannt wurde, leer stand. So kam ein Cateringunternehmen auf den Gedanken, dieses Kleinod für Konferenzen und Super-Luxus-Urlaubsreisen zu nutzen. Einige Jahre gingen so ins Land (was in der zeitlosen Parallelwelt natürlich absolut relativ ist), als beim zuständigen Bereichsleiter für Neuvermietungen auf Houri VII drei Götter, so deren Eigendarstellung, vorstellig wurden.

Der Kleinere, ein gewisser Iblis, meinte, dass sie ihr eigenes Ding aufmachen wollten, eine Religion für alle Menschen, eine Volksreligion halt, um diese Spezies so richtig voranzubringen. Sie sollte den Gläubigen Humanität, Solidarität, Gerechtigkeit und Frieden bringen. Die drei bezahlten im Voraus eine große Summe und versprachen, die monatlichen Raten ebenso zu begleichen. Natürlich war der Bereichsleiter einverstanden und zog mit den neuen Mietern los, ein großes Areal abzustecken, auf dem die toten, reanimierten Gläubigen (,und auch Ungläubigen, die sind ja nicht schlechter', so Iblis) ihren Himmel finden sollten.

Doch das ging nicht lange gut. Zuerst wurde der kleine, rote Kerl mit den Hörnern ausgebootet. Kurz darauf trennten sich auch die beiden anderen, so dass nur noch dieser abscheuliche Ala-Djaballah übrigblieb. Der Sieg stieg ihm offenbar zu Kopf, denn er meinte zu dem Angestellten: „Das Paradies gehört jetzt einzig den Akabaraniern, den einzig wahren Gläubigen des einzig wahren Gottes – mir! Ich dulde hier weder in meinem Areal noch in der Nachbarschaft keine anderen Wesen, keine Konferenzen, keine Touristen, gar nichts!" und zog einen großen Zaun um sein Gebiet.

Das war der Anfang vom Ende. Mit diesem Kerl, der offenbar zu allem fähig und bereit war, wollte sich niemand anlegen. So ließ man ihn und seine Getreuen gewähren und kümmerte sich nicht mehr weiter darum. Die bloße Anwesenheit dieser Sekte sowie das unfreundliche Vorgehen gegen alle Nachbarn aber vergrätzte einige Stammkunden, so dass der Planet zuerst in die Insolvenz und dann in Vergessenheit trudelte.

Seit ein paar Stunden waren sie jetzt an Bord von Schmittchens schöner Schaluppe, einem schnuckeligen Schiff schlanken Schnittes, dessen schrullige Schnörkel eine schräge Chaleur schroffen Charmes ausstrahlten. Es war so wohlig, dass man meinen konnte, es sei von André, dem androgynen Androiden und galaxisbesten Innendekorateur, höchstpersönlich eingerichtet worden. Man wurde förmlich eingeladen, seine

Pantoffeln anzuziehen und es sich bequem zu machen.
Die paar Sachen aus dem Hotel zusammengerafft und
bezahlt war in einer Stunde erledigt, zum Raumhafen
mit dem Taxi gefahren – dieser befand sich hinter einem Hügel in der Ebene, auf der sie angekommen wa-
ren – brauchte nochmal so viel Zeit.
Roderich fiel als alter Raumhase sogleich die kraftvolle
Sanftheit des Antriebs auf, der völlig geräuschlos und
ohne Ruckeleien das kleine Schiff auf unglaubliche
Geschwindigkeiten katapultierte.
„Was haben Sie denn für einen Antrieb installiert?
Raumfaltung mit sehr guten Dämpfern? Oder ...“
„Nein, der Antrieb basiert auf dem Pauli-Prinzip, nur,
dass man halt diese Kräfte in den Makrokosmos gehoben hat. Sie wissen ja, dass Quanten nicht denselben
Zustand haben dürfen und sich daher abstoßen. Nun,
der Antrieb biegt die Sache so hin, dass unser Schiff zu
einem Quant wird, welches den Zustand von im Va-
kuum befindlichen virtuellen Teilchen annimmt und
über diese Abstoßungskraft einen unheimlichen Vor-
trieb erfährt. Für gerade mal hundert Liter Benzin, um-
gerechnet natürlich, kommen Sie ein paar hundert
Lichtjahre weit. Tolle Sache das!“
Jetzt schaltete sich auch Joschi in die Diskussion ein:
„Sagen Sie, wenn es einen Paradiesplaneten gibt, existiert dann auch ein Höllenplanet?“ wollte er wissen.
„Nicht, dass ich wüsste.“ meinte Schmittchen. „Da niemand das absolut Böse will, wird wohl auch niemand
auf die Idee gekommen sein, eine Hölle zu bauen. Die
Leute auf so einem Planeten würden auch sofort sterben, das Ding wäre teuer ohne Ende – denken Sie an
die Energiekosten für das Höllenfeuer - und würde
nichts erwirtschaften. Das müsste schon der Teufel

persönlich sein, der eine Hölle bestellt, und der ist ja, wie wir gesehen haben, perdu. Außerdem war es ein ziemlich nettes Kerlchen, finde ich."

„Ja, er hatte einen gewissen Charme und eine coole Einmarschmusik. Aber sagen Sie, arbeiten Sie schon länger für Pastafari?" wollte Roderich wissen.

„Arbeiten? Kann man so nicht sagen. Wir haben gemeinsame Interessen und es hat sich halt ergeben. Ist ein feiner Kerl, der Pastl, da helfe ich gerne mal aus."

„Und was, zur Hölle, sollen wir im Paradies finden?"

„Ach Käptn, seien Sie doch nicht so verbissen. Wie sind Sie bisher nur durchs Leben gekommen? Locker bleiben und die Augen offenhalten, das war doch früher Ihre Devise. Halten Sie sich dran, lassen Sie sich ein wenig treiben, dann kommt schon alles ins Lot. Vertrauen Sie mir. Sehen Sie sich ein wenig dort um, das ist alles, was ich von Ihnen möchte, was Pastl von Ihnen verlangt."

„Was der Nudelknilch will, sollte zweitrangig sein!" platzte Joschi rein. „Was jetzt höchste Priorität hat, ist die Ankunft im Paradies. Mannomann! Wie viele Leute haben davon geträumt, ins ewige Glück einzugehen, haben ihr ganzes Leben und das vieler anderer dafür versaut und wir fliegen einfach so mal schnell dort vorbei! Ach, wann kommen wir denn an?"

„Jaja, immer mal ruhig mit den jungen Pferden, wir sind ja schon auf dem Sprung. Ich mach' mich zwischenzeitlich mal in die Küche, ich hab' ein Rezept von Pungadeus mitgebracht, pungadeische Leberknödel im Gipsmantel, das wollte ich schon immer mal ausprobieren. Wollen Sie eine Portion mitessen?" fragte Schmittchen.

„Tut mir leid, ich habe eine Gipsallergie. Eine Tiefkühlpizza wird's auch tun." befanden die beiden Gäste einhellig und so verschwand Schmittchen schulterzuckend in der Küche, den Flug dem Autopiloten überlassend.

Während der kurzen Reise studierte Joschi den Prospekt, den ihnen ihr Gastgeber gelassen hatte, etwas eingehender. Es war ein älteres Exemplar, schon ziemlich abgewetzt und offenbar zusammengeknüllt, gefaltet und wieder auseinandergestrichen worden. Dennoch konnte man ihn noch gut lesen. Vor allem die Attribute der spärlich bekleideten Fotomodelle (die, entgegen jeglichen Gleichberechtigungsvorschriften allesamt jung, hübsch, irdisch und weiblich waren) wurden in Kunst-3D hervorgehoben, was wiederum eklatant den Diversitätsvorschriften des VGU widersprach – nach heutigem Stand jedenfalls.

Joschi fand es jedoch prima und kam eine halbe Stunde später auch dazu, den Text zu lesen.

„Kommen Sie auf Houri VII und lassen Sie sich wie ein Gott behandeln!

Unsere Hostessen sind nach allen Regeln der Kunst von Eccentrica Gallumbits, der dreibrüstigen Hure von Erotikon VI, geklont worden, unsere Weine sind die Erlesensten der Galaxis – sämtlicher Galaxien aus sämtlichen Zeiten sogar! Zudem fließt aus den reichlich vorhandenen Brunnen Milch und Honig im Überfluss.

Was immer Sie sich wünschen, es wird in Erfüllung gehen (im Rahmen der Raum-Zeit- und Wahrscheinlichkeitsvereinbarungen der Rechtekammer der Galaxis, Stand Raumzeit 4-99 RED3, Wunscherfüllung stets nur auf eigenes Risiko).

Es gibt drei Möglichkeiten, in den Genuss eines Aufenthalts auf Houri VII zu kommen:
- Sie sind extrem reich und überlassen uns einen größeren Teil Ihres Vermögens
- Sie sind ein gläubiger Akabaranier und haben sich mit diversen Missetaten Eintritt ins Paradies erkämpft. Hier haben Sie allerdings nur Zutritt zu Ala-Djaballahs Spielwiese
- Sie haben beim Preisausschreiben von Gringkoj-Marmelade den Hauptpreis gewonnen
P.S.: wir haben auch in der Nähe der Polkappen Unterkünfte für Touristen und Reisende der Economic-Klassen!"

„Wenn ich das richtig interpretiere, treffen wir auf einen Planeten, der völlig überbevölkert ist. Im Laufe der Geschichte sind sicher so viele Leute ins Paradies eingekehrt, dass man die Heiligen schon stapeln muss, um überhaupt noch die Milch-und-Honig-Flüsse sehen zu können. Schmittchen, Sie bleiben ja noch etwas im Raumhafen mit Ihrem schnittigen Schlitten, falls es doch nicht so paradiesisch ist, oder?" wollte Joschi wissen. „Natürlich, Herr Präsident. Das ist so vorgesehen."

Wie viel Zeit verging auf dem Anflug auf Houri VII? Niemand weiß es. Es war jedenfalls mehr als ein Tag, aber weniger als eine Woche, wenn man die Mahlzeiten und Schlafpausen als Maßstab heranzog. Eines Morgens (?) gab die sanfte Stimme des Bordcomputers bekannt, dass sie das Ziel erreicht hätten und zum Landeanflug ins Paradies übergehen könnten.
Seltsamerweise wurden sie nicht von den zuständigen Lotsen des Raumhafens angefunkt und gefragt, wer sie

denn seien, was sie vorhätten und wo sie überhaupt zu landen gedachten. Offenbar war es den Bewohnern des Paradieses völlig egal, wer mal eben so vorbeischneite, was er im Schilde führte und wie lange er zu bleiben gedachte. Also ging der kleine Dicke dran, die Landung einzuleiten, sprich den Startvorgang des Programms zur automatischen Landung per Knopfdruck zu bestätigen. Schon schlitterte Schmittchens schickes, schnuckeliges Schiff sportlich-schnell in Schräglage schonungslos im schummerigen Schein der schönen Morgensonne nach unten und setzte zur Landung an.

Diese ging auch glatt vonstatten, der Rechner hatte eine raumhafenähnliche Einrichtung gefunden, auf der er sie auch gleich automatisch einparkte. Noch immer war nichts von Sicherheitsleuten oder überhaupt jemandem, der sich um ihre Ankunft kümmerte, zu sehen. Komisch.

„Ich lasse sie denn mal losziehen. Auf das Paradies habe ich keine Lust, ich bleibe lieber an Bord. Mir geht es auch ganz und gar nicht paradiesisch. Buoah, das müssen die Leberknödel gewesen sein. Ich hätte doch nicht so viel Gips dazu mischen sollen - meine armen Innereien. Entschuldigen Sie bitte!" sprach Schmittchen und stürzte an den beiden, die es sich nach Bekanntwerden der Zutaten anders überlegt und keine Knödel gegessen hatten, vorbei auf die Bordtoilette.

„Sie kommen dann wieder zurück, wenn Sie alles gesehen haben. Aber bitte lassen Sie mich – ohjessesneh – nicht zu lange warten." meinte er noch durch die geschlossene Tür.

„Gemacht, bis später!" erwiderte ein freudestrahlender Joschi, der leichten Fußes den Paradiesplaneten betrat. Der Weg führte sie durch das Terminal des Raumhafens, der einen erbärmlichen Eindruck machte. Kaum eine Lampe brannte noch, der Müll stapelte sich in allen Ecken und ein Geruch nach Fäulnis und Moder machte sich überall breit. Manchmal standen mit Baumaterial gefüllte Kisten, wie ein paar Paletten Fliesen inklusive Kleber oder eine Ladung LED-Röhren, in der Originalverpackung am Ort ihrer Bestimmung, ohne dass sich jemand weiter darum gekümmert hätte. So entstand der Eindruck, der Raumhafen sei seit vielen Jahren nicht mehr ordentlich gewartet oder auch nur gereinigt worden. Schnell machten sie sich durch den einst vermutlich imposanten Haupteingang nach draußen, wo sie zum ersten Mal auf Bewohner, auf Einheimische trafen. Humanoide natürlich.

Es handelte sich um drei finster dreinblickende Gestalten mit Vollbart und stechenden, braunen Augen, die unter einem Turban hervorlugten. Ihre hageren Gesichter und schmutzigen Kaftane ließen sie nicht sympathischer erscheinen, aber Roderich und Joschi wollten hier sowieso keine Freundschaften schließen. Da keine anderen Bewohner anwesend waren, musste man mit diesen Vorlieb nehmen, um nähere Informationen zu erlangen. Roderich sprach sie vorsichtig in der Universalsprache der Galaxis an:

„Hallo, wir sind gerade angekommen und wollen uns mal ein wenig umsehen. Müssen wir irgendwelche Papiere ausfüllen? Gibt es hier sowas wie eine Stadt, ein Hotel, in dem wir unterkommen können?"

Der Hagerste und Längste von ihnen antwortete: „Halla alahla, willkommen im Paradies. Schön, dass Ala-Djaballah euch hergeführt hat! Ihr habt euch sicher um unsere Religion verdient gemacht, sonst wäret ihr nicht hier gelandet. Früher gab es noch ein paar Ungläubige, die mit einem – wie nannten sie es – Preisausschreiben hergekommen sind oder die zu viel Geld hatten, doch seitdem wir den Laden hier übernommen haben, lassen wir nur noch Unseresgleichen rein. Und nein, Papiere oder ein Hotel braucht ihr nicht."

Ein vierter Mann erschien mit einem goldenen Tablett, auf dem sich zwei Gläser und eine edle Flasche Wein befanden. Bester Houriwein, wie er versicherte. Ein Willkommenstrunk, na, wer sagt's denn!

Sie setzten an und nahmen einen Schluck, mussten aber feststellen, dass offenbar kein einziger Winzer ins

Paradies eingegangen war, denn die Flüssigkeit, die ihnen euphemistisch als Wein vorgesetzt wurde, schmeckte einfach schauderhaft sauer.

„Schöne Etiketten haben Sie für ihren Essig!", meinte Joschi, die Flasche betrachtend, mit geringschätziger Ironie. „Was geht hier sonst noch ab?"

„Nun, Ala-Djaballah schenkte uns natürlich Jungfrauen in allen Größen, Gewichten und Formen, genau, wie es im heiligen Ala-Akbareion steht. Den Wein kennt ihr schon, zudem hat uns Ala-Djaballah Ströme aus Milch und Honig, die nie versiegen, geschenkt. Und edle Gärten, durch die wir lustwandeln können. Ja, und das Essen gibt es am Buffet, es wird immer wieder nachgefüllt. Friede und Ehre sei mit Ala-Djaballah!"

„Hall-la alahla, jaja, Friede und Ehre auch über Mr. Mojo, seinen sanftmütigen Propheten!" meinte Roderich im Weggehen. Er hatte sich notgedrungen ein wenig mit der akabaranischen Religion beschäftigen müssen, um nicht bei jedem Gespräch mit seinem Navigator Al-Djaffadth vom Etikettesystem zurechtgewiesen zu werden und wusste daher, mit welchen Redewendungen man strenggläubige Akabaranier anspricht. Er verdonnerte den Präsidenten mit einem leisen Zischen zum Schweigen, damit dieser sie mit seinem losen Mundwerk nicht gefährdete. Und Roderich beherrschte die akabaranische Art zu reden sehr gut! Zum Glück, denn unterwegs wurden sie von manchen Turbanträgern angesprochen.

„Hallo, schöner Tag wieder mal, nicht wahr?"

Roderich: „Hall-la alahla, Ala-Djaballah will es so, die Sonne scheint nur über wahre Gläubige."

„Seid ihr schon lange hier?"

„Hall-la alahla, nein, Ala-Djaballah hat uns erst jetzt hierhergeführt."

So wandelten sie eine Weile durch illustre Gärten, die rund um den Raumhafen angelegt worden waren und wunderten sich, denn seltsamerweise platzte Houri VII nicht aus allen Nähten vor lauter Gläubigen, wie man es eigentlich erwartet hatte.

Zudem waren die Houri, also die Jungfern, die einem so großmundig versprochen worden waren, nicht unbedingt hübsch anzusehen. Recht dicklich, schon etwas älter und von einem sehr trägen und drögen Gemüt, nur darauf aus, mit Gläubigen den Beischlaf zu vollziehen, mehr nicht. Jegliche Art von Arbeit war ihnen völlig fremd. Nicht, dass ihnen der Wille dazu fehlte, nein, sie waren einfach nur zu blöde, um mehr als einfachste Tätigkeiten zu erledigen, wie man zuvor bei der Weinverkostung hatte feststellen können.

Das war natürlich nicht gut durchdacht, denn die Dauergäste wähnten sich im Paradies und weigerten sich durchweg, auch nur einen Handschlag zu arbeiten, damit es ein wenig runder lief. Sie waren einhellig der Meinung, zu Lebzeiten mehr als genug geleistet zu haben. Das erklärte denn auch die schmutzige Kleidung, den schlechten Wein, die dreckigen Straßen und viele andere Details.

Es dauerte geschlagene zehn Minuten, bis sie wieder einem Turbankopf begegneten. Dieses Exemplar machte einen niedergeschlagenen Eindruck und stiefelte schweren Schrittes mit einem längeren Seil in der Hand planlos in der Gegend herum, irgendetwas suchend. Roderich sprach ihn auf die Leere im Paradies an.

„Ala-Djaballah schenke dir einen schönen Tag, oh Glaubensbruder. Warum hat er es so gemacht, dass hier kaum Brüder sind?“
Die Antwort des Angesprochenen war ernüchternd.
„Hall-la alahla, meine Brüder. Zuerst war alles schön, paradiesisch, Ala-Djaballah hat ja auch alles wunderbar für uns erschaffen. Als ich noch auf Terra III lebte, war ich ein sehr gläubiger Mensch. Dann bin ich für die heilige Religion gestorben und jetzt seit knapp dreißig Jahren hier im Paradies.“ Plötzlich tuschelte er leise und blickte sich hektisch um, so als ob er Angst hatte, dass jemand ihn belauschen könnte.
„Mal unter uns: Es geht mir mittlerweile ganz schön auf den Senkel. Jeden Tag schönes Wetter, Houris, Wein und Glaubensbrüder. Mehr nicht. Ab und an gibt es einen Rezitierwettbewerb, wer denn das Ala-Akbareion am besten auswendig kennt, aber auch das macht auf Dauer keinen Spaß mehr. Alles ist so langweilig. Ich weiß morgens schon, wie der Wein schmeckt, was es zu Essen gibt, einfach alles. Es wiederholt sich. Immer wieder. Wie ein Fluch!
Und daher gibt es auch kaum noch Leute hier. Die meisten bringen sich früher oder später um, damit sie als völlig neue Wesen wiedergeboren werden oder in die neunte Dimension, das Nirwana, einfahren können. Das Nichts wäre sogar noch besser als das ewige Paradies, wo sich immer wieder alles wiederholt, von morgens bis abends dieselben Orgien, derselbe Sex, dieselben Ausschweifungen. Ha, dafür bin ich gestorben und habe noch siebzehn Menschen mit in den Tod gerissen...“
„Ist denn alles hier so wie – diese Gegend hier? Der ganze Planet so öde wie das hier?“

„Nein, es gibt noch einen kleinen Komplex mit Häusern, in den spezielle Gäste einkehren, etwas außerhalb, aber noch in der Nähe des Raumhafens. Es sind Ungläubige, wir müssen sie aber dennoch in Ruhe lassen, meint jedenfalls Mr. Mojo, Friede und Ehre sei mit ihm und möge sich sein juckendes Ekzem am Hintern endlich bessern. Gleich hinter dem Hügel liegt das Viertel, es ist aber genauso langweilig wie der Rest hier, halt nur mit anderen Leuten." sprachs und trottete gesenkten Hauptes weiter, einen geeigneten Baum suchend.

„Interessant, sehr interessant. Ja, Menschen sind nicht für das Paradies geschaffen. Sie brauchen Input, Abwechslung, müssen sich behaupten, sonst werden sie dekadent, langeweilen sich und gehen schließlich zugrunde." merkte Roderich altklug an, an Schlaraffia denkend.

„Das mit dem Gebäudekomplex sollten wir uns mal genauer ansehen. Zeit haben wir, es gibt ja hier sonst keine Attraktionen. Und wie sich Schmittchen angehört hatte, braucht der noch ein wenig mit seinem Intestinum."

Sie gingen weiter in die Richtung, die ihnen der Akabaranier gezeigt hatte. Der Weg führte sie über einen leichten Hügel. Ein sanfter Wind wehte, gerade so, dass er angenehm kühlte, aber nicht störend war. Vögel zwitscherten in einer genau berechneten Lautstärke. Bei näherem Betrachten konnte man sehen, dass sie keine spitzen Schnäbel oder scharfe Krallen hatten. Nichts hier konnte einem Gast gefährlich werden. Es war wie in der Kinderabteilung eines Kaufhauses: alles entschärft, mit Kantenschutz versehen. Nicht einmal spitze Steine lagen herum, an denen man sich die Zehen hätte stoßen können. Sogar das Sonnenlicht wurde gefiltert, damit sich bloß niemand einen Sonnenbrand holen konnte. All diese Raffinessen sind noch unter der Ägide des Cateringunternehmens entstanden und wurden nach dem Machtwechsel von den Akabaraniern einfach übernommen.

Nach einer halben Stunde Fußweg gelangten sie zu einer kleineren Siedlung weißgekalkter, prächtiger Häuser vor einem kleinen Wäldchen. Die Dächer waren mit goldenen Ziegeln gedeckt, die man aber genauso gut hätte weglassen können, denn es regnete an dieser Stelle nie. Jedes luxuriöse Haus hatte einen großen, separaten Garten mit einem geschwungenen Schwimmbecken, Dienerinnen versorgten ganz in blütenweiß gekleidete Herrschaften.

Als Joschi zufällig in einen Garten blickte, sah er am Pool eine bekannte Gestalt liegen: „Ja, da brat mir doch einer einen Storch! Die Visage kennen wir doch! Der Jean-Philippe! Wie kommt der denn so schnell hierher?“

„Wer weiß, aus welcher Zeit er ist, du weißt doch, wir sind hier in der Parallelwelt. Aber egal. Wir gehen mal hin und begrüßen ihn richtig!“ sagte Roderich, schob seinen Unterkiefer um ein paar Zentimeter weiter nach vorne und schlug munter mit seiner rechten Faust in die linke Hand.

„Nein, besser nicht, vielleicht sollten wir ...-ach, was soll's!“ brach Joschi sein erfolgloses Unterfangen, den Käptn aufzuhalten, ab und heftete sich stattdessen an seine Fersen.

„Hey, Herr gescheiterter Kandidat! Man sieht sich immer zweimal!“ rief Roderich auf dem Weg.

Der Angegrölte blickte überrascht und entsetzt auf, ließ sein Glas fallen, hob beschwichtigend die Hände und setzte ein nonchalantes Gesicht auf, um möglichst glaubhaft eine Entschuldigung vorzubringen und ein wenig Dampf aus der Situation zu nehmen. Gleich darauf nahm er die Hände aber wieder herunter, da der Käptn sein stundenlang vor dem Spiegel eingeübtes wildes, entschlossenes Gesicht aufgesetzt hatte, und floh Hals über Kopf in das Gebäude hinter ihm.

Dort düste er schnurstracks in eine Kammer, bei der es sich, der Überschrift nach, um einen WEDEE mit Phasen-Molekularumwandler handelte, nur wesentlich moderner und kleiner als das Exemplar, das Roderich und Joschi kennengelernt hatten. Es schien aus einer weit entfernten Zukunft zu stammen. Die Tür verschlossen, die gewünschten Koordinaten eingegeben und ein triumphierendes Gesicht gemacht dauerte für Jean-Philippe keine drei Sekunden, so dass Roderich gerade noch beobachten konnte, wie er sich beim Zerstrahlungsvorgang ein ganzes Mal vor Freude, entkommen zu sein, um die eigene Achse drehte.

Jetzt war auch Joschi angekommen. „Wo ist er denn hin?"

„Weg." - „Ach?" - „Ja." - „Und wohin?" -„Woher soll ich das wissen? Weg halt."

Hinter ihnen bauten sich drei kräftige Diener auf, finster dreinblickend, aber unbewaffnet. Sanft, ohne physischen Druck, komplimentierten sie die beiden vor die Tür. Und da sie hier nichts mehr verloren hatten, verließen sie das Anwesen, um sich noch ein wenig umzuschauen.

Sie schlichen durch den ganzen Block. Joschi entdeckte circa ein halbes Dutzend Mitglieder des Hohen Rates nebst einigen führenden Funktionären des VGU, die es sich alle gut gehen ließen. Mit seinem Universalkommunikator machte der Präsident einige Beweisfotos.

„So, mir reicht es hier. Da ist ja jede Dorfdisco auf einem abgelegenen Planeten paradiesischer und abwechslungsreicher als dieses Mittelmaß hier. Pack ma's?“

„Jepp, mehr gibt's hier wohl nicht, machen wir uns aus dem Staub.“ stimmte Roderich zu.

Sie gingen zurück zum Flughafen und baten Schmittchen durch die Toilettentür, sie endlich wieder zurück in ihren Kosmos zu bringen.

„Bei mir dauert es noch ein bisschen, aber Sie können schon mal den Start einleiten. Gehen Sie bitte auf die Brücke ans Steuerpult, geben Sie auf dem Touchscreen das Passwort ‚Grossschmitt‘ ein, drei S, zwei T, dann auf das rundliche Icon mit dem Raumschiffsymbol klicken, nicht auf das längliche graue. In dem Menu, das sich dann öffnet, auf das rechteckige, eher rote Icon, das aussieht wie eine zermatschte Fliege. Dort öffnet sich ein Menu, dann auf die Frage ‚Wohin solls gehen‘ den Punkt ‚Hauptziel‘ anhaken und bestätigen. Dann die Primärdestination ‚Hauptkosmos, drei Dimensionen‘ klicken. Bei Unterpunkt ‚Feinabstimmung‘, der sich dann öffnet, geben Sie ‚Terra III‘ ein, gefolgt von Punkt ‚Tempus‘ ‚2.8.4355 n. Chr.‘, denn da muss ich hin und damit auch Sie zurückkommen, den Punkt ‚Zwischenziel‘ im Unterordner ‚Sonstiges‘ anhaken, den Sie mit einem Klick auf den rechten Knopf des Kontrollhebels erreichen, dann dort den Unterpunkt ‚Gliese 832 III‘, noch das Jahr, in dem Sie dort erscheinen wollen und bestätigen. Ich komme nachher vorbei. Eieieiei, diese Krämpfe, diese Krämpfe. Dammich nochmal!“

Ein energischer Käptn machte sich gleich am Steuerpult ans Werk.

„So, Passwort Grossschmitt, wie ging das noch weiter? Ach ja, da ist das rundliche Raumschiff, klick, auf das zermatschte Fliegenicon gehen, Hauptziel anhaken und bestätigen, Primärdestination – öööhh, Kosmos war das, glaube ich. Punkt Feinabstimmung, Terra III und weiterklicken. Tempus eingeb ... heh, nimmt er nicht an! Lassen wir halt die vier Nullen stehen und bestätigen, der Rest hat ja in etwa gepasst. Und ab damit, Hauptsache weg!"

„Was war mit dem Tempus? Und hast du nicht das Zwischenziel vergessen? Ich frage für einen Freund!" wollte Joschi wissen.

„Nicht vergessen, ich war nur zu schnell. Bei der Zahleneingabe konnte ich nichts machen, das kann man aber nachträglich noch korrigieren, denke ich. Ach, und Schmittchen wollte doch zur Erde, wenn wir zu früh ankommen, kann er ja ein wenig warten. Ich will nur noch weg hier. Unser Zwischenziel kann er ja nachher persönlich eingeben, das heißt, wenn er je wieder von der Bordtoilette kommt."

„Ja, lass uns mal." meinte Joschi. „Mir hängt die Parallelwelt irgendwie zum Hals raus. Das Turnier war ja ganz nett, aber ich brauche jetzt wieder festen Boden unter den Füßen, besser gesagt, eine feste Zeit, einen festen Ablauf. Das nervt, andauernd irgendwelche Leute aus irgendwelchen Zeiten an irgendwelchen Orten, die es noch nicht oder nicht mehr gibt, zu sehen."

Das Schiff startete durch. Die eingebaute Phasen-Synchronisation arbeitete anscheinend hervorragend, denn sie verspürten während der ganzen Prozedur mit der Umwandlung keinerlei Übelkeit. Einen Augenblick später befanden sie sich über der Nachtseite eines Planeten, dessen Kontinente wie die von Terra III aussahen. Unter ihnen erstreckte sich eine Wüste, deren Eintönigkeit nur von einigen kleineren Dörfern unterbrochen wurde.

"Na, das ging aber erstaunlich schnell und bequem. Lass uns runtergehen, ich will mich ein wenig feiern lassen, wozu bin ich denn Präsident der Föderation? Wo sind die Außenscheinwerfer? Ah, da." Er betätigte einen Hebel, worauf die Wüste unter ihnen beinahe taghell ausgeleuchtet wurde.

„Mann, ist das hell. Hey, hier sind wir!" rief Joschi und winkte etwas dümmlich aus dem Fenster, obwohl er eigentlich wusste, dass ihn garantiert niemand sehen konnte und wenn doch, dass er wohl einen ziemlich peinlichen Anblick abgegeben hätte, wie er so dastand und wie ein Irrer mit seinen Armen herumfuchtelte.

„Rechner, irgendwelche lohnenden Ziele da unten?"

Ein Unterprogramm stellte augenblicklich anhand der Stimme fest, wer die Frage gestellt hatte und ermittelte im selben Moment durch Recherche in verschiedenen sozialen Netzwerken und anderen Einträgen, welche Personen der Fragesteller persönlich kannte, welche nur vom Hörensagen, mit welchen er irgendwann wohl mal in Kontakt treten würde und mit welchen er sicher nichts zu tun haben wollte und spuckte eine Nanosekunde später das Ergebnis aus.

„Ja, Herr Präsident, eine gewisse Maria, Mutter eines Ihrer vielen Kinder, befindet sich fünfzig Kilometer nördlich vor uns." befand er moralinsauer tadelnd.

„Da brat mir doch einer einen Orneer. Hey, lass uns runter, ich will mal vorbeischneien! Mutter eines meiner Kinder ... ich wusste gar nicht, dass ich überhaupt

welche habe! Na, wenigstens Hallo muss ich ja sagen. Und ein bisserl Alimente vorbeibringen, wo wir schon mal da sind." Den letzten Satz druckste er ein wenig entschuldigend gegenüber dem Zentralrechner heraus, der offenbar vorschriftsmäßig mit einem gut funktionierenden Moralmodulator ausgestattet war.
Die Toilettenspülung ertönte und ein sichtlich erleichtertes Schmittchen erschien.
„So, jetzt geht's. Komisch," befand er nach einem Blick aus dem Fenster, „hier sieht's ziemlich öde aus. Sie haben doch alles so gemacht, wie ich es gesagt habe?"
„Nun, mehr oder weniger, ein paar unwesentliche Kleinigkeiten waren wohl nicht ganz so, aber ..."
„Lassen Sie mal sehen. Ach, Käptn, und Sie steuern sonst das modernste Schiff Ihrer Zeit?" ein tadelnder Blick ließ Roderich zusammensacken.
„Naja, steuern, für sowas habe ich meine Navigatoren. Ich sage nur grob, was Sache ist, wo es hingehen soll und was wir machen, wenn wir angekommen sind. Ach, wer weiß, wofür es gut ist!"
„Wissen Sie, was Sie gemacht haben? Sie haben nicht das runde Raumschiffsymbol, sondern das rundliche Teleportericon gewählt. Damit kann man nur in der Parallelwelt auf vergangene Planeten reisen, aus ihr heraus kommt man nicht. Ja, kennen Sie denn den Unterschied nicht? Mannmannmann ...
Also: Nach gegenwärtiger Lage der Koordinaten sind wir noch in der Parallelwelt, und zwar im Jahr ... was für Zahlen haben Sie als Jahreszahl eingegeben? Vier Nullen? Also zeitlich ein gutes Stück entfernt. Wenigstens stimmt der Planet, wenngleich es auch nur eine Version im Gegenkosmos ist."

„Und bereits im Landeanflug!" vermeldete Joschi. „Fünf Minuten Aufenthalt, dann geht's weiter, in Ordnung?"

„In Ordnung, aber machen Sie die Außenscheinwerfer aus, uns folgen ja schon die drei Beduinen da unten, und bringen sie nicht so viel durcheinander, das kann vielleicht den Lauf der Geschichte durcheinanderbringen. Wir haben es zwar nur mit der Erde der Parallelwelt zu tun, dennoch sind beide Versionen miteinander verschränkt. Wenn hier einschneidende Veränderungen eintreten, schlagen die auch auf die andere Erde durch. Ist wohl besser, ich komme mit!" meinte Schmittchen.

Das Schiff landete einige Minuten später hinter einer Düne in der Nähe der kleinen Ortschaft, der sie einen Besuch abstatten wollten.

Sie nahmen ein paar wallende Bettbezüge vom Schiff und warfen sich diese, um nicht zu sehr aufzufallen, über ihre Häupter. Roderich fragte Joschi, was dieser denn seiner kurzen Liebschaft von Pungadeus als Alimentszahlung vorbeizubringen gedachte. „Ja, das restliche Gold, was uns Pastafari als Klimpergeld überlassen hat, hatte ich vorgesehen, und ein paar – äh – Muntermacher, die ich mir am Stand von den Rastafari-Leuten gekauft habe, lege ich noch obendrauf, mehr habe ich im Moment leider nicht dabei." Roderich gab sein restliches Gold dazu, so dass es eine hübsche Summe wurde.

Sie traten in eine sternklare Nacht hinaus. Die Luft war angenehm sauber und warm, so dass sie die paar Minuten Fußweg locker hinter sich brachten. Gleich der zweite Bauernhof war ihr Ziel. Genauer gesagt, der Stall des Gehöfts, wo der Rechner Maria ausfindig gemacht hatte. Sie klopften an, Joschi ging voraus und begrüßte seinen One-night-stand von Pungadeus.

„Hey, Baby, wie die Zeit doch hier so unterschiedlich vergeht, wir sind gerade vor ein paar Tagen weggeflogen, aber hier ...“ er wurde schroff von Maria unterbrochen.

„Jaja, erst gar nicht genug kriegen und sich dann nicht mehr blicken lassen, das haben wir gerne. Wer sind denn deine feinen Freunde? Ach, den einen hier kenne ich!“ und deutete auf Roderich, der ein gequältes Lächeln und eine schüchterne Begrüßung erwiderte. „Tut mir leid, ich wollte noch was vorbeibringen, hier, Gold und ein paar ‚Kräuter‘ zum Durchstarten. Ich hoffe doch ...“ stotterte Joschi.

„Vielen Dank, das hilft uns weiter. Josef hat nämlich unser gesamtes Hab und Gut verzockt, so dass wir hier in einem Stall wohnen müssen. Macht euch jetzt aber lieber vom Acker, er kommt jeden Moment zurück und, wie gesagt, er ist sehr eifersüchtig, besonders seit meiner überraschenden Schwangerschaft. Ich hab‘ zwar eine hanebüchene Geschichte erfunden, die er wohl mehr oder weniger geschluckt hat, aber misstrauisch ist er nach wie vor. Also, auf Wiedersehen, Tschüss Joschi! Ach, wie soll dein Söhnchen eigentlich heißen?“ fragte sie.

„Jesses, was weiß ich, gib ihm einfach den Namen deines Großvaters!“ wollte Joschi sagen, wurde aber von Schmittchen bereits nach dem ersten Wort schroff unterbrochen.

„Da kommt jemand, ich denke, dass wir den Rat deiner Freundin befolgen sollten. Tschüss, Frau Maria!“ Und so verließen sie den Stall etwas überstürzt zur Hintertür und waren keine fünf Minuten später wieder auf ihrem Schiff zurück.

„Jetzt gebe ich die Koordinaten ein, nicht, dass Sie noch was durcheinanderbringen!" mahnte Schmittchen an. Wenn der wüsste ...

Denn Joschi war nicht der Einzige, der ungewollt für Veränderungen im Lauf der Geschichte gesorgt hatte. Auch Schmittchen, genauer gesagt seine Hinterlassenschaft von vorhin, bestehend aus teils verdauten Leberknödeln im Gipsmantel, sorgte für mehr als nur eine Fußnote in der Historie von Terra III. Da sein sonst so schnittiges Raumschiff nur ein kleineres Exemplar für Kurztrips gewesen ist, hatte es aus Platzgründen keine Recyclingaggregate eingebaut bekommen – Kino, Sauna und andere unverzichtbare Dinge hätten dafür weichen müssen.

So war es darauf programmiert, den Toiletteninhalt nicht wieder aufzubereiten, sondern einfach durch eine Klappe nach draußen zu befördern. Die halbverdaute Ausscheidung sauste also aus seinem Bauch in den Bauch des Schiffes und von dort aus in die Wüste unter ihnen, versteinerte durch die Hitze während des Falls zu einem schwarzen, steinähnlichen Geklumpe und landete in der Nähe eines vor Einsamkeit und Hitze halb irren Beduinen. Dieser war völlig perplex. Jetzt fielen schon Steine vom Himmel, noch dazu aus einem leuchtenden Etwas! Das musste göttlichen Ursprungs sein, eine Botschaft, ein heiliger Monolith, ein Zeichen der Himmlischen!

Sofort stürmte er zum Einschlagplatz des versteinerten Schmittchenschittklumpens und steckte diesen ein, um ihn später seinen Leuten zu präsentieren. Wer wusste schon, was für Kräfte in diesem nicht von der Erde stammenden Stein verborgen waren! Zwei Wochen später, als er wieder in seine Heimatstadt Mekka kam, erzählte er allen die seltsame Geschichte vom fliegenden, leuchtenden Etwas und dem heiligen Steinklumpen. Die Beduinen nahmen ihm die Geschichte natürlich sofort ab, fielen vor lauter Ehrfurcht auf die Knie und bauten dem himmlischen Stein einen Schrein, in dem er noch heute liegt und angebetet wird.

Schmittchen jedenfalls machte keinen Fehler bei der Navigation im hochkomplexen Menu, so dass sie kurze Zeit später wieder die mittlerweile bekannte Übelkeit, Orientierungslosigkeit und Kälte beim Übergang in unseren Kosmos erleiden mussten. Aber sie waren wieder zurück, raus aus der Parallelwelt, in bekannten Dimensionen mit einer strukturierten Zeit und weiteren Macken.
Sie nahmen Kurs auf das Zwischenziel Gliese, wo sie in etwa zwei Tagen ankommen sollten. Seltsamerweise konnten sie Gliese nicht per Funk erreichen – der Kampfplanet blockierte sämtliche Frequenzen, was sie aber nicht wissen konnten. Also mussten sie noch ein wenig warten.
Beziehungsweise sie hätten warten müssen, wenn alles ungestört verlaufen wäre. Ohne Vorwarnung, wie aus heiterem Himmel, dematerialisierten sich Roderich und Joschi auf einmal und wurden an einem völlig unbekannten Ort wiederhergestellt. Sie hatten nicht mal mehr die Zeit, sich von Schmittchen zu verabschieden.

Zum zweiten Mal innerhalb kurzer Zeit machten sie die Übelkeit, Orientierungslosigkeit und weitere

Nebenwirkungen des Dimensionsübergangs mit. Das Einzige, was sie in dieser Phase bemerkten, war, dass sie staubige, warme Luft atmeten. Als sie sich nach einer Weile, wieder Herr ihrer Sinne, umsahen, überkam sie ein großer Schreck. Sie waren an einem unbekannten Ort in fast völliger Dunkelheit gestrandet. Diese fast völlige Dunkelheit wurde nur von zwei noch intakten Notleuchten ein wenig erhellt. Sehr weit konnten sie nicht sehen, aber es genügte, um den Schrecken anwachsen zu lassen, denn um sie herum erstreckte sich, soweit das Auge reichte, eine Wüste aus völlig pulverisierten Trümmern. Sie schienen in einem riesigen, aber völlig zerstörten Gebäude angekommen zu sein. Was, um alles in der Welt, hatte das zu bedeuten? Wo waren sie, wann waren sie? Und wer, zum Henker nochmal, debattierte da draußen so erregt?

Der elektromagnetische Blitz traf sie wie aus heiterem Himmel. Die Genderpreis hatte Glück, da sie abgeschaltet im Dock lag und über eine sehr gute Strahlenkapselung verfügte, der Rest des Planeten jedoch wurde innerhalb einer Sekunde um mehrere Jahrhunderte in seiner Entwicklung zurückgeschleudert. Alle Maschinen fielen aus. Nicht nur der Wirklich-Echt-Dichte-Energiestrahl-Erzeuger, auch Fahrstühle, Licht, Versorgung, einfach nichts funktionierte mehr, da alles auf irgendeine Art und Weise von Programmen und Elektronik abhängig war. Toaster, Föhne, Küchengeräte, Bohrmaschinen, Rasenmäher, alle Geräte waren seit geraumer Zeit voll programmierbar, online-tauglich und wurden somit durch den EMP lahmgelegt.

Weitaus schlimmer wog, dass diese Zerstörung nur ein Nebenprodukt des eigentlichen Angriffs gewesen war. Der Impuls wurde nämlich auf ein bestimmtes Ziel gebündelt, auf den WEDEE, und hier leistete er ganze Arbeit. Dessen gesamte Elektronik wurde durch die hohe Konzentration von Elektronen trotz aller Vorsichtsmaßnahmen völlig und unwiderruflich zerstört. Alle elektronischen Bauteile zerschmolzen zu einem, zugegeben nicht unästhetisch aussehenden, Klumpen aus Kupfer, Silizium und Plastik. Und fünf Sekunden später fiel noch die Blaster-Bombe der Dunklen Seite auf dieses Chaos…

„Die Forschungsergebnisse haben wir ja abgesichert und können sie aus der Föderationszentrale schnell wiederherstellen, aber es wird erheblich länger dauern, bis wir die Bauteile wieder gefertigt und eine neue Anlage betriebsbereit haben. Die gesamten Komponenten wurden allesamt hier geplant und gebaut, alles Wissen darüber befindet sich hier auf Gliese. Professor Mertens, wie lange wird es dauern, bis wir das Ganze wieder aufgebaut und betriebsbereit haben?" fragte Admiral Krothenfels auf einer eilig einberufenen Sitzung, bei der das weitere Vorgehen beschlossen werden sollte. Die Techniker hatten die ersten Systeme wiederbelebt, so dass sie wenigstens in einem beleuchteten und manuell klimatisierten Raum tagen konnten.

Ein älterer Mann mit rundlichem Gesicht und ebenso rundlicher Brille stand von seinem Stuhl auf, strich sich durch die wirren, grauen Haare und verstaute die Brille in der Brusttasche seines weißen, fleckigen Kittels. Er räusperte sich verlegen und sagte: „Alles halb so wild. Wir haben so etwas vorhergesehen und Vorkehrungen getroffen. Ja, meine Herren, die Programmierung und das Erstellen der elektronischen Bauteile sind höllisch kompliziert. Wir haben daher alles, jedes Programm, jede Schaltung, jedes Detail, penibel und akribisch genau auf Papier gesichert, um sogar gegen eine Attacke mit einem EMP gerüstet zu sein und können daher alles rekonstruieren, ohne das Rad neu erfinden zu müssen! Drei, vier Jahre, und dann kann es weitergehen!"

„Raffiniert! Kompliment, Herr Prof. Dr. Mertens. Das muss aber ein ziemlicher Wust an Papier sein." warf Jarulin ein. „Wo haben sie denn diese Tonnen eingelagert? Hier auf Gliese?"

„Das weiß ich nicht!" verkündete Prof. Dr. Mertens. „Ich kann mich nicht um alles kümmern, aber das Team von Oberst Pierre von Stein hatte damals diesen Auftrag durchgeführt. Er wird Ihnen gerne Rede und Antwort stehen." Er wies einen Adjutanten an, besagten Oberst herbeizuholen. Zwei Minuten später meldete sich ein schneidiger Soldat mit zackigem Salut und erstattete Bericht.

„Guten Tag, Zivilisten. Ich bin Oberst von Stein. Ja, wir haben einige hundert Tonnen Papier von den Forschern zur sicheren Aufbewahrung bekommen. Da aber die Einlagerung in Papierform zu viel Platz eingenommen hätte, haben wir alles einscannen lassen und in elektronischer Form auf dem zentralen Rechner gespeichert! Soll niemand sagen, dass wir von der Armee nicht modern und auf Zack sind!" verkündete dieser stolz.

„Und dieser zentrale Rechner befindet sich nicht zufällig hier, auf Gliese?" wollte Jarulin wissen.

„Natürlich, was denken Sie denn?" erscholl erbost die Stimme von Oberst von Stein und eine Sekunde später, als ihm die Dummheit dieser Aktion ins Bewusstsein kam, legte er deutlich leiser und schüchterner nach: „Äh, ja, also, das ist wohl doch nicht so clever gewesen, was?" Einstimmiges Kopfnicken aller Beteiligten bestätigte seine These.

„Sie können wegtreten, Hauptmann von Stein." degradierte Admiral Krothenfels den Soldaten. „Nun, Herr Professor, Sie und ihr Team haben wieder einige Jahre schwerer Forschung vor sich. Sie fangen wieder bei null an, während die Föderation aus Gliese einen sehr gut abgesicherten Forschungsplaneten machen wird. Der Tourismus ist ab sofort gestrichen, jetzt hat die Sicherheit absolute Priorität. Wir haben bereits Pläne in der Schublade, um aus dem Senkrechttunnel die größte Kanone der Galaxis zu bauen, die sogar mit einem Schuss einen ganzen Kampfplaneten zerstören kann. Das Projekt wird jetzt wohl realisiert werden müssen. Meine Herren, es liegt viel Arbeit vor uns." Hier wurde er jäh durch einen hereinstürmenden Forscher unterbrochen.

„Herr Professor Doktor Mertens, wir haben ein Signal vom WEDEE, genauer gesagt aus der Phasen-Synchronisationskammer, erhalten. Es sieht so aus, als ob sich dort Lebewesen befinden." Sofort stürmte die versammelte Mannschaft aus dem Konferenzraum, hin zu der Ruine, die einmal eine riesige Halle gewesen war, und gesellte sich zu der kleinen Gruppe von Forschern, die bereits mit Messinstrumenten die Lage sondierten.

„Kein Zweifel, es handelt sich um zwei Personen." wurden sie von einem mit weißem Kittel bekleideten, hageren Männchen belehrt.

„Natürlich!" fiel es Professor Dr. Mertens wieder ein, „Der Phasen-Molekularumwandler wurde zerstört, das heißt, dass alles, was er je zerstrahlt hatte, aufgrund der Verschränkung sich wieder in der Phasen-Synchronisationskammer materialisiert. Das würde bedeuten, dass die beiden es doch bis in die Kammer geschafft haben! Halt, das kann ja gar nicht sein, denn das automatisch generierte Protokoll sagte, dass sie zerstrahlt worden sind, und das Protokoll irrt sich nie, da es automatisch generiert wird. Es muss also einen anderen Grund geben. Wir müssen erst noch ein paar Messungen vornehmen, um genau sagen zu können, womit wir es zu tun haben."

„Was denn für Messungen?" wollte Jarulin wissen.

„Die Entfernung zum Feierabend vielleicht? Wir müssen zusehen, dass wir den Zugang zu ..." hier wurde er von einer Stimme mitten aus dem Schutt unterbrochen.

„Hey, Leute, hört ihr uns? Hier spricht der Präsident der Föderation. Wo sind wir? Wann sind wir und wer sind wir? Nein, wenigstens das wissen wir. Holt uns doch einfach mal einer aus dem Trümmerhaufen hier raus!"

„Das glaub ich ja jetzt nicht. Herr Delgado ist am Leben! Herr Präsident, ist Käptn Grubinger bei Ihnen?" fragte Jarulin freudig.

„Positiv, wir sind hier in einem Schrotthaufen, besser gesagt in den unsortierten Überresten eines durcheinander geratenen Schrotthaufens, wie es so aussieht. Und wer, bitte schön, sind Sie?"

„Jarulin Voof, Interimskäptn der Genderpreis. Wir holen Sie da raus. Einen Moment Geduld bitte!" und an den rechts neben ihm stehenden Professor gewandt: "Herr Professor Doktor Mertens, gibt es schweres Räumgerät bei Ihnen?"

„Ja, das ist aber auf der anderen Seite des Planeten, am Ausgang des Senkrechttunnels, um ein paar Ausbesserungsarbeiten vorzunehmen. Es wird Tage dauern, bis wir es an Ort und Stelle haben. Ich fürchte, dass die beiden bis dahin erstickt sein werden. Die Phasen-Synchronisationskammer ist zwar äußerst solide gebaut, aber ein längerer Aufenthalt der Reisenden war nicht vorgesehen."

So schnell gab Jarulin nicht auf. Er ließ sich zeigen, wie die zentralen Träger der Halle zusammengebrochen waren und spekulierte: „Wenn wir hier, unter den zwei Trägern, eine Sprengung vornehmen, liegt der Ausgang der Synchronisationskammer frei. Was meinen Sie?"

Nach kurzem Gegenrechnen kamen die Wissenschaftler zu dem Schluss, dass der Bregander wohl Recht hatte. Doch ein Problem blieb: Woher sollte man den Sprengstoff nehmen? Auf Gliese gab es weder Waffen noch Dynamit. Doch hier schaltete sich aus dem Hintergrund eine wohlbekannte Stimme ein, die sonst für gewöhnlich bei der Essensausgabe ertönte: „Ah, scusi, dasse iste kaine Problähm, maine Onkel Giuseppe iste auch ein wennig vertraut mit die Methoddä vondä Mafia. Isch waiße von ihm, wie mahn die Sprähngpulver mischtä. Habbe ich die maiste Zutate ihn die Küche und brauche nur aine wennig andere Kämmikalie. Wieviellä Sprähngkrafte brauchen sie?" wollte der Schiffskoch der Genderpreis, Emilio Scampinelli, wissen. Ja, es ist praktisch, Personal mit einschlägiger Verwandtschaft an Bord zu haben! Die restlichen Chemikalien waren rasch aus verschiedenen Laboratorien beschafft und in die Bordküche gebracht worden, wo Emilio und Jarulin ans Werk gingen.

„Ahlso, fünnefzehn Ässlöffel vonne die Toluol, danne achtzähne vonn die Nitro, sieben Messerspitzähn Salpättere, mittäh Schwäffel abbemischen, bis entstähe zarte Kruhste, dasse Gantse noch mit Rohsmarin undä Tyhmiahne abbegeschmäckt. Vorsichtig gerührte bei Tsimmärtemperatuhre, kurz ruhenlasse, danne abgefüllt in Salatschisselle undä ecco fatto!"

Ganz vorsichtig brachten sie die explosive Leckerei an die vorgesehene Stelle und lösten aus sicherem Abstand die Explosion aus. Mit Erfolg! Der Schrotthaufen flog auseinander und die großen Träger rutschten ein paar Meter zur Seite. Ein deliziöser Geruch nach Gewürzen und Kräutern breitete sich aus und zum Vorschein kam der fast unbeschädigte Eingang zur Synchronisationskammer, aus der einen Moment später zwei Gestalten traten. Die Genderpreis hatte ihren Käptn und die Galaxis ihren Präsidenten wieder!

Einzig der Kampfplanet hatte davon nichts mitbekommen, da er nach der Zerstörung des Gebäudes, in dem sich der Phasen-Molekularumwandler befand,

abdrehte, um nach abgeschlossener Mission erst eine
defekte Spielkonsole umzutauschen und sich dann daheim feiern zu lassen.

Darf man SIE auch duzen?

War das ein Wiedersehen! Die Besatzung der Genderpreis jubelte, als der Käptn hervortrat, und auch der Präsident erhielt gebührende Ovationen. Und legte gleich los: "Wo ist dieser Schurke Jean-Philippe? Der hat uns das alles eingebrockt! Wenn ich den erwische, dann ... dann sehen wir weiter!" fuhr er etwas kleinlauter fort angesichts der Tatsache, dass er seinem Kontrahenten körperlich deutlich unterlegen war.

„Was wollen Sie damit andeuten, Herr Präsident, trauen Sie sich nicht – ihm nicht?" flötete Tschillpie aufgeregt.

„Oh doch, ich traue ihm. Und zwar alles zu. Dieser Schnösel hat uns eingesperrt und wollte uns in der vierten Dimension erledigen! Wir haben ihn außerdem in der Parallelwelt gesehen!"

„Völliger Unsinn, weder bin ich in der Parallelwelt gewesen noch habe ich euch irgendwie dazu verleitet, einen Überraschungsbesuch beim WEDEE zu unternehmen, das automatisch generierte Protokoll kann dies bestätigen. Herr Delgado, seien Sie ehrlich, das war nur wieder eine Ihrer Schnapsideen, Sie sind ja überall als risikofreudiger Tunichtgut bekannt ....“ entgegnete der Verdächtigte mit übertrieben lockerem Unterton, in dem aber, wenn man genau hinhörte, eine gewaltige Anspannung lag. Aber zumindest in einem hatte er Recht. Man konnte ihm, außer der Zeugenaussage von Roderich und Joschi, nichts anhaben.

Grummelnd ging es erstmal zu Ludovic Vaillard, dem Bordarzt der Genderpreis, um zu überprüfen, ob den Wiedergefundenen auch nichts fehlte. Im Gegenteil, teilte der Befund kurze Zeit später mit, die beiden hatten sogar noch leicht zugelegt – eine Hommage an die Küche auf Pungadeus.

Roderich grübelte währenddessen die ganze Zeit vor sich hin. Irgendwas stimmte nicht. Er musste Jean-Philippe doch irgendwie drankriegen können! Er sah ihn vor sich, in der Uniform des gehobenen Föderationsbeamten, geschniegelte Haare, ein arroganter Ausdruck im Gesicht, mit dem Abzeichen auf der rechten Brust, das ihn als ... Moment.

„Kommt mit, Leute, ich denke, ich hab‘ ihn!“ sprach er und rannte aufgeregt hinaus, die anderen an seinen Hacken klebend, um Jean-Philippe zu suchen und schließlich auch in der Cafeteria beim gemütlichen Plausch mit leitenden Persönlichkeiten der Föderation zu finden. „Herr Chevallier, können Sie mir bitte ein Autogramm geben? Für meine Kinder!“ fragte er und gab ihm eine Serviette vom Nebentisch nebst Stift. Der Angesprochene, der leicht irritiert wirkte, lächelte milde, nahm den Stift in seine linke Hand und tat ihm den Gefallen.

„So, damit sind Sie überführt!" triumphierte der Käptn. „Herr Chevallier, Sie waren in der Parallelwelt und damit auch kurz in der vierten Dimension. Das ist der Beweis!" Die Umstehenden schauten ihn an, als hätte er sie nicht mehr alle an der Waffel. Roderich war aber solche Blicke seit langem gewohnt und ließ sich daher nicht beirren.

„Sehen Sie," fuhr er fort, „Herr Chevallier hat eben mit links unterschrieben. Ist er nicht Rechtshänder? Jaja, ist noch kein Beweis. Aber hier, seine Unterschrift. Sie ist spiegelverkehrt! Er schreibt von rechts nach links! Und sehen Sie sich seine Uniform an! Nicht nur, dass er das Abzeichen der Föderation rechts anstatt links trägt, es ist ebenso spiegelverkehrt wie alles an ihm. Haben Sie Ihren Ausweis in der Parallelwelt mitgehabt? Zeigen Sie ihn! Ich wette, dass auch der seitenverkehrt geworden ist!"

Und in der Tat, bei der Überprüfung erwiesen sich die Papiere als spiegelverkehrt. Jean-Philippe machte auf dem Absatz kehrt und rannte in Richtung Raumhafen. Er wollte wohl einen kleineren Raumgleiter kapern und sich in Sicherheit bringen, doch daraus wurde nichts. Ein flinkes Vogelbein flutschte vor und verfrachtete den fluchenden Flüchtigen flugs in freiem Fall auf die frisch verlegten Fliesen. Der Rest war für die anwesenden Sicherheitsleute kein Problem.

„Hey, Predo, altes Haus, danke, sehr gut reagiert. Ich dachte schon fast, dass du und der Jean-Philippe gemeinsame Sache machen."

„Herr Delgado, ich bin Ihr Sekretärsvogel. Wir Orneer erscheinen den Säugern wohl ziemlich pingelig, kleinkariert und manchmal auch nervtötend, aber wir sind immer loyal." Der Präsident nickte seinem Federvieh anerkennend und dankbar zu und wandte sich an seinen Begleiter der letzten Tage.

„Kompliment, Roderich, aber was hat das zu bedeuten mit spiegelverkehrt und so?" wollte Joschi wissen.

„Manchmal habe auch ich meine lichten Momente. Im Prospekt über den WEDEE und in der Phasen-Synchronisationskammer stand doch, dass sich die Dimensionauten nicht um ihre eigene Achse drehen dürfen, damit eben diese komplette Spiegelung nicht passiert. Zudem hatten wir früher in der Schule das Thema in Physik kurz angeschnitten. Also:

Als er uns hier auf Gliese in der Kammer eingesperrt hatte, trug er, wie es sich gehört, das Abzeichen der Föderation auf der linken Brust. Dann ist er nach uns in die Parallelwelt gegangen und hat sich, als wir ihn stellen wollten, bei seinem ziemlich hektischen Abgang während der Synchronisation gedreht und wurde dabei spiegelverkehrt, da sich die Drehung in die vierte Dimension übertragen hatte. Deshalb trägt er sein Abzeichen auf der rechten Seite und ist auch sonst völlig umgekrempelt!"

„Versteh' ich nicht ..."

„In der vierten Dimension kann man eine Person umdrehen, aus links rechts machen, so wie man ein aus Papier ausgeschnittenes Männchen anheben, um hundertachtzig Grad drehen, dass es jetzt mit dem Gesicht nach unten liegt, und dann wieder auf das Papier als spiegelverkehrte Version zurücklegen kann. Ich denke, dass er uns einiges zu sagen hat. Sergeant Möller, führen Sie Herrn Chevallier zum Verhör ab. Und ich weiß auch, wer ihm geholfen hat. Sergeant Kareninoff? Treten Sie bitte vor!"

Der riesige Soldat tat wie geheißen, blickte verwundert um sich und salutierte. „Ich beobachte seit geraumer Zeit, dass Sie ein Notizbuch führen. Spionieren Sie uns aus? Für wen arbeiten Sie wirklich?" wollte der Käptn wissen.

„Notizbuch? Ist persönlich, arbeite nur für die Föderation!" entgegnete der Angesprochene einsilbig wie immer.

„Dann werden Sie auch kein Problem haben, uns Ihre Aufzeichnungen zu zeigen!" mahnte Joschi an, dem der Soldat seit dem Rempler vor ein paar Tagen auch ein wenig suspekt erschien. Mit leicht errötendem Gesicht gab Sergeant Kareninoff sein Büchlein an den Käptn. Dieser las:

„Ich liebe dich, Deborah, noch mehr,
als mein treues Sturmgewehr.
Wenn du mir in die Augen schaust,
berührt mich das wie der Schuss einer Panzerfaust.
Und wate ich auf dem Schlachtfeld durch Gedärme,
vermisse ich deine Herzenswärme.
Zerreiße ich des Gegners Eingeweide,
so bist du nicht bei mir, und ich leide.
Während ich mich an den Feind ran pirsche,
träume ich von einer kleinen Kirche,
mit dir darin, in einem weißen Kleid,
und dann feiern wir unsere Hochzeit.
Beim Werfen einer jeden Granate
bin ich, wenn auf die Detonation ich warte
in Gedanken nur bei dir, am Schmachten,
und vergesse fast, die Feinde abzuschlachten.

Und komme nicht zur Ruhe, bevor
Ich bei dir bin, dein Fjodor

Äh – nun gut, Sergeant, Sie können zurücktreten. Entschuldigung. Ich dachte ja nur, dass ...." und gab ihm verwirrt und beschämt sein Büchlein zurück.
„Gedicht für Freundin. Arbeitet auf der Genderpreis. Als Molekularassistentin. Wenn Mission zu Ende. Wollen wir heiraten. Hoffe ich." meinte der Koloss und marschierte zurück.
„Wow, welch Kraft der Poesie. Trotzdem - blitzgescheit, unser Käptn! Wisst ihr was? Wir sollten jetzt an die Bar gehen und einen drauf trinken, dass wir wieder heile angekommen sind."
„Da weiß ich etwas Besseres!" schaltete sich die raue Stimme des Maschinenmaestros Sathington ein, „in meiner Spezialwerkstatt habe ich ein paar zollfreie Einkäufe, der Laden hat auch gerade geöffnet!"

Dankend nahmen sie den Vorschlag an und gingen, nachdem sie Admiral Krothenfels alles berichtet hatten, zu sechst in Sathingtons Kämmerlein, da sich Jarulin und Ludovic Vaillard, der Bordarzt, noch mit dazugesellten. Der Präsident der Föderation eröffnete bei einem Gläschen irdischen Rums das Gespräch.
„Klasse gemacht, Tschillpie, du könntest glatt als Leibwächter durchgehen!"
„Immer wieder gerne, Herr Delgado. Ich hatte schon Wissensgebisse, weil wir nicht gerade freundlich auseinandergegangen sind. Umso besser, dass Sie jetzt wieder unter uns sind. Aber das mit den Leibwächtern ist etwas, wofür wir Orneer uns nicht eignen. Sogar auf Orneon haben wir ausschließlich Angehörige von

fremden Arten als Personenschützer. Das liegt daran, dass man uns nur eine Decke über den Kopf werfen muss, und schon schlafen wir ein." zwitscherte der Vogel leicht beschämt.

"Gut, man muss ja nicht alles können. Ich dachte eigentlich, dass du und dieser komische Vogel – äähh, Entschuldigung – Jean-Philippe auf einer Seite stehen. Ich bin überrascht. Angenehm überrascht." meinte er zu Tschillpie.

„Nun, Herr Präsident, ich bin wie erwähnt, als Orneer immer loyal. Zudem missfällt mir zunehmend die neue Ordnung, die überall durchgesetzt werden soll, obwohl sie niemand wirklich will. Ich habe auf Schlaraffia gesehen, wo das endet und von der Oberperson gehört, was er mit meiner Heimat vorhat. Als er von Quoten für Lauf- Schwimm- und Flugvögel anfing, wusste ich, dass der VGU unser Misstrauen verbraucht. Auf dem Papier sieht das alles ja ganz gut und schlüssig aus, wenn man sich aber die Konsequenzen in der realen Welt ansieht, kann es einem grausen."

„Ich weiß nicht, ob Orneer auch Alkohol trinken, aber wenn ja, dann müssen Sie den hier mal probieren!" platzte Sathington dazwischen und stellte ein parabelförmiges Gläschen vor den Vogel, das dieser gleich in einem Zug runterkippte.

„Hey, der Vogel hat ja einen guten Zug!" wunderte sich Sathington und wurde von Tschillpie belehrt:

„Ich bin ja auch ein Zugvogel, mein Vater ist ein Schluckspecht und meine Mutter eine Schnapsdrossel, die beide gerne mal einen zwitschern. Außerdem bin ich aus einem Likörei geschlüpft. Die Gene machen's!" scherzte der Orneer.

Am nächsten Morgen wurden sie von einem Offizier darüber informiert, dass der Delinquent Jean-Philippe überraschenderweise nicht wie ein Grab geschwiegen hat, sondern im Gegenteil sehr gesprächig gewesen ist. Das passte natürlich sehr gut zu Joschis Plänen, denn so konnte er in seiner geheimen Mission einen Schritt weiterkommen. Dass ein paar Tropfen illegalen Babbeltees aus dem Fundus von Bordarzt Dr. Ludovic Vaillard dabei eine Rolle gespielt hatten, sei hier nur so nebenbei erwähnt.

Babbeltee wird aus Plapperbeeren, die an sogenannten Laberbüschen wachsen, auf Interroga II hergestellt. Er bringt jedes Lebewesen, das das Pech hat, davon zu trinken, sofort dazu, exzessiv die Wahrheit zu plappern, als gäbe es kein Morgen. Die armen Opfer fallen in einen Plauschrausch und erzählen einem alles, was man wissen will. Jedes Geheimnis, was man normalerweise für sich behält, wird aufs Tapet gebracht und ungefiltert weitergegeben. Leider schmeckt dieser Tee einfach zu köstlich und man fühlt sich für Stunden angenehm beschwingt, so dass der Konsum dieses Getränks auf Interroga II sehr schnell in Mode gekommen war.
Vor der Verbreitung des Babbeltees war die Zivilisation auf diesem Planeten recht friedlich und fortschrittlich, jetzt aber begann der Abstieg. Alle Interroganer sagten sich ihre Meinung ins Gesicht, Rücksicht und Höflichkeit waren mit einem Schlag wie ausgelöscht, Geheimnisse, die besser geheim geblieben wären, wurden gelüftet, jeder Bluff im Keim erstickt. Abgesehen davon, dass Pokerrunden nicht mehr möglich gewesen sind, war auch ein friedliches Miteinander der unterschiedlichen Länder dieses Planeten nicht mehr

gegeben. Ein Wort führte zum nächsten, schließlich erklärte man sich gegenseitig den Krieg und verriet im selben Atemzug, wie und wo genau man anzugreifen gedachte und verheizte so in einer Woche sämtliche Soldaten. So ging die einst so friedliche Zivilisation von Interroga nur zwei Jahre nach dem Brauen des ersten Babbeltees vor die Hunde und hat sich jetzt erst wieder langsam erholt.
Babbeltee wird dort nur noch schwarz gebraut und galaxisweit als illegale Droge geführt, der Besitz ist strengstens verboten.

Herr Chevallier prahlte damit, dass SIE, also seine Auftragsgeber, auf Terra III eine Konferenz abhalten würden, von der aber niemand in der Lage wäre, sie zu finden.

„Ich weiß nicht genau, wer SIE sind und wo SIE tagen, aber auch wenn ich es wüsste, es würde keinen Unterschied machen. SIE sind überall, jeden Tag begegnet ihr IHNEN. Ja, der Käptn hatte SIE sogar an Bord, ohne es zu bemerken! Ha! Und so könnt ihr ruhig nach Terra III fliegen, selbst wenn ihr wüsstet, wo die Konferenz in Berlin stattfindet, würdet ihr SIE niemals finden! Dafür habt ihr nicht das Format, umgekehrt aber kennen SIE euch bestens!" Er hatte sogar in seinem Plauschrausch verraten, wie SIE an die geheimen Informationen vom präsidialen Rechner gekommen waren, als er gezielt die Person Joschis und dessen Essgewohnheiten diskreditieren wollte.

„Es ist klar, wir müssen auf diese Konferenz. Wir wissen zwar dank Jean-Philippe, dass dort konferiert wird, doch wann und wo genau ist unklar. Roderich, ich bin Präsident der Föderation, für die ihr arbeitet. Ich

befehle hiermit, dass wir Kurs auf Terra III nehmen und versuchen, diese Konferenz irgendwie aufzuspüren.“
„Nur zu gerne, Herr Präsident!“ erwiderte der Angesprochene. Die Genderpreis war gegen Nachmittag startklar. Bis dahin nutzten sie die Gelegenheit, um nach größeren Zusammenkünften in Berlin zu suchen. Es fanden etwa dreißig größere Konferenzen diese Woche statt, doch eine hatte es ihnen besonders angetan. Es war die größte und wichtigste von allen, die ‚Konferenz zur internen Verbesserung der Presse- und Öffentlichkeitsarbeit des VGU und der galaktischen Föderation‘, die sogar heute beginnen und drei Tage lang dauern sollte. Kongresszentrum Berlin, Sudetinnen- und Sudetenstraße.
Gut, den ersten Tag würde man verpassen. Durch die Springerei mit den Wurmlöchern verlor man zwar keine Zeit, doch die Wege zu den Sprungpunkten zogen sich ein paar Stunden hin. Wenigstens mussten sie nicht wie andere Raumfahrzeuge anstehen, da sie den Präsidenten der Föderation an Bord hatten und überall bevorzugt durchgeschleust wurden.
„Wonach wollen wir denn suchen? Und sind SIE überhaupt auf dieser Konferenz? Wir haben keine Anhaltspunkte. Ich meine, es ist einen Versuch wert, aber die Chancen stehen nicht sehr gut.“ bemerkte Roderich.
„Was hat Pastafari gesagt? Einfach treiben lassen. Finden durch Nichtsuchen, lassen wir uns doch finden! Gehen wir auf diese Konferenz und sehen uns um, es wird sich schon ein Türchen öffnen. Und wenn nicht, dann treten wir einfach eine ein! Für alle Fälle nehmen wir noch etwas Babbeltee mit. Darf ich, Herr Doktor?“
Joschi durfte.

Auf dem Weg zum Sprungpunkt nach Terra III bemerkte Joschi, dass Roth-Grün offenbar ziemlich sauer auf Tschillpie war. So, wie sie sich früher auf den Vogel gestürzt hatte, um ihn auf ihre Seite zu ziehen, wich sie ihm aus und sah ihn böse von der Seite an, was diesen aber nicht belastete. Predo ging, fröhlich pfeifend und tirilierend, seines Wegs.

Zwanzig Stunden später waren sie im Orbit von Terra III angelangt. Roderich und Joschi hatten beschlossen, einen inoffiziellen Einsatz aus der Affäre zu machen, damit sie sich einerseits nicht an die notwendigen Diversitätsvorschriften halten mussten und andererseits bei einem Misserfolg keine Scherereien wegen des Logbucheintrags bekämen. Es würden nur Roderich, Joschi und Tschillpie per Shuttle zur Erde fliegen und vom Raumhafen aus mit dem bereits reservierten Leihwagen zur Tagung fahren.
Zuvor hatten sie einige Vorkehrungen getroffen. Da es sich vorrangig um eine Konferenz zur Verbesserung der Zusammenarbeit mit der Presse handelte, lag es nahe, sich als Journalisten auszugeben, um unerkannt daran teilnehmen zu können. Die entsprechenden Ausweise hatten sie noch schnell auf Gliese in Auftrag gegeben und konnten sie am Berliner Raumhafen, der mittlerweile zu dreiviertel fertiggestellt worden war, im Büro der Föderation in Empfang nehmen. So war es ein Leichtes, sich anonymen Zugang zu verschaffen.

Unglücklicherweise hatten durch Fluglärm gestresste Anwohner eine Petition ins Leben gerufen, um der mit dem Betrieb eines Raumhafens verbundenen Geräuschkulisse Einhalt zu gebieten. Dies sowie die

*Tatsache, dass der Raumhafen eigentlich in allen Be-
langen zu klein und schlecht geplant worden war, gab
den Ausschlag dafür, einen neuen, diesmal aber im
Norden der Stadt, zu bauen. Die Bagger hatten schon
angefangen und in zehn Jahren sollte er, optimistischen
Schätzungen nach, in Betrieb gehen können. Man
hoffte, bis zur endgültigen Schließung des alten neuen
Hafens diesen noch offiziell fertigstellen und einweihen
zu können, bevor er den Abrissbirnen zum Opfer fallen
würde.*

Einen Zwischenfall gab es noch: Sie verloren Tschillpie. Dieser entdeckte nämlich auf der Videowand, auf
welcher die verschiedenen Vorträge angezeigt wurden,
dass Oberperson Horvath in Saal neun eine Lesung halten, also anwesend sein würde. Nun sahen sich die Orneer für Terraner ziemlich ähnlich, doch gab es nur eine
Handvoll dieser Wesen im Dienste der Föderation, des
VGU oder der Presse. Er würde also sofort von Horvath
erkannt werden und bat daher Joschi, draußen warten
zu dürfen.
„Wir müssen vorsichtig sein wie die Mutter des Porzel-
lanladens. Die Oberperson wird mich zehn Meilen gegen den Wind erkennen, denn als Orneer bin ich so auf-
fällig wie ein Vogelparadies. Wir müssen reagierend
entsprechen, ich werde also den Wagen irgendwo parken und vorm Eingang auf sie warten. Wir bleiben
übers Telefon in Verbindung, wenn etwas sein sollte,
melden Sie sich!“ merkte er noch an.
So waren sie nur noch zu zweit, mitten unter Journalisten, Verwaltungsbeamten und ein paar Funktionären
der Föderation, die für eine bessere Koordination eben
dieser mit dem Verein und der Presse sorgen sollten.

Elektra hatte die beiden zuvor noch mit reichlich Schminke und zwei Perücken zurechtgemacht, damit sie nicht so leicht zu erkennen waren. Eine saloppe Kleidung tat ihr Übriges, um überall unerkannt bleiben zu können. Leider.

Denn es war überall gleich öde. In den verschiedenen Sälen wurden verschiedene Vorträge von verschiedenen Leuten gehalten, die – nein, nicht verschieden, sondern alle gleichförmig waren. Einer öder als der andere. Der muffige Geist von Regelkatalogen zur Verbesserung der Verwaltung von Presseerklärungen, juristischen Fußnoten, uninteressanten Debatten um Formulare und Dienstvorschriften, deren Änderung und dergleichen schwebte im ganzen Konferenzgebäude herum wie eine blutdürstige Fledermaus, die das letzte bisschen Leidenschaft aus den Anwesenden saugte, sie als bleiche, blutleere Verwaltungszombies zurückließ und um dann, auf Vorschriften und Paragraphen weiterreitend, über die nächsten Opfer ihres unstillbaren Hungers herzufallen.

Mitten in seinem Tran ging Joschi auf die Empore, um sich von oben ein Bild zu machen und ein wenig frischen Sauerstoff zu bekommen. Roderich folgte ihm mit ein paar Schritten Abstand.

Nach einer Weile der schweigenden Kontemplation des Geschehens unter ihnen zeigte sich mit einem Schlag wieder etwas Leben in Joschis Gesicht und er verkündete: "Mensch, da sind SIE ja! Die ganze Zeit waren SIE hier und wir haben SIE nicht gesehen!"

„Was? Ich verstehe nicht. Wir suchen doch nach hochrangigen Beamten oder Politikern, vielleicht nach Geheimdienstlern oder Milliardären, die hinter den Kulissen die Fäden ziehen. Und so einen habe ich hier nicht entdecken können – gut, außer dieser Oberperson. Nur fade Beamte und zwielichtige Journalisten.“

Roderich kam einfach nicht drauf, wer SIE denn sein sollten. Joschi blieb aber weiterhin vage, denn er liebte es, die Leute ein wenig zappeln zu lassen: "Du hattest SIE wirklich eine Weile an Bord gehabt, ohne zu wissen, dass sie zu IHNEN gehören. Jean-Philippe hatte Recht gehabt!“ und rannte schnurstracks wieder hinunter.

„Saal neun, in zwei Minuten, da sind SIE, da ist die Führung!“ schnaufte er und suchte den ominösen Saal neun.

„Kannst du mir mal erklären, was auf einmal mit dir los ist? Erst hast du SIE hier gesehen, rennst dann wie eine Furie runter und suchst einen Saal, wo SIE sich treffen?“

„Ja, ganz einfach. Ach, da hinten ist er ja. Komm mit, wir gehen schon mal rein. Ich zeige SIE dir dann.“

Sie drängten sich durch die Konferenzteilnehmer, die überall auf den Fluren mit Kaffeetassen, Wassergläsern oder kleinen Gebäckteilchen in der Hand herumstanden und gelangten in einen kleinen Nebensaal. Saal neun.

Es waren etwa vierzig Personen anwesend, vier davon Sicherheitsbeamte. Sechs weitere Leute standen auf einer kleinen, provisorisch errichteten Tribüne, in deren Mitte sich ein Rednerpult befand. Den Rest machten Reporter und Kameramänner unterschiedlichster Sender und Zeitungen aus.

„Na, siehst du SIE jetzt?“ wollte Joschi wissen. Doch Roderich sah immer noch nichts. „Nein, nur Sicherheitsleute und ein paar Funktionäre, die alle vom VGU sind. Meinst du die?“

„Nein, die meine ich nicht. Ich meine die anderen!“

Und jetzt sah auch Roderich SIE. Es waren etwa dreißig von IHNEN im Saal, die mit ihren Berichten, Kommentaren und Meldungen die wahren Strippenzieher in der Galaxis waren. Die alleine schon mit der Wahl und Akzentuierung ihrer Fragen bei Interviews die öffentliche Meinung beeinflussen konnten, wie es nicht mal ein Minister vermochte. Die mit kleinsten Anschuldigungen und vagen Andeutungen schon Regierungschefs und ganze Imperien zu Fall gebracht hatten. Die Herren der Gerüchte und Halbwahrheiten, des Klatsches und der üblen Nachrede.

Mit offenem Mund starrte Roderich in die Menge und würde heute noch so dastehen, wenn nicht eine Person, die wir bereits kennen, jetzt schwerfällig aus einer Tür herausquellend ans Rednerpult getreten wäre. Es war niemand Geringeres als Oberperson Horvath, der eine Zwischenbilanz der bisherigen Diversitäts- und Gleichstellungsoffensive des Vereins für Gleichstellung und Unterschiedlichkeit zog. Er redete. Und redete. Nachdem er zum zwanzigsten Mal die Floskel „nicht wahr?“ missbraucht hatte, war der Vortrag zu Ende und er musste nur noch seine Distanzierungserklärung abspulen. Danach wurden die anwesenden Zuhörer von dem kurzen, aber intensiven Piepton aufgeweckt, der am Ende seiner aufgezeichneten Erklärung zu genau diesem Zweck ertönte. Sie zeigten mit mechanischem Applaus, dass sie wieder ansprechbar waren und verließen den Saal, leise einander fragend, ob denn wenigstens ein Kollege aufgepasst hätte.

Jetzt gab es nur eines: Da Horvath den Eindruck hinterließ, sogar den Journalisten ein paar Vorgaben machen zu können, schien er der Ranghöchste auf der Konferenz zu sein. Ihn mussten sie also zur Rede stellen. Die

Oberperson war gerade zu der Tür, durch die er den Saal betreten hatte, wieder entfleucht. Jetzt trat Joschi in Aktion.

Er nahm die Perücke ab und zeigte den Sicherheitsbeamten seinen Ausweis, der ihn als obersten Dienstherren der Föderation identifizierte. Sofort wurde er mit Roderich im Schlepptau und zackigem Salut durchgelassen. Da Horvath nicht der Schnellste war, konnten sie ihm leicht bis zu einer Tür, die in ein kleineres Zimmer führte und durch die er verschwand, folgen. Bevor er die Tür hatte richtig schließen können, schlüpften sie noch mit einem schnellen Spurt hinein.

Drinnen guckten sie zwei Horvaths überrascht an, als seien sie Wesen von einem fremden Stern, was sie ja genau genommen auch waren, jedenfalls solange sie sich auf der Erde aufhielten, da beide ja tatsächlich von anderen Planeten stammten, was jetzt aber nicht wirklich störte, da sie angesichts der doppelten Ladung Horvath ähnlich überrascht zurückblickten.

Wieso eigentlich zwei Horvaths?

Der Vater der Oberperson, Hauptperson Horvath, war ebenfalls in der kleinen, aber luxuriösen Suite anwesend. Rein optisch unterschied er sich nicht von seinem Filius, abgesehen davon, dass er älter war, was man aber angesichts der Haarlosigkeit und Körperfülle kaum erkennen konnte. Die Oberperson hatte sich vor der Hauptperson wieder im Griff und ergriff ergriffen das Wort:

„Person Präsident! Wawawas machen Sie denn hier? Und wer ist der Reporter?“

„Der Reporter ist der Käptn der Genderpreis. Wir sind uns kurz auf Schlaraffia begegnet. Und wer sind Sie?“

entgegnete Roderich und nahm seine Perücke ab, auf Horvath zwei deutend.

„Ich bin Hauptperson Herzog Votum Horvath, Multimilliardär und Vater von Oberperson Proporz-Margarita Horvath!" entgegnete dieser mit befehlsgewohnter, donnernd intonierter Stimme.

„Und, wie ich, eine Mischung aus allem, was die Galaxis so hergibt!" fügte sein Sohn hinzu.

„Eine Mischung aus allem, so wie Industrieabwasser?" wollte Roderich wissen.

„À propos Wasser, kann man hier auch einen Kaffee bekommen?" fiel Joschi mit Blick auf die hochmoderne Espressostation auf dem Tisch und einem Hintergedanken im Kopf dazwischen.

Hauptperson Votum deutete mit einer herablassenden Geste an, dass der Präsident gerne ein paar Tassen durchlaufen lassen könne, für die Bedienung der Maschine waren sich die Horvaths zu vornehm.

„Nun, Hauptpersönchen, was machen Sie hier? IHNEN Instruktionen geben?" nahm der Präsident der Föderation wieder den Faden auf und ging zum Kaffeeautomaten, um die Getränke zu präparieren.

„Ich weiß überhaupt nicht, wovon Sie sprechen!" sprach der Angesprochene.

„Der Anschlag von Herrn Chevallier wurde vereitelt, wir haben im Gegenzug so einiges von ihm erfahren. Und wir wissen, wer SIE sind."

Die Horvaths hätten jetzt doch ganz gerne den Sicherheitsdienst gerufen, ließen aber davon ab, weil Joschi als Präsident der Föderation unangreifbar war. So tuschelten sie ein paar Sekunden miteinander, um sich zu beraten.

Joschi platzierte die vier Tassen auf ein goldenes Tablett, das neben der Espressostation stand, schüttete unauffällig in zwei Tassen einen Schuss Babbeltee, gesellte sich zu den anderen dreien und teilte die Tassen aus.

Hauptperson Horvath führte mit zittriger Hand die Tasse an seine wulstigen Lippen und nahm einen Schluck. Mit einem Mal lief die Konversation sehr flüssig!

„Nun, Sie wissen einiges, aber nicht alles. Sonst wüssten Sie, dass Sie gegen SIE keine Chance haben. Hier kommen nämlich zwei unschlagbare Mächte zusammen: die Pressefreiheit und meine Milliarden!"

„Und, wo ist da ein Problem?" wollte Joschi wissen.

„Für uns nicht, für Sie schon. Nun, fangen wir mit der Presse an. Ursprünglich sollte sie unter anderem die Arbeit der Regierung kontrollieren und kritisch hinterfragen, damit Eskapaden und Mauscheleien vermieden werden. Vor einiger Zeit haben das ein paar Redakteure zu wörtlich genommen und beschlossen, die Regierung wirklich zu kontrollieren, also nicht nur passiv Entscheidungen zu hinterfragen, sondern diese auch aktiv zu beeinflussen. Und niemand hat es gewagt, ihnen in die Feder zu fallen - wegen der Pressefreiheit.

Pressefreiheit ist mittlerweile nicht mehr die Freiheit der Presse, objektiv, frei und sachlich über alles berichten zu dürfen, um die Leute zu informieren. Heute ist Pressefreiheit die Freiheit der Presse, die Wahrheit zu unterschlagen, verfälschen, verdrehen, bewusst falsch zu interpretieren und zu erfinden, wie sie es für richtig hält, ohne je dafür belangt werden zu können. Jedenfalls, wenn die sozialen Netzwerke nicht ständig auf

der Hut sind und nicht immer wieder einiges richtig-
stellen.
Damit bestimmen und prägen SIE, die Journalisten und
Redakteure, den Zeitgeist entscheidend mit. Es ist nicht
einmal notwendig, dass die Leser glauben, was SIE
schreiben. Es reicht vollkommen aus, wenn sie denken,
dass alle anderen das glauben. Dann ist der Druck der
Mehrheit aufgebaut, dem sich die meisten nicht wider-
setzen können, einfach, weil es unbequem ist, unbequem zu sein."
„Das kann ich mir nicht vorstellen, sowas wäre von den
Wesen in der Galaxis bemerkt worden und es hätte sich
Widerstand formiert, die Leute leben ja nicht hinter Si-
rius V und können selber denken!" protestierte Roderich.
„Widerstand? Ja, ein wenig davon gibt es immer mal
wieder. Aber die Widerständler werden als halbsei-
dene, asoziale Wesen dargestellt und können so gut wie
nie ausführlich ihre Meinung darlegen, dafür wird
schon gesorgt. Und wenn doch mal jemand in einer
Talkshow auftreten sollte, wird bei ihm immer wieder
nachgebohrt, werden nur bei ihm solange Details abge-
fragt, bis er ins Trudeln kommt. Man sitzt ja an der
Quelle und kontrolliert diese. Zudem werden alle Ein-
wände dieser Leute pauschal diskreditiert. Anfangs
hatte man ein Problem, da die eingebrachten Vor-
schläge der Widerständler wirklich effektiv gewesen
sind oder besser gesagt gewesen wären, hätte man sie
denn umgesetzt.
Aus diesem Dilemma ist man schlussendlich herausge-
kommen, indem man das Wort ‚effektiv' einfach durch
den Ausdruck ‚radikal' ersetzt hat. Der Unterschied ist
zwar marginal, aber ‚radikal' hört sich böse, schlecht

und unmenschlich an. Niemand will radikale Schritte einleiten, das machen nur Extremisten. Somit konnte man sämtliche Gegenentwürfe einfach mit der Begründung abbügeln, sie seien radikal, also eigentlich effektiv.

Und um die Masse führen zu können, geben SIE vor, dass IHRE Meinung die Sichtweise der kleinen Leute ist. Dazu muss nur ein Reporter auf die Straße gehen, einhundert Wesen an einem schönen Vormittag eine Frage zu einem Thema stellen, um am Nachmittag ein weites Spektrum an Antworten gesammelt zu haben. Daraus greifen SIE sich dann drei, vier Passanten heraus, die die Meinung des Redakteurs widerspiegeln, und veröffentlichen diese Interviews. Und Zack, schon glauben die einfachen Leute, dies sei die öffentliche Meinung und passen sich dieser an, auch wenn die restlichen 96 bei der Befragung etwas anderes gesagt haben sollten.

Und so wird nicht nur das einfache Volk, sondern auch Politiker gefügig gemacht, denn gewählt wird nur derjenige, der in den Medien nicht negativ präsent ist. Kein Anführer, sondern ein Softie, der den Wählern Versprechungen macht und sich gut darstellen kann beziehungsweise von der Presse positiv dargestellt wird."

Hier war Joschi etwas peinlich berührt, aber der Dicke fuhr fort:

„Und der, im Gegenzug für diese positive Darstellung, nach IHRER Pfeife tanzt. SIE haben die Macht, Personen, Entscheidungen oder Ereignisse positiv oder negativ darzustellen und somit direkten Einfluss auf die Wahlen zu nehmen und SIE nutzen das auch aus. So läuft das hier ab, was haben Sie denn gedacht?"

„Dass SIE wenigstens besseren Kaffee haben. Dieser hier schmeckt wie eine Mischung aus allem." meinte Joschi leicht angewidert, als er einen Schluck des Gebräus getrunken hatte. „Egal. Ich kann nur schwer nachvollziehen, dass eine solche Diktatur nur mit Softies läuft, so ganz ohne Schreierei, ohne große Polemik, übertriebene Gesten. Das war bisher Markenzeichen jedes repressiven Regimes."

Die Hauptperson lachte so kalt und herablassend, dass Joschi meinte, einen Eiskaffee anstelle eines Espressos zu trinken.

„Ja, Person Präsident, wenn die Leute noch Leidenschaft haben, noch Gemeinsinn, dann muss man mit großen Gesten kommen. Sind sie aber bereits zu bloßen Konsumenten degeneriert, dann reicht es, ihnen Alternativen vorzuenthalten und mit traurigem Blick und warmen Worten zu sagen, die eingeleiteten Schritte seien unverzichtbar und kämen letzten Endes allen zu Gute. Wie gesagt, niemand will es unbequem haben. Und wenn man es dann noch schafft, die Verbraucher zu Hass auf die Abtrünnigen zu erziehen, kann man deren restliche Wut über die eigene Feigheit wunderbar kanalisieren."

Joschi leerte konsterniert seine Tasse. „Und was soll das mit den Diversitätsvorschriften? Kommen die auch von IHNEN?" wollte er noch wissen.

Hier stieg die Oberperson, die ebenfalls vom Babbeltee getrunken hatte, ins Gespräch ein.

„Nein, das hat mein männliches Elter angezettelt," sagte er und legte eine Hand auf die Schulter der Hauptperson. „Er war untröstlich, dass ich als genderneutrale Person geboren worden bin. Um mir ein angenehmes

Leben zu ermöglichen, hat er dieses Dogma der Gender-Gleichstellung und Diversität aufgestellt."

Roderich fragte verbittert: „Wegen Ihnen ist also das Unterfach „Sexualkunde" von Biologie nach Deutsch verschoben worden? Wegen Ihnen müssen die Kinder stur alle paarundsechzig Geschlechter inklusive Pronomen und Anrede auswendig lernen? Geht es Ihnen jetzt wenigstens besser?"

„Nein, das tut es nicht. Es ist mir im Grunde genommen auch egal. Verstehen Sie nicht? Es geht nicht darum, dass es den Leuten, für die man kämpft, bessergeht, sondern dass diejenigen, die kämpfen, sich dadurch gut und gerecht fühlen. Würde es ihnen wirklich um diejenigen gehen, für die sie sich einsetzen, würden sie ab und an ein paar Schritte zurücktreten, die Erfolge und Misserfolge ihrer Maßnahmen prüfen und gegebenenfalls ihr Engagement ändern. Das ist aber nicht der Fall."

Sowohl Präsident als auch Käptn schluckten. Sie hatten gehofft, dass der ganze Aufwand mit der neuen Moral wenigstens etwas Sinn ergeben würde, stattdessen hatten sie den Eindruck, dass die Sache nur noch Bestand hatte, weil da etwas Großes, Böses angelaufen war und niemand mehr den Mut hatte, es aufzuhalten. Eines wollte Joschi aber noch geklärt wissen: „Dieser ominöse Verein für Gleichstellung und Unterschiedlichkeit, wer steckt eigentlich genau dahinter?"

Die Oberperson plapperte redselig drauflos: "Und hier kommen wir zu Punkt zwei, den Milliarden. Nicht wahr, es sind einige sehr reiche Geldgeber im Hintergrund, so wie wir Horvaths. Wir finanzieren gemeinnützige Vereine wie den VGU, in die wir dann Eigentümer der Medien, Presseleute, Funktionäre,

Intellektuelle, Künstler und viel Fußvolk – um die Drecksarbeit zu machen - einladen. Dadurch, dass wir all die Leute unter einem Hut haben, können viele Dinge hinter verschlossenen Türen gemauschelt werden, ohne dass es an die Öffentlichkeit gelangt. Wir finanzieren und führen insgesamt viele kleinere Organisationen und Vereine, die unter anderem für uns die – naja – gröberen Dinge machen, mit denen wir unser gutes Image nicht ramponieren wollen, die aber gemacht werden müssen, der guten Sache wegen!"
Roderich wollte noch etwas Kluges beitragen und ein Fazit ziehen: „Nun gut, wir haben genug gehört. Jetzt können wir alles publik machen und diesem Wahnsinn endlich ein Ende setzen."
Doch er wurde von Votum Horvath mit einem eiskalten Lächeln seiner Illusion beraubt.
„Sie können ruhig rausgehen und uns verraten. Aber bedenken Sie: SIE schreiben täglich für die Leser in der Galaxis, also schreiben SIE Geschichte und nicht Sie. Und SIE bestimmen, was wahr ist und was nicht, wer wie in die Geschichte eingeht und wer nicht! Es gibt nur noch eine Geschichte – IHRE Geschichte! Was denken Sie, wem man glaubt, wenn Sie an die Öffentlichkeit gehen? Ich werde Ihnen schildern, wie dieses Problem auf Schlaraffia gelöst worden ist:
Als sich der Widerstand gegen die Ansiedelung von Salaffen immer stärker formiert hatte, fingen Presse und Regierung an, ganz eng zusammenzuarbeiten. Zum Glück ist niemandem aufgefallen, dass die Presse keinerlei Kritik mehr an der Regierung, sondern nur noch an Regierungskritikern geübt hatte – was eigentlich ein Merkmal von Diktaturen ist.

Die Diskrepanz zwischen Anspruch und Wirklichkeit ging immer weiter auseinander, die Halbwahrheiten wurden immer offensichtlicher. Über frei zugängliche Medien – das Raumnetz beispielsweise – verbreiteten diese meinungskranken Leute ihre Wahrheiten ungefiltert, was dazu führte, dass die offizielle Presse zunehmend an Glaubwürdigkeit verlor.

SIE haben sich damals das Vertrauen wiedergeholt, indem sie bewusst und anonym Falschmeldungen in eben diesen Medien verbreitet haben. Einen Tag später wurden dann diese Lügen offiziell von IHNEN entlarvt mit der Botschaft, man solle nicht nur den Quellen, sondern auch dem ganzen Medium nicht glauben, weil alles Lüge sei.

So ist es IHNEN gelungen, gefährliche und unbequeme Berichte unter einem Wust an inszenierten Falschmeldungen zu begraben, das Vertrauen in andere Quellen zu zerstören und am Ball zu bleiben. Und wenn Sie jetzt an die Öffentlichkeit gehen, werden SIE mit Ihnen genauso wie mit den anderen verfahren. Sie würden nur Ihren guten Ruf verlieren, weiter nichts."

„Aber es muss doch die Leute in der Galaxis interessieren, wer die Zügel wirklich in der Hand hält!" protestierte Roderich, wurde aber wieder zurechtgewiesen.

„Neunzig Prozent der Leute wollen nur vor sich hinleben, arbeiten, essen, trinken und ihre Ruhe haben. Und wenn jemand schreibt, was sie zu denken haben, werden sie das auch denken, denn das ist wesentlich bequemer, eine vorgefertigte Meinung zu übernehmen, als sich gegen den Zeitgeist zu stellen. Und den Zeitgeist definieren wir! Keine Chance, Person Käptn!"

Konsterniert blickten sich Joschi und Roderich an, da sie im Grunde genommen wussten, dass die Horvaths

Recht hatten. Sollte es wirklich keinen Sinn machen? Sie wussten nicht mehr weiter. Joschi würde wohl einen Bericht an seine Hintermänner schreiben, aber mehr konnte man im Moment nicht machen.

Sie verabschiedeten sich und verließen die Tagung, da die allgemein vorherrschende Atmosphäre ihnen zu sehr aufs Gemüt schlug. Draußen wartete Tschillpie auf sie und schnatterte aufgeregt wie eine Gans drauf los: „Ich bin erst gerade eben hergekommen, tut mir leid. Man hat ja eher das Fliegen gelernt, als dass man hier einen Park zum Platzen findet. Den Wagen musste ich einen Kilometer weiter die Straße rauf parken. Und? Hatten Sie Erfolg? Wissen Sie, wer uns wirklich regiert?"

„Ja und nein. Wir wissen, wer SIE sind, aber nicht, wie wir SIE stoppen können. Es ist eine perfide Diktatur von Intellektuellen." Tschillpie hatte diesen Begriff noch nie gehört und fragte nach: „Was ist denn ein Intellektueller?"

„Das ist jemand, der sich den anderen geistig überlegen fühlt und seinen Intellekt dazu nutzt, den Leuten weiszumachen, schwarz sei weiß und der gesunde Menschenverstand sei krank. Nur, wenn er im Grunde vernünftige Positionen durch komplizierte Denkmuster scheinbar widerlegt, wähnt er sich klüger und ist zufrieden."

„Ah. Na, dann tritt wohl Plan B in Kraft!" meinte der Vogel zuversichtlich.

„Das glaube ich nicht. Wir hatten nicht mal einen Plan A, wie sollen wir dann an einen Plan B kommen?"

„Ich dachte ja nur, dass Sie als Präsident und Sie als Käptn etwas ausgebrütet hätten. Aber vielleicht hilft ja das weiter: So ein kleiner, dicker Mensch, den ich beim Einparken beinahe umgefahren hatte, sagte mir, dass ich Sie im Falle eines Misserfolges in den ‚Frittierten Wurfstern‘ bringen soll.“

„Ein dicklicher Mensch? Moment mal ... Hieß der zufällig Schmittchen? Der wollte doch auch nach Terra III! Hat er gesagt, dass er uns erwartet?“

„Ja, er nannte sich so und nein, er sagte, dass er noch nach Gliese vor ein paar Tagen reisen müsste, um ein Laserschwert in eine Tasche zu stecken. Seltsamer Kauz das.“

„Naja, wir haben keinen alternativen Plan, warum sollen wir dann nicht den ‚Frittierten Wurfstern‘ besuchen? Es ist Mittag und ich habe Hunger! Und vielleicht ist Pastl ja auch da!“ sprach der Präsident.

Sie wurden von einem Kellner empfangen, der sie an einen Tisch führte, der schon explizit für den Präsidenten der Föderation reserviert worden war. Joschi vermutete völlig zu Recht, dass das kleine Schmittchen dahintersteckte.

Joschi brach das Schweigen: „Fassen wir zusammen: Wir haben Monsieur Chevailler enttarnt, aber nicht gerichtsfest belastbar, da er unter dem Einfluss des Babbeltees stand. Er wird von allen Ämtern zurücktreten, aber SIE werden schnell einen Nachfolger finden. Zwei zu zwei also. Ferner wissen wir jetzt, wer SIE sind und wo wir nach IHNEN suchen müssen, konnten aber ebenfalls niemanden dingfest machen, also drei zu drei. Zusammenfassend kann man also sagen, dass noch ein weiter Weg vor mir liegt.“

„Uns!“ stellte Tschillpie fröhlich zwitschernd fest.

„Ach ja, danke, du bist mir wirklich sehr ans Herz gewachsen. Tut mir leid mit den ganzen Sprüchen und
so…“ stellte Joschi beschämt und erfreut zugleich fest.
Tschillpie lief, soweit man das bei seinem dichten Federkleid feststellen konnte, grün an, was soviel bedeutete, als würde ein Mensch purpurrot anlaufen.
„Na, dann kommen wir zum erfreulichen Teil.“ stellte
Roderich fest und ließ seinen Blick an eine große Tafel
an der gegenüberliegenden Wand schweifen. Auf dieser wurde er über die Historie des Restaurants informiert. Sie wies ihn stolz darauf hin, dass sich hier das
bisher einzige bezeugte und wissenschaftlich belegte
Wunder in der gesamten Galaxis zugetragen hatte, was
wohl auch der Grund für die horrenden Preise und die
vielen gläubigen Gäste war. Denn genau hier ereignete
sich vor einigen Jahren der Vorfall mit dem verschwun-
denen Glückskeks und dem an dessen Stelle aufge-
tauchten Kalenderblatt.
Und heute sollte es ein ähnlich historischer Tag werden. Denn als der Kellner ihnen die Vorspeise brachte,
gab es eine kleine Explosion und mitten auf dem Tisch
materialisierte sich – ein Glückskeks! Nicht nur irgendeiner, sondern genau der Glückskeks, der vor ein paar
Jahren an genau derselben Stelle unter mysteriösen
Umständen verschwunden war!
Sofort strömten die übrigen Gäste, durch den lauten
Knall angezogen, an ihren Tisch, um das zweite echte
Wunder der Geschichte zu bewundern. Joschi hatte
sich wieder aus seinem Erstaunen berappelt, das so
plötzlich erschienene Gebäck ergriffen, gegessen, einen Papierzettel wieder aus dem Mund gezogen und
angefangen, die Nachricht zu lesen. „Der Weg ist das
Ziel“ lautete die Botschaft.

„Was das nur heißen mag?" fragte Joschi nuschelnd. Er nuschelte ,weil er noch einen zweiten Zettel zwischen den Zähnen hängen hatte, den er jetzt ausspuckte und vorlas: "Eine Reise fängt immer mit dem ersten Schritt an.", lautete die billige Kalenderblattweisheit.
„Na klar!" tirilierte Tschillpie, „das heißt, dass wir den ersten Schritt hinter uns gebracht haben und jetzt weitersuchen müssen. Wie Sie bereits bemerkt haben, werden wir jetzt die Hintermänner der Journalisten und Intellektuellen entlarven und deren Mauscheleien offenlegen!"
„Das ist mein Vogel!" meinte Joschi sichtlich gerührt und zeigte stolz mit beiden Zeigefingern auf seinen gefiederten Begleiter. „Tschillpie, wir werden weitermachen. Zwar wissen unsere Gegner jetzt, dass wir ihnen auf den Fersen sind, aber wir haben göttlichen Beistand und als Präsident der galaktischen Föderation kann ich viele Dinge an- und umstoßen. Wie siehts aus, Roderich, wenn ich mal ein schnelles Schiff oder Hilfe der besten Crew ever brauche, kann ich dann auf dich zählen?"
„Natürlich kannst du das, Joschi. Die Genderpreis steht dir jederzeit zur Verfügung." - „Ich habe nichts anderes erwartet und erhofft, danke euch beiden!" meinte Joschi.

An diesem Tag noch trennten sich ihre Wege, die zwar in verschiedene Richtungen führten, aber im Endeffekt dasselbe Ziel hatten. Joschi blieb zunächst auf Terra III, während die Genderpreis mit ihrem Käptn Roderich jetzt endlich drangehen konnte, ihren Auftrag zu erfüllen, der darin bestand, die vielen hochbezahlten Wissenschaftler und Forscher an Bord an die Grenzen der

Galaxis zu bringen, um dort völlig neue Welten zu entdecken.

Ein kleiner, dicker Gast am Nebentisch freute sich darüber, dass sein Gericht so delikat und der Plan, der von seinem Spezl angestoßen wurde, um dem Zeitgeist eine Niederlage beizubringen, so gut ins Rollen gekommen war. Er würde die nächste Zeit nicht mehr gebraucht werden und machte sich schon mal Gedanken, wo man denn nach dem ganzen Stress hervorragend Urlaub machen könnte.

Glossar

<u>Admiral Krothenfels:</u> Vorgesetzter von Roderich, Mensch

<u>Akabaranismus:</u> extrem strenge und intolerante Religion mit Ala-Djaballah als oberstem Gott

<u>Ala-Akbareion:</u> heiliges Buch der Akabaranier

<u>Ala-Djaballah:</u> einer der Götter der Dreifaltigkeit und oberster Gott der Akabaranier, Gott

<u>Al-Djaffadth:</u> Erster Navigator der Genderpreis, Mensch

<u>Baxter, Möller und Kareninoff:</u> Sergeanten auf der Genderpreis, Menschen

<u>Carmen-Peter Roth-Grün:</u> Diversitätsbeauftragte vom Verein für Gleichstellung und Unterschiedlichkeit, Mensch

<u>Cthulhu:</u> in R'lyeh träumende, von Satan besiegte Gottheit, Gott

<u>Elektra Orlando:</u> Kommunikationsoffizierin der Genderpreis, Mensch

<u>Emilio Scampinelli:</u> 4-Sternekoch der Genderpreis, Italiener

<u>FZPM:</u> Föderation der zivilisierten Planeten der Milchstraße

<u>Jarulin Voof:</u> Erster Offizier der Genderpreis, Bregander

<u>Jean-Philippe Chevallier:</u> Angestellter der Föderation, möchte gerne Präsident werden, Mensch

<u>Joschi Delgado:</u> Präsident der Galaktischen Föderation, Aldebaraner

<u>Kevin-Jeanette Brandenstett:</u> Praktikant im Maschinenraum der Genderpreis, Mensch

Kistengott: einer der Götter der Dreifaltigkeit und oberster Gott der Kisten, Gott

Lord Schwarzencape: Erzfeind von Roderich, Mensch

Ludovic Vaillard: Bordarzt auf der Genderpreis, Mensch

Maria und Josef: Maria und Josef, Menschen

Mr. Mojo: Prophet und Erfinder von Ala-Djaballah, Mensch

Pastafari: einzig wahrer Gott und Erschaffer von allem, Gott

Pastafarismus: einzig wahre Religion mit Pastafari als oberstem Wesen

Predo Tschillpie: Assistent von Joschi Delgado, Orneer

Prof. Dr. Mertens: Chef des Parallelwelt-Projekts, Mensch

Proporz-Margarita Horvath: Oberperson vom VGU und Sohn von Votum Horvath, Mensch

Quogag: Navigationsassistent der Genderpreis, Abrenkulaner

Roderich Grubinger: Käptn der Genderpreis, Mensch

Salaffen: extremistische Akabaranier, die das Ala-Akbareion wörtlich umsetzen wollen

Satan, Iblis etc.: einer der Götter der Dreifaltigkeit, Gott

Sathington Durbrick: Maschinist der Genderpreis, Mensch

Schlaraffen: extrem dekadente Bewohner von Schlaraffia

Schmittchen: Gehilfe von Pastafari, Mensch

Shaqueville-Boomsheeka „Shaque-a-Boom", Sohn von Elektra Orlando, Mensch

VGU: Verein für Gleichstellung und Unterschiedlichkeit

<u>Vince Ling:</u> Radiomoderator, Pungadeer

<u>Votum Horvath:</u> Multimilliardär, Hauptperson vom VGU und Vater von Proporz Horvath, Mensch

<u>Wilguren:</u> amphibische Ureinwohner von Schlaraffia, die von den Schlaraffen verdrängt worden sind

<u>Zeugwart Petersen:</u> Technischer Leiter des Kampfplaneten, Mensch